I0751073

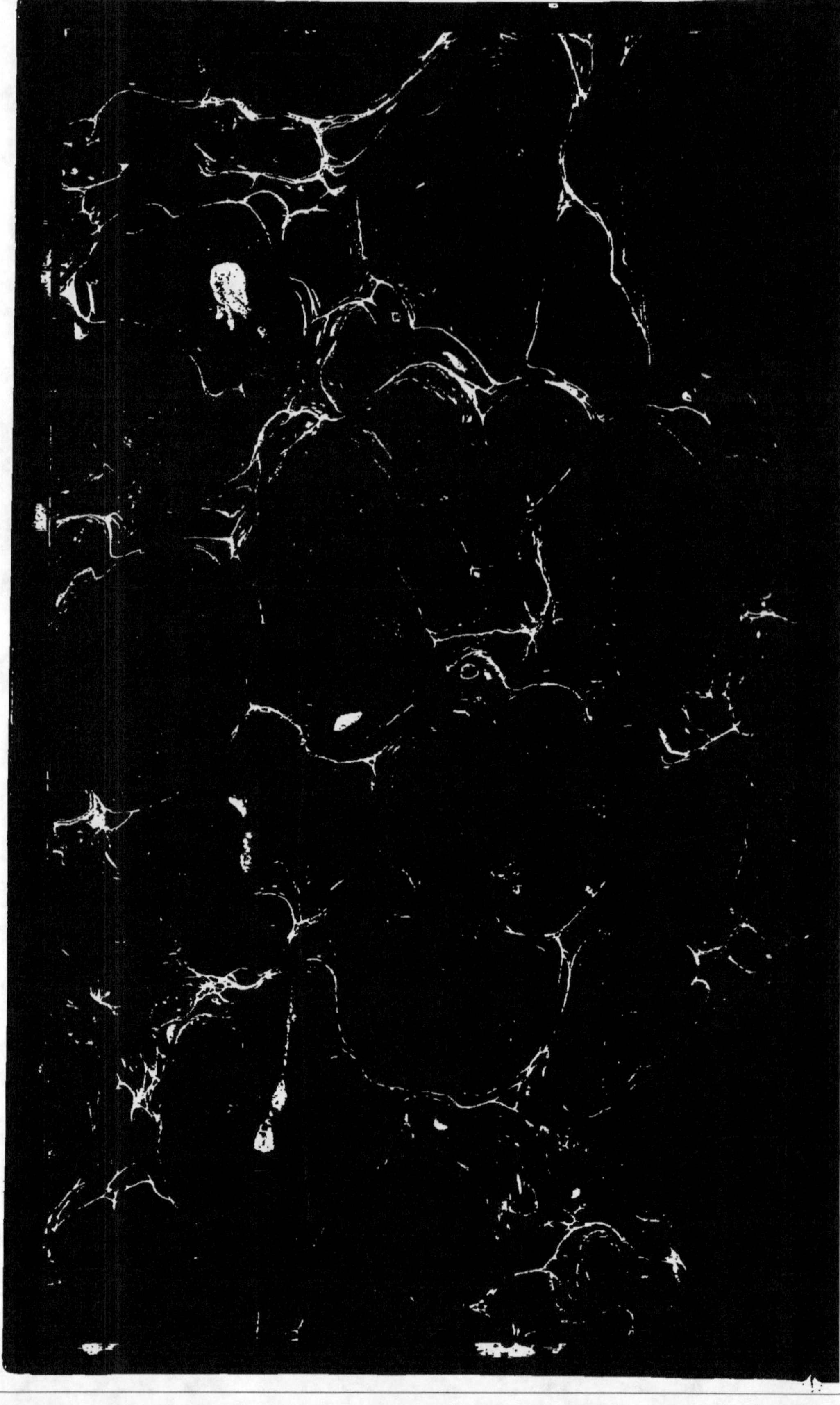

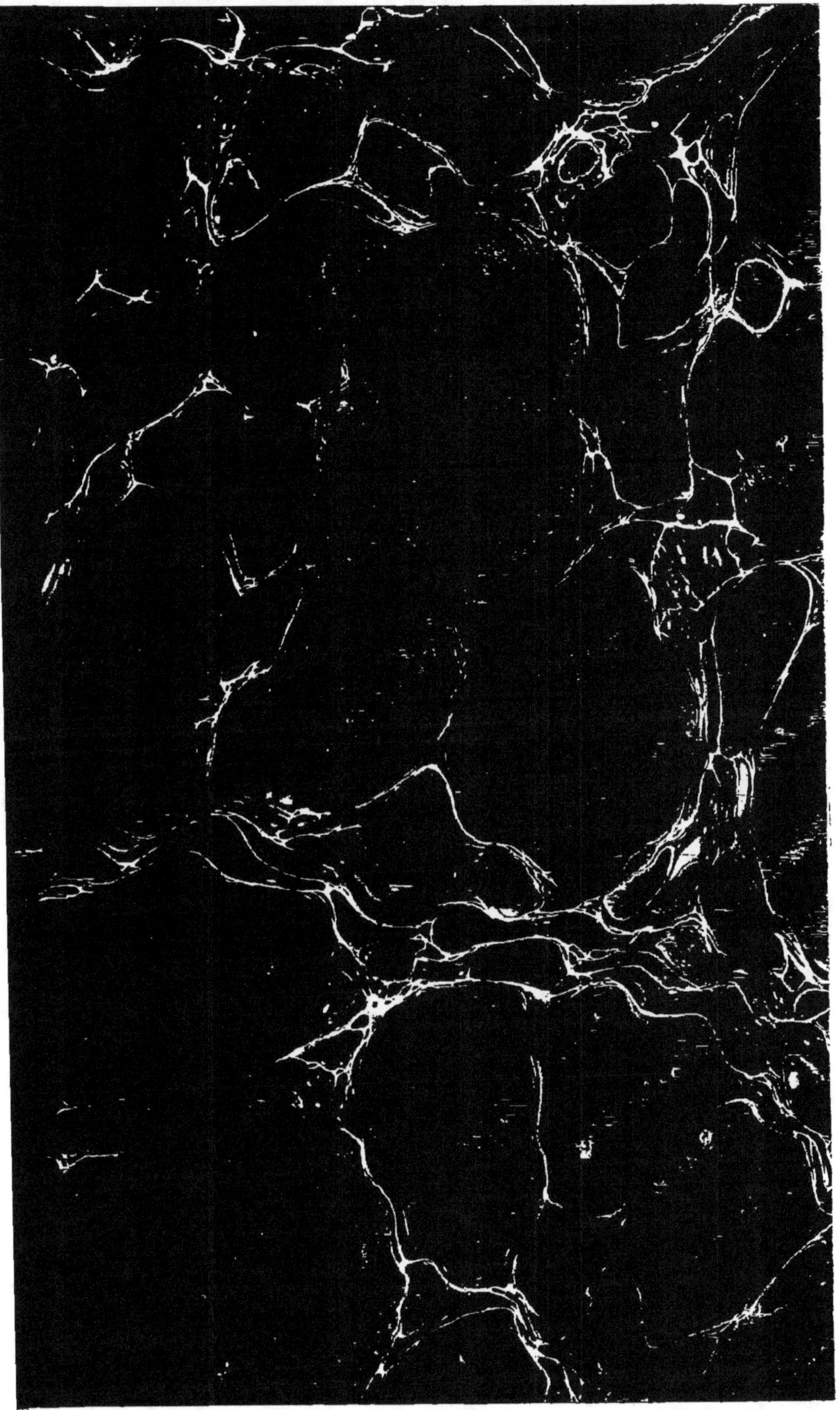

LES ENFANS

DE LA PROVIDENCE.

PARIS. — IMPRIMERIE DE COSSON,
rue Saint-Germain-des-Prés, n° 9.

LES ENFANS DE LA PROVIDENCE,

OU

AVENTURES DE TROIS JEUNES ORPHELINS;

PAR Mme JULIE DELAFAYE-BRÉHIER.

AVEC HUIT BELLES GRAVURES.

> Dieu laissa-t-il jamais ses enfans au besoin?
> Aux petits des oiseaux il donne leur pâture,
> Et sa bonté s'étend sur toute la nature.
>
> ATHALIE, acte II.

Troisième Édition.

TOME DEUXIÈME.

PARIS,
FRUGER ET BRUNET, LIBRAIRES
RUE MAZARINE, n° 30.
1836.

LES ENFANS

DE LA PROVIDENCE.

CHAPITRE XXIV.

Le duel.

Léon, à son retour, apprit avec étonnement que Joseph n'était pas encore rentré. Mécontent d'une si longue absence, il essaya cependant de modérer son inquiétude, et de s'occuper à quelque chose, en attendant l'arrivée de Joseph; mais rien ne fut capable de le distraire, et il ne cessait de regarder l'heure à sa montre. Enfin, ne pouvant plus résister à son impatience, il sortait pour le chercher au hasard parmi leurs connaissances, lorsqu'on vint l'avertir que Joseph était depuis long-temps dans un des pavillons du jardin. Léon y court, il trouve son frère enseveli dans une profonde méditation, les bras croisés sur la poitrine, le visage altéré.

— Qu'as-tu, Joseph? Que fais-tu là?

— Moi?... Rien.

— Quelle altération sur ton visage !... certainement tu es malade...

— Oui... la tête me fait mal.

— Où as-tu donc été aujourd'hui ?

— A la villa Borghèse.

— Quelque magnificence qu'on y trouve, tu aurais mieux fait de venir avec nous à la fontaine de Numa.

— Je pense comme toi; j'aurais mieux fait de ne pas te quitter.

— Si tu savais quelle agréable rencontre nous y avons faite d'un jeune peintre et de sa mère ! c'est une aventure extrêmement touchante; je veux te la raconter en peu de mots.

— Non, non, je ne suis pas disposé à entendre une histoire, quelque agréable qu'elle soit... Léon, laisse-moi seul.

— Il faut que tu souffres beaucoup, puisque ma présence t'importune....

Pour toute réponse, Joseph lui tendit une main et porta l'autre sur ses yeux.

— Viens te mettre au lit, reprit Léon; ton état m'inquiète véritablement.

Joseph se laissa conduire dans sa chambre et se coucha aussitôt. Caroline, avertie de son indisposition, vint l'embrasser et lui offrir ses services. Elle voulait faire venir le médecin d'Aurélia.

— Non, non, répondit Joseph avec une impatience qu'il contenait à peine; un peu de repos me suffira. Laissez-moi seul, mes chers amis.

Ce vœu, exprimé plusieurs fois, parut extraordinaire à Léon, qui soupçonna que son frère avait plutôt quelque peine secrète qu'une véritable maladie. Il cacha sa pensée à Caroline, fit fermer exactement les rideaux de Joseph, et se retira dans sa chambre, qui était voisine de celle de son frère. Il feignit même d'avoir besoin de dormir; mais il n'avait garde de le faire avec les inquiétudes dont son esprit était rempli. Il entendit Joseph soupirer et se plaindre; il crut même distinguer qu'il répandait des larmes; Léon se leva précipitamment.

— Mon cher Joseph, je te conjure de m'apprendre ce qui te fait ainsi gémir et soupirer.

— Eh, mon Dieu! je dormais, répondit Joseph. Ne sais-tu pas que mon sommeil est souvent agité?

Léon retourna dans son lit, incertain de ce qu'il devait croire. Les premiers rayons du jour perçaient les jalousies de sa chambre, et ses yeux appesantis se fermaient insensiblement, lorsqu'un léger bruit le réveilla de nouveau. Joseph était levé; il ouvrait doucement la porte de sa chambre; Léon accourt une seconde fois, il trouve son frère enveloppé dans un manteau et prêt à sortir.

— Joseph, lui dit-il vivement, tu ne rêves point à cette heure, et j'espère que tu ne refuseras pas de m'expliquer une si étrange conduite.

Joseph, trop ému pour lui répondre, montre du doigt une lettre qu'il a laissée sur la table à l'adresse de son frère.

— Qu'ai-je besoin d'une lettre, lorsque je te vois? reprend Léon. Hélas! voudrais-tu encore nous abandonner?

— Si je vous abandonne..... ce sera malgré moi,... reprit Joseph avec effort;... je ne songe point à fuir, je te le jure,... mais laisse-moi sortir.....

— Eh! le puis-je sans savoir ce que tu médites, sans être rassuré.... Joseph!... mon frère!... Léon n'est-il plus ton meilleur ami?

En disant ces paroles, il veut écarter le manteau qui couvre Joseph et le serrer dans ses bras;.... il trouve une épée, des pistolets....

— Malheureux! s'écrie-t-il, tu vas te battre en duel...

Léon pâlit, chancelle, et tombe évanoui aux pieds de son frère. Joseph, tout en pleurs, lui fait respirer des sels qu'on avait apportés pour lui la veille. Léon reprend bientôt connaissance, il s'écrie avec amertume:

— Voilà donc le fatal secret que tu me cachais avec tant de soin ! Quoi ! dans une action si importante, tu n'osais te confier à ton propre frère !

— Pardonne-moi cette réserve, reprit Joseph, je craignais tes reproches, ton amitié ; je craignais les obstacles que tu pouvais m'opposer....

— Je sais tout ce qu'on doit sacrifier à ce cruel honneur qui nous est si précieux, répondit Léon en gémissant ;... mais quel est l'indigne spadassin qui veut abuser de ta jeunesse ? à peine sais-tu manier une arme ; comment te défendras-tu contre un homme exercé peut-être dans ce vil métier ? Qui as-tu choisi pour te seconder ou te défendre ? Le pays où nous sommes fourmille d'assassins à gages, qu'il est prudent de redouter.

Je n'ai point songé à prendre de second, répondit Joseph ; je me suis reposé sur la justice de ma cause et la droiture de mes intentions... Mais le temps s'écoule, l'heure du rendez-vous s'approche, cher Léon, laisse-moi sortir ;....... j'aime mieux mourir que de vivre déshonoré.

— Me voici prêt à te suivre, répliqua Léon ; marchons.

— O ciel ! on dira que j'ai amené mon frère pour rompre un combat que ma lâcheté n'a osé soutenir.

— Présume un peu mieux de mon courage,

poursuivit Léon ; je ne veux point sauver ta vie aux dépens de ton honneur ; mais je prétends la venger ou la défendre, si elle est indignement attaquée.

Ils sortirent. Chemin faisant, Joseph raconta à son frère ce qui avait donné lieu à cette malheureuse affaire.

Il se trouvait, la veille, dans les jardins de la villa Borghèse, avec un groupe de curieux qui admiraient comme lui la magnificence de ces lieux. Attirés par le même but, ils se communiquaient mutuellement leurs pensées, lorsqu'un d'eux s'écria en voyant le buste de Mécène :

— Voilà donc ce grand protecteur des lettres auquel la princesse de Parme prend, dit-on, tant de plaisir à être comparée.

— Fi donc, répondit un cavalier dont l'extérieur annonçait de la noblesse, cette comparaison, peu honorable pour l'illustre ami de Virgile, n'a jamais pu trouver de place que dans la tête d'Aurélia.

Le mépris qui perçait dans cette réponse déplut singulièrement à Joseph, qui répliqua sèchement qu'on devait parler plus respectueusement d'une princesse qui surpassait en savoir toutes les personnes de son sexe, et beaucoup de celles de l'autre.

— Je conviens qu'elle passe pour savante,

repartit l'inconnu ; mais cela ne suffit pas pour la rendre respectable à mes yeux. La vertu seule peut obtenir mon estime.

— Eh ! que peut-on lui reprocher ? s'écria Joseph, tremblant de colère.

— Beaucoup de choses, ajouta froidement l'étranger. Sans parler de son ambition qui l'a fait attenter deux fois à la couronne de son frère, quelle tyrannie n'exerce-t-elle pas sur les malheureux artistes qu'elle affecte de protéger ? Impérieuse, vindicative à l'excès, elle emploie tous les moyens pour se satisfaire, et Rome est remplie d'une foule de viles créatures dont elle paie généreusement les criminels services.

— Cela est faux, reprit impétueusement Joseph, et ne peut sortir que de la bouche d'un calomniateur.

— Jeune homme, continua sévèrement l'étranger, je ne sais quel intérêt vous porte à défendre la princesse de Parme ; mais, quel qu'il soit, vous n'en avez pas moins de tort de démentir si audacieusement un homme que vous ne connaissez point. Je n'avance rien que je ne sois en état de prouver. Regardez ce vieux Napolitain qui se promène le long de cette galerie avec un air si mélancolique. Son fils, protégé par Aurélia, était un habile sculpteur. On lui offrait à Naples un établissement avantageux ; son père brûlait de revoir sa patrie; mais la princesse s'opposait à son départ avec un despotisme affreux. Le jeune artiste voulut s'affranchir d'un joug insupportable. La veille qu'il devait quitter Rome, un inconnu pénètre dans sa maison, le perce d'un coup de poignard presque entre les bras de son père, et se retire en prononçant ces mots : « C'est ainsi qu'Aurélia prévient l'ingratitude. » Le vieillard désespéré, sans preuves, sans témoins, meurt chaque jour sans vengeance sur le tombeau de son fils qu'il ne saurait abandonner. Le voilà qui s'approche, venez ; ses larmes paternelles vous confirmeront cet horrible récit.

— Ah! de grâce, dit Joseph, ne renouvelez point ses douleurs..... J'ignorais... je ne conçois pas.... la princesse a des qualités si supérieures...

— La jeunesse n'aperçoit que la surface des choses, repartit l'inconnu, et elle se hâte d'établir de faux jugemens. Je souhaite que cette circonstance vous rende une autre fois plus modéré. Apprenez que votre jeunesse seule vous met à l'abri de mon ressentiment, et que je n'aurais point souffert de tout autre les paroles injurieuses que vous m'avez adressées.

— Monsieur, interrompit Joseph, vous vous abusez peut-être sur mon âge. Quel qu'il soit, je suis prêt à vous rendre raison. Je me nomme

Joseph de Norbert; je loge dans le palais de la princesse de Parme; mais dites un mot, et je vous éviterai la peine de m'y venir chercher.

— Vous avez du courage, monsieur, reprit l'étranger; il faut voir s'il se soutiendra. Je vous attends demain, à huit heures, derrière le Vélabre, et je vous laisse le choix des armes.

Léon et Joseph arrivèrent les premiers au rendez-vous. L'éclaircissement que Joseph venait de donner à son frère fit espérer à celui-ci que l'inconnu était un homme sage et modéré, qui n'abuserait point de l'inexpérience de son adversaire. Cet inconnu parut bientôt lui-même suivi d'un autre cavalier.

— Vous êtes exact au rendez-vous, dit-il à Joseph, et c'est ainsi qu'un homme d'honneur doit se conduire; mais vous me permettrez de ne pas pousser plus loin cette épreuve. J'ai trente ans, vous en avez peut-être dix-huit; cette disproportion me défend de combattre.

— Monsieur, lui répliqua Léon, je suis le frère aîné de Joseph, notre honneur est commun; si l'injure dont vous vous plaignez...

— Non, non, interrompit l'inconnu; je me trouve suffisamment vengé par les cruelles réflexions qu'il a dû faire. Un jeune homme bien né n'a pu se voir à la veille de verser le sang de son semblable, ou d'exposer lui-même une vie chère à sa famille, sans gémir de son imprudence. J'avais hier le même dessein qu'aujourd'hui. Je suis le colonel Laurentino ; et ma mère, que vous avez vue à Bologne, m'a donné une trop flatteuse opinion de messieurs de Norbert pour que je persiste à demeurer leur ennemi.

— Quoi ! vous êtes le seigneur Laurentino ! s'écria Joseph ; vous êtes le fils de cette dame bienfaisante à qui le malheureux Zaccharie a de si grandes obligations ? Ah ! monsieur, recevez mes excuses.

— Je fais plus, ajouta Laurentino, je vous demande à tous deux une sincère amitié.

— Ah ! de bien bon cœur, s'écrièrent les deux frères.

— Monsieur, dit à son tour le cavalier qui accompagnait Laurentino en s'adressant à Léon, excusez mon incertitude ; il me semble reconnaître en vous l'étranger de la fontaine de Numa.

— C'est moi-même, et vous êtes le peintre Zampiéri. Quelle bonté du ciel tourne ainsi à notre avantage un événement dont je redoutais les suites funestes ?

—Voici mon bienfaiteur, ajouta Zampiéri en montrant Laurentino ; voici le jeune colonel dont ma mère vous a parlé dans son récit.

Laurentino les amena tous trois déjeuner avec lui, et il se forma entre ces personnes une amitié d'autant plus durable, qu'elle était fondée sur l'estime. Le colonel soutint de nouveau qu'Aurélia était une personne dangereuse; qu'elle faisait du bien par orgueil et non par bienveillance; et que, pour leur propre intérêt, ils devaient prendre garde de lui déplaire.

— Hélas! reprit Joseph, que les lumières que vous versez dans notre cœur sont cruelles ! Il est pénible de ne pouvoir estimer sa bienfaitrice.

CHAPITRE XXV.

La disgrâce.

Léon n'avait appliqué aucune réflexion à l'aventure récente de son frère. En écoutant les accusations dont le colonel chargeait Aurélia, et les regrets de Joseph, qui aurait voulu en pouvoir douter, il gardait un profond silence, sans expliquer là-dessus sa pensée; mais, depuis ce moment, il devint triste et rêveur. La place qu'il occupait auprès de la princesse le confirmait chaque jour dans la mauvaise opinion qu'il avait de son caractère. Il s'était aperçu plus d'une fois qu'elle était violente et vindicative, et la mort du jeune sculpteur ne pouvait sortir de son imagination. Il craignait de voir s'accomplir les prédictions de Marco Lorenzo.

A quelque temps de là, un musicien nommé Léandre, séduit par les offres du duc de Savoie, voulut abandonner le service d'Aurélia pour passer à celui du prince. Elle dictait à Léon une tragédie qu'elle avait composée, lorsqu'on lui remit une lettre dans laquelle on l'avertissait que Léandre n'attendait qu'une occasion de quitter Rome à son insu. A cette nouvelle, Aurélia, s'abandonnant à la plus vive colère, jeta loin d'elle sa tragédie, et dicta impétueusement à Léon cette lettre, adressée à l'une de ses créatures :

« L'insolent Léandre ne triomphera point ; » mort ou vif, il faut qu'il reste à Rome. Je ne » souffrirai point qu'une vile créature, que j'ai » tirée de l'oubli, me fasse un semblable affront. » Le crime du sculpteur était moins grand ; la » tendresse filiale prêtait quelque ombre d'excuse » à son ingratitude, mais ici on est conduit par » un misérable intérêt.... On me sacrifie indigne- » ment au duc de Savoie.... Je veux être vengée ! » Qu'on cherche partout ce misérable ; je le » regarde désormais comme n'étant plus au » monde. »

Léon s'était troublé dès les premières lignes de cette détestable lettre, et il n'en écouta la fin qu'avec horreur ; mais la furieuse Aurélia, tout occupée de sa passion, ne s'en aperçut pas.

— Avez-vous fait? demanda-t-elle en voyant Léon immobile, la tête appuyée sur sa main.

— Non, madame.

— A quoi pensez-vous donc?

— Madame....., je crains d'avoir mal entendu.

— Il faut donc vous le répéter? et elle redit de nouveau ces odieuses paroles :

« Je le regarde désormais comme n'étant plus » au monde. »

— Madame, reprit timidement Léon, vous êtes bien irritée contre ce malheureux!.... Si j'osais implorer pour lui votre compassion.... Demain vous regretterez peut-être d'avoir dicté ces paroles.

— Je n'ai pas besoin de vos réflexions, répliqua impérieusement la princesse; demain comme aujourd'hui, je poursuivrai les ingrats jusqu'à la mort. Écrivez promptement.

— Je ne le puis, madame, reprit Léon, qui venait de se résoudre à une disgrâce : je ne prêterai jamais ma main à un forfait.

— Audacieux orphelin! s'écria la princesse plus irritée encore, qui t'a donné le droit de me juger? Misérable ver de terre, qu'il m'est si facile d'écraser, n'es-tu pas mon esclave? Va, retourne dans la poussière où j'aurais dû te laisser ramper; que je perde jusqu'au souvenir de ton existence.

Léon sortit, non sans inquiétude, mais parfaitement calme et satisfait d'avoir rempli son devoir.

— La princesse me chasse de son palais, dit-il à Joseph et à Caroline; ne me demandez pas la cause de cette disgrâce, je ne pourrais m'expliquer sans trahir la confiance d'Aurélia. Qu'il vous suffise de savoir que mon cœur ne me reproche rien, et qu'il m'était impossible d'éviter ce malheur. J'ignore quel est à votre égard le dessein de la princesse.

— Que nous importe de le savoir? interrompit Joseph; ton destin fait le nôtre.

— Qu'allons-nous devenir? s'écria Caroline.

— Reprends courage, poursuivit Léon; la Providence ne nous a point abandonnés jusqu'ici; espérons encore en elle, et demandons conseil à nos amis. Laurentino, par son rang et sa fortune, est celui qui peut nous rendre en ce moment de plus grands services; mais sa maison convient moins à Caroline que celle de Zampiéri où il y a des femmes; allons d'abord chercher un asile dans cette dernière.

Les deux frères connaissaient trop bien le caractère d'Aurélia pour ne pas redouter les suites de cette disgrâce, et ils convinrent de quitter le palais à l'instant même, pendant qu'ils en avaient encore la liberté. Ils se chargèrent à la hâte de leurs objets les plus précieux qui pouvaient s'emporter facilement, et abandonnant tout le reste, ils se rendirent chez le peintre dans un carrosse de louage. Caroline, qui ne connaissait point les raisons que ses frères avaient de redouter la princesse, la fuyait à regret, et même avec quelques remords. Il lui semblait qu'on aurait dû plutôt s'efforcer de l'apaiser, et que leur conduite envers elle tenait un peu de l'ingratitude. Caroline sentait vivement la perte de certaines habitudes de luxe et de mollesse qu'elle avait contractées. L'agréable perspective des bals, des fêtes, des concerts, les attentions dont elle s'était vue quelquefois l'objet au milieu d'une société brillante, disparaissaient à ses regards pour se perdre dans un horizon nébuleux; mais, malgré ses regrets, elle ne concevait pas même la pensée de conserver ces avantages séparée de ses frères.

Zampiéri reçut les fugitifs avec une touchante cordialité; il les pria de regarder sa maison comme la leur, et d'y vivre dans une entière liberté. Sa mère et son épouse témoignèrent qu'elles partageaient ces généreux sentimens, et s'étudièrent à mettre leurs hôtes à leur aise, en bannissant de bonne heure toute espèce de contrainte et de cérémonie. Pendant que Caroline et Joseph les aidaient à opérer quelques changemens que la présence de trois personnes inattendues nécessite toujours dans une maison peu considérable, Léon et Zampiéri sortirent ensemble pour se rendre chez Laurentino.

Le souper était prêt depuis long-temps; Caroline, Joseph, Olimpia et sa mère attendaient avec impatience le retour des deux absens, lorsque Zampiéri entra seul, égaré, les habits tachés de sang....

— Sauvez-vous ! dit-il à Joseph et à Caroline; votre frère est enlevé... On me suivait.

— Mon frère !.... grand Dieu !

— On a tué mon frère, s'écria Caroline d'une voix faible, et elle tomba évanouie dans un fauteuil.

Des coups se font entendre à la porte extérieure : l'anxiété augmente; plus on tarde à répondre, plus il sera difficile de dissimuler. Joseph emporte entre ses bras Caroline évanouie, et court se réfugier dans une cave. Olimpia ordonne d'ouvrir, chacun compose son maintien, règle sa contenance.... Un grand homme vêtu de noir se présente au nom de la sainte inquisition; il réclame, comme protestans, Joseph et Caroline; ses satellites les attendent en bas de l'escalier. Olimpia frémit; Zampiéri répond qu'il ne sait où sont les personnes qu'on lui demande, et en prononçant ces paroles il regarde sa mère. Elle était immobile, les yeux attachés sur l'inconnu; tout à coup elle se lève, lui arrache son capuchon et s'écrie :

— O mon Dieu! le voilà donc retrouvé!....

— C'est Pic! c'est mon frère! ajouta avec transport Grimaldino.

— Où suis-je? reprend l'homme noir d'un air effaré.... Il voulait sortir.

— Ah! ne me fuis pas, mon fils, poursuivit Benedetta d'une voix suppliante, et en étendant les bras vers lui; si ce moment ne te ramène, tu es perdu sans retour. Ne crains point mes reproches, je te pardonne tout, pourvu que tu restes.

— Ces accens de la tendresse maternelle pénètrent dans l'âme du coupable Pic; il tombe aux genoux de sa mère, qui le reçoit dans ses bras, et Grimaldino mêle ses larmes aux leurs.

— Mon fils, reprit Benedetta, pourquoi persécutez-vous ces intéressans orphelins? Qui peut les avoir dénoncés au Saint-Office?

— J'accomplis les ordres d'Aurélia, et non ceux de l'inquisition, répondit Pic; cet habit n'est qu'un travestissement qui me donne le droit de pénétrer partout.

— Eh quoi! tu pourrais te résoudre à servir une indigne vengeance contre des enfans innocens ?

— J'y renonce dès ce moment, répliqua Pic; vous venez de changer entièrement mon cœur.

— Dieu en soit loué ! s'écria Zampiéri : mais ceux qui t'attendent....

— Je vais les éloigner.

— Ah! mon fils, tu nous quittes !....

— Il le faut, ma mère, pour notre commune sûreté ; mais prenez confiance dans mes paroles, je vous jure de revenir dans un quart d'heure.

Toute la famille resta plongée dans un grand trouble, ne sachant que craindre ou espérer du changement de Pic. On n'osait rappeler Joseph et Caroline, de peur de les exposer à quelque trahison. Zampiéri alla mystérieusement leur raconter ce qui se passait. Caroline, revenue à elle-même, s'abandonnait à la plus vive douleur, et Joseph était si peu maître de la sienne, qu'il n'avait point la force de la consoler. Le récit de Zampiéri lui redonna cependant un peu de courage. Il apprit alors les détails de l'enlèvement de son frère.

Comme il sortait avec le peintre de chez Laurentino, sans l'avoir pu rencontrer, un laquais les aborda.

—Vous cherchez, leur dit-il, le colonel Laurentino ; il se promène dans le Colisée ; voulez-vous qu'on vous y conduise ?

Léon et son ami suivirent le laquais en s'entretenant à voix basse de leurs affaires avec tant de chaleur, qu'ils ne s'aperçurent point du chemin qu'ils faisaient. Le bruit d'une voiture leur ayant fait détourner la tête, ils se virent aux portes de Rome, dans un endroit très-solitaire, entourés de cinq à six personnages de fort mauvaise mine.

— Que faisons-nous ici ? s'écria Léon d'une voix ferme ; où est le colonel Laurentino ?

En disant ces paroles, il voulut mettre l'épée à la main, mais on ne lui en laissa pas le temps. Le désarmer, lui passer un mouchoir sur la bouche et l'emporter dans la voiture, furent l'affaire de quelques secondes. Zampiéri, quoique sans armes, voulut défendre son ami en se jetant sur ceux qui l'entraînaient ; mais deux de ces brigands le terrassèrent et lui donnèrent des coups si violens que le sang jaillit par la bouche et par les narines ; il en resta quelques momens étourdi, et sans savoir où il était. Revenu à lui-même, il trouva que tout avait disparu, Léon, les brigands et la voiture. Conduit alors par le bruit d'une fontaine, il alla s'y laver le visage, et boire un peu d'eau qui remit ses sens agités. Zampiéri reprit le chemin de sa demeure, désespéré de la perte de son ami, sur le sort duquel il ne pouvait former que des conjectures affligeantes. A peine avait-il fait quelques pas dans l'intérieur de la ville, qu'il s'aperçut qu'on le suivait. Une nouvelle terreur s'empara de son âme; il crut qu'on en voulait à ses jours; mais, comme au lieu de se rapprocher de lui on se bornait à l'observer, et qu'il lui sembla reconnaître parmi ces personnes un officier de l'inquisition, il ne douta point que cette seconde aventure ne fût une suite de la première, et qu'on ne le suivait qu'afin d'atteindre plus sûrement Joseph et Caroline. Alarmé pour ses hôtes, il chercha à tromper ses observateurs, en faisant des détours et des circuits qui le fatiguèrent sans les décourager.

Joseph s'abandonnait aux tristes réflexions que ce récit devait naturellement inspirer, lorsqu'Olimpia vint les tirer de cet asile désagréable. Pic était revenu, et l'on ne devait plus douter de son répentir. Il déclara à Joseph que son frère venait d'être enlevé par les agens d'Aurélia, mais qu'il ignorait où elle le faisait conduire et le sort qu'elle lui préparait. Que pour lui, il avait reçu l'ordre de les conduire chacun dans un couvent de leur sexe, d'où ils ne devaient jamais sortir, et dont les supérieurs avaient beaucoup de déférences pour la princesse de Parme.

— Hélas! s'écria Caroline, qu'a donc pu faire le malheureux Léon pour changer si subitement à notre égard les sentimens de cette princesse? tant de bonté et tant de haine peuvent-elles trouver place dans un même cœur? Hier encore, je m'entretenais familièrement avec elle; elle m'appelait sa chère Caroline; est-il possible qu'il ne lui en reste plus aucun souvenir? Ah, Joseph! si tu m'en croyais, nous retournerions au palais d'Aurélia; nous irions embrasser ses genoux, et lui demander la grâce de notre frère.

— Gardez-vous bien de risquer une semblable démarche, reprit vivement Pic. Je connais mieux que vous le caractère furieux et vindicatif de cette princesse. Aucune considération n'est capable de l'arrêter dans le premier moment de sa colère. Non seulement vous devez éviter sa présence, mais encore quitter Rome au plus tôt et de la manière la plus secrète. C'est le seul moyen d'échapper à ses persécutions.

— O mon frère, reprit douloureusement Caroline, nous ne te reverrons donc jamais?

— Cette crainte affreuse se réaliserait bientôt plus sûrement pour nous, si nous venions à perdre notre liberté, continua Joseph; fuyons, ma chère Caroline, allons chercher un asile contre les méchans, auprès du tombeau de notre père.

— Je voudrais être morte à côté de lui, poursuivit Caroline en répandant de nouvelles larmes ; ma jeunesse ne me présage que de longues infortunes.

— Reprends courage, chère sœur, lui dit encore Joseph ; le désespoir et l'abattement aigrissent les maux au lieu de les guérir.

Ces exhortations échouaient contre la vive douleur dont l'âme de Caroline était saisie. Elle passa dans une autre pièce, afin d'y pleurer en liberté. Olimpia la suivit, moins pour la consoler que pour mêler ses larmes aux siennes.

Pendant ce temps, Zampiéri, Joseph, Pic et Benedetta examinaient ensemble de quelle manière les orphelins pourraient quitter sûrement la ville de Rome. Les voitures publiques ou particulières n'offraient rien d'assez rassurant, parce qu'elles seraient probablement surveillées par les espions de la princesse ; et, d'un autre côté, on n'osait exposer Caroline à voyager à pied. Protégés par Laurentino, devaient-ils recourir aux autorités ? mais Aurélia ne manquerait pas de tourner en zèle pour la religion l'affreuse violence qu'elle méditait ; et les malheureux orphelins risquaient de tomber entre les mains du Saint-Office, et d'aller finir leurs jours dans des couvens. Cette perspective alarmait extrêmement Joseph, qui préférait la mort à une captivité éternelle, et il pensait avec effroi que son malheureux frère gémissait peut-être dans un pareil asile. Pic n'avait point cette idée ; mais comme ses soupçons étaient d'une nature plus sinistre, il se garda bien de les communiquer à Joseph. Le plus difficile était de sortir de Rome, dont toutes les issues pouvaient être observées, et l'on n'était point encore fixé sur ce point important, lorsque le matin les surprit dans cette incertitude. Les clameurs d'une populace qui se répandait dans les rues, inspirèrent à Benedetta une pensée qu'elle se hâta de mettre au jour.

— Entendez-vous ces cris? dit-elle ; ils annoncent le carnaval ; ne pourrait-on pas profiter de ce temps d'ivresse et de folie?

— Nous sommes sauvés! s'écria Pic ; cette circonstance est la plus favorable qu'on puisse désirer. Perdus dans la foule des masques, masqués vous-mêmes, vous sortirez sans danger de la ville. Nous louerons des mules au plus prochain village, et je vous conduirai jusqu'à Tivoli. De là vous gagnerez facilement le royaume de Naples et la ville d'Ortona, où je vous conseille de vous embarquer pour Venise. Il ne serait pas prudent de retourner en Suisse par la voie la plus directe. Vous trouverez à Venise mille occasions de continuer librement votre chemin. En attendant, vous vous donnerez pour deux frères napolitains qui vont étudier la peinture dans une école vénitienne.

— Mon fils, reprit Benedetta, vous ne dites point ce que vous deviendrez à votre tour. N'avez-vous rien à craindre de la part de la princesse ? et le service que vous rendrez à ces jeunes étrangers ne vous expose-t-il pas à sa vengeance ?

— Soyez tranquille, ma mère, répondit Pic; j'ai un moyen assuré de m'en garantir, et ce moyen s'accorde trop bien avec le dessein où je suis de réformer ma conduite, pour que vous ne l'approuviez pas.

Il voulait parler du cloître dans lequel il se retira en effet peu de jours après, résolu à finir ses jours dans un esprit de pénitence. Sa vie, depuis l'instant où il avait abandonné sa mère, s'était passée dans une débauche et un déréglement continuels. Son histoire n'offre rien de particulier; dissipateur dans la prospérité, vil et méprisable dans l'indigence, il arriva de chute en chute jusqu'à l'indigne emploi dans lequel nous l'avons retrouvé.

Toutes les mesures étant prises, on envoya chercher Laurentino, que Joseph souhaitait de revoir encore une fois, pour lui recommander le sort de son frère. Il ne put jouir de cette satisfaction; Laurentino se trouvait à la campagne. Joseph chargea Zampiéri de lui faire parvenir une lettre ; et, après avoir adressé à cette aimable famille les adieux les plus touchans, le frère et la sœur, vêtus en cavaliers napolitains, s'éloignèrent avec Pic. Ils portaient tous trois sur leurs habits, un domino vert, avec un masque sur le visage et un ruban blanc au bras pour se reconnaître. Ils s'avancèrent dans les rues à travers une foule de masques plus bizarres les uns que les autres. Caroline, effrayée de tous ceux qui se pressaient autour d'elle, marchait en tremblant sur les pas de son frère, en le tenant par la main. Ils errèrent long-temps çà et là, ne pouvant se faire un chemin à cause de la grande quantité de personnes qui obstruait les rues.

— Ne me perdez pas de vue, dit Pic, et suivez-moi.

Il était grand et robuste. Il pousse les uns, il écarte les autres et s'ouvre enfin un passage. Tout à coup une voiture se présente ; elle renferme deux religieux qui portent respectueusement une petite statue de bois, richement habillée. C'est l'image de Jésus enfant : on l'appelle le Bambino. Les riches se font apporter cette image, lorsqu'ils se voient dangereusement malades. Chacun s'écrie : *il Bambino ! il Bambino !*

La foule s'écarte avec respect et s'incline sur son passage. Ce mouvement fit perdre aux orphelins la vue de leur conducteur, qu'ils cherchèrent quelque temps des yeux avec inquiétude. Ils l'aperçurent enfin qui leur faisait signe de l'aller rejoindre; ce qu'ils exécutèrent, non sans fatigue et sans peine. Enfin ils sortirent de Rome; la foule diminua insensiblement, et ils se trouvèrent seuls, à l'entrée de la nuit, au milieu d'une campagne stérile sur la route de Tibur.

CHAPITRE XXVI,

Où l'on voit un nouveau personnage.

JOSEPH et Caroline, encore émus de crainte et de fatigue, marchaient depuis quelque temps en silence, lorsque Pic s'arrêta sur les ruines d'un tombeau.

— Je pense qu'il est temps, dit-il, de respirer. En disant cela, il ôte son masque; ô surprise! ce n'était point le fils de Benedetta. Un visage inconnu porta l'effroi dans l'âme des orphelins; ils restèrent immobiles et silencieux.

— Eh bien! reprit l'étranger, qui vous empêche d'en faire autant?... Plaît-il?... Vous ne dites rien?... Oh, parbleu! je pense que vous vous moquez de moi!...

Il veut arracher le masque de Caroline; elle jette un cri; Joseph met l'épée à la main, et jure de défendre sa sœur. L'étranger pâlit; il tombe à ses genoux.

— Seigneur, lui dit-il, épargnez-moi : il faut qu'il y ait eu entre nous quelque méprise; Dieu me préserve de vouloir offenser personne! je suis déjà assez malheureux.

— Jurez-moi, s'écria Joseph, que vous n'êtes point un agent d'Aurélia.

— Eh! c'est elle que je fuis, répliqua l'étranger. Vous voyez en moi un pauvre musicien, nommé Léandre, qu'elle menace de toute sa colère, parce que j'ai osé prêter l'oreille aux propositions du duc de Savoie, qui m'offre une place dans sa chapelle. Deux amis m'accompagnaient dans ma fuite; le hasard a voulu que vos dominos fussent semblables aux leurs; ne me punissez pas de ma méprise.

— Nous vous avons pris aussi pour une personne de notre connaissance, répondit Joseph; mais je pense qu'il serait trop dangereux de retourner sur nos pas pour la chercher, car nous avons, ainsi que vous, de puissantes raisons d'abandonner la ville de Rome.

— Eh bien! continua Léandre en reprenant courage, puisque notre intérêt se trouve à peu près le même, souffrez que nous cheminions paisiblement ensemble; notre sûreté en sera mieux établie.

Les trois voyageurs, s'étant débarrassés de leurs habits de masques, qu'ils cachèrent sous une des pierres du tombeau, se remirent en route avec un nouveau courage. Le musicien, curieux et bavard, mourait d'envie de connaître les raisons de la fuite de Joseph et de Caroline, qu'il prenait pour un jeune homme; mais les orphelins n'étaient pas d'humeur à le satisfaire.

— Suivant l'observation que vous m'avez d'abord adressée, dit-il à Joseph, il paraît que vous m'avez regardé comme un agent d'Aurélia.

— Il est vrai.

— Je présume que c'est elle aussi qui vous oblige à quitter Rome.

— Cela se pourrait.

— Il me semble même, autant que le peu de clarté qu'il fait me permet de distinguer votre visage, vous avoir vu plusieurs fois dans la chapelle de la princesse.

— Je m'y suis trouvé quelquefois par curiosité.

— Vous n'êtes donc pas son secrétaire?

— Son secrétaire! répondit Joseph avec émotion; est-ce que vous le connaissez?

— Je ne lui ai jamais parlé, poursuivit Léandre; mais je l'ai entrevu une ou deux fois dans le palais. C'est un bien honnête homme, et il n'y a personne qui désire autant que moi de lui rendre service.

Caroline posa son mouchoir sur ses yeux; Joseph reprit encore :

— Qui peut vous inspirer pour ce jeune homme des sentimens si favorables?

— Je lui dois peut-être la vie.

— A mon frè.... à M. de Norbert?

— A lui-même; la princesse lui dictait une lettre dans laquelle je me trouvais menacé d'une manière effrayante : c'était comme un ordre de m'ôter la vie....

— Eh bien?

— Eh bien! M. de Norbert a mieux aimé perdre sa place et s'exposer au ressentiment d'Aurélia, que d'écrire de sa main cet ordre abominable.

— Cher Léon! s'écria Caroline d'une voix étouffée.

Joseph, fort ému, pressa doucement la main de sa sœur, et reprenant la parole :

— D'où pouvez-vous tenir une nouvelle que le secrétaire n'a confiée à personne?

— Les grands, répliqua le musicien, sont dans leur palais comme au milieu d'une place publique. Il y a mille oreilles qui les écoutent, et deux mille bouches qui répètent ce qu'ils ont dit. Le premier valet de chambre de la princesse, avec lequel je suis intimement lié, attiré par le bruit qu'elle faisait en ce moment, a entendu une partie de cette aventure et deviné le reste. Grâce à ces prompts avertissemens, j'espère me sauver de la méchanceté d'Aurélia; mais je n'en dois pas moins la vie à monsieur le secrétaire particulier, et je voudrais de tout mon cœur lui être bon à quelque chose.

— Votre reconnaissance est juste, repartit Joseph, et l'intérêt que vous inspire M. de Norbert augmentera encore, lorsque vous apprendrez qu'il est en ce moment victime de sa fermeté.

— O mon Dieu! que lui est-il donc arrivé?

— Il fut enlevé hier au soir, par les ordres de la princesse de Parme, et conduit je ne sais où.

— Elle est capable de l'avoir fait jeter dans le Tibre, pour mieux s'assurer de sa discrétion.

— Dieu! mon frère, s'écria de nouveau Caroline, et elle se laissa tomber sur l'épaule de Joseph, qui n'eut que le temps de la soutenir.

— Que dit-il, son frère? demanda Léandre.

— O ma sœur! ma chère Caroline! reprit Joseph hors de lui-même, ne va point mourir entre mes bras.... Hélas! quel sort cruel est donc le nôtre! Ranime-toi, Caroline; je n'ai plus que toi pour m'aider à supporter la vie.

— Il est perdu!.... continua Caroline d'un air égaré.

— Non, quelque chose me crie au fond du cœur que Dieu ne l'aura point abandonné....

— Ah! mon frère, reprit Caroline en passant ses faibles bras autour du cou de Joseph, si j'osais espérer que cette voix n'est pas illusoire! Si Dieu, par pitié pour nous, nous envoyait cette divine consolation! O mon Dieu! (continua-t-elle en joignant les mains avec ferveur, pendant que Joseph et Léandre lui-même pleuraient à chaudes larmes), quelques calamités qu'il te plaise de répandre sur nous, elles me paraîtront légères, pourvu que tu nous réunisses. Nous souffrirons ensemble, sans murmurer, la pauvreté, la maladie, la mort;... mais ne permets pas que la méchanceté des hommes nous sépare sans retour.

— Monsieur, mademoiselle, reprit le musicien en pleurant toujours, pardonnez-moi d'avoir augmenté vos douleurs par une réflexion indiscrète. Je ne savais pas,... je ne présumais pas... Oh! si j'avais la moindre connaissance de ce qui est arrivé à ce noble jeune homme! si je pouvais agir;... mais le valet de chambre d'Aurélia m'a promis de m'écrire; peut-être apprendrai-je quelque chose par cette voie.... Hélas! que je m'en veux d'avoir causé tant de mal à cette jeune demoiselle!

— Quand vous l'eussiez fait à dessein, répondit languissamment Caroline, votre estime pour mon frère me ferait tout oublier; mais cela n'est point, et je n'ai pu prendre jusqu'ici qu'une bonne opinion de votre cœur.

Le bruit des cascades de l'Anio leur annonça de fort loin la ville de Tivoli, où ils arrivèrent au point du jour. Ils avaient passé, sans s'en apercevoir, le lac de la Solfatara, qui bouillonne et exhale une mortelle odeur de soufre. Les voyageurs se retirèrent dans une hôtellerie écartée, où Joseph fit prix pour avoir des mules. Après avoir dormi une couple d'heures et fait un assez bon repas, les orphelins et Léandre, qui avait aussi loué une mule, repartirent ensemble pour Albano, dans le royaume de Naples, avec un muletier qui devait ramener leurs montures.

Ce nouveau compagnon de voyage interdisant aux orphelins la consolation de s'entretenir de leur frère, et la disposition de leur esprit les rendant peu propres à soutenir tout autre sujet de conversation, ils cheminaient dans un profond silence. Léandre, qui aimait fort à discourir, causait avec le muletier, qui ne demandait pas mieux que de lui répondre. Le musicien l'interrogeait sur tout ce qui frappait ses regards, et voulait savoir jusqu'au nom du plus petit village.

— Comment appelez-vous, lui demanda-t-il,

cette croix que j'aperçois là-haut sur le revers de cette montagne noire?

— C'est la *Croce del Figlio ribello*, répondit le muletier.

— Et pourquoi la nomme-t-on ainsi? continua Léandre.

— Vous allez le savoir, poursuivit le muletier.

HISTOIRE DU FILS REBELLE.

Il y avait autrefois dans un hameau tout près de Molise, un vieillard nommé Giuseppe, qui était fort employé dans les négociations des mariages, parce qu'il avait la réputation de faire réussir tous ceux qu'il entreprenait.

— Cette réputation-là devait lui valoir une fortune, dit Léandre.

— Il était aussi fort à son aise, continua le muletier. Sa maison était pleine de présens, et il ne manquait de rien dans son ménage. Un soir qu'il soupait tranquillement avec sa famille, un jeune inconnu se présenta chez lui.

— Dieu vous garde, Giuseppe, dit le jeune homme, je suis Pietro, fils de Gherardi le boiteux....

— Soyez le bienvenu, interrompit Giuseppe en se levant. Je connais fort le nom de votre père, c'est le plus riche laboureur de l'Abruzze;

personne ne cultive aussi bien que lui le riz et le safran, dont il possède, dit-on, des champs immenses; mais il est encore plus sage que riche, et on fait grand bruit de ses vertus. J'ai ouï raconter qu'il était devenu boiteux en voulant sauver des flammes l'enfant d'un de ses voisins. Allons, signor Pietro, mettez-vous à table avec nous, et lorsque vous aurez soupé, vous m'apprendrez ce qui me procure l'honneur de votre visite.

Pendant que Giuseppe parlait ainsi, Pietro, les yeux baissés, l'air contraint et timide, tournait son chapeau entre ses mains. Il s'assit à table à côté de Giuseppe, qui demanda à sa femme de leur donner du meilleur vin qu'il y eût dans la chaumière. Ils vidèrent trois bouteilles de vin grec, que le vieillard avait reçu en présent d'un marchand de Molise qu'il venait de marier très-richement; car je dois convenir que Giuseppe passait pour aimer singulièrement le bon vin. Après le repas, Pietro, enhardi par les politesses de son hôte, lui parla ainsi:

— Si la réputation de mon père s'est répandue dans cette contrée, la vôtre, seigneur Giuseppe, ne lui cède en rien parmi nous. Votre sagesse et le bonheur qui accompagne toutes vos entreprises sont tellement reconnues, qu'on a coutume de dire, quand il arrive quelque chose d'heureux : *È la mano di Giuseppe* (c'est la main de Joseph).

— Il est vrai, reprit le vieillard en souriant, que ma bonne étoile ne m'a point encore abandonné. Beaucoup entreprennent, et ſort peu réuſsiſsent, dit le proverbe : pour moi, je ne saurais me l'appliquer ; mais aussi j'agis avec prudence, et je ne tiens pas à tout le monde le même langage.

— J'ai rencontré par aventure, poursuivit Pietro, une jeune fille si belle et si bien faite, que j'ai pris la résolution d'en faire mon épouse, si elle daigne y consentir. Elle demeure tout près d'ici ; c'est la jeune Sylvia.... Vous froncez le sourcil, Giuseppe, vous n'approuvez pas ma recherche...! Hélas, je sais que Sylvia n'est pas riche ; mais je le suis déjà du bien de ma mère, qui est considérable ; pourrai-je mieux l'employer qu'à réparer envers cette belle personne les torts de la fortune ?

— Ce n'est pas la pauvreté que je considère, répondit le vieillard. Une fille belle et vertueuse apporte une dot suffisante à son époux ; mais pourquoi vous le dissimuler ? Sylvia ne remplirait qu'une partie de ces conditions. On parle beaucoup de sa beauté, on ne dit jamais rien de sa sagesse ; et même je sais qu'elle a été l'objet de plusieurs discours malins qui ne lui font pas d'honneur. On lui reproche d'aimer avec excès les propos galans, et d'étaler un luxe de parure auquel son indigence ne devrait pas suffire.

— Une beauté comme la sienne excite trop d'envie pour être à l'abri de la calomnie, répliqua vivement Pietro. Je veux fermer l'oreille à ces malignes insinuations, et ne m'en rapporter qu'à ma propre expérience. Depuis trois mois que je connais cette jeune fille, j'ai fait, pour lui parler, d'inutiles efforts. Je me trouve partout où elle se trouve, sans qu'elle réponde jamais à mes regards ni à mes saluts. Je lui ai fait parler par une de ses amies; elle a répondu que son usage n'était pas de souffrir les attentions d'un jeune homme qui ne s'était point encore expliqué à ses parens. N'est-ce pas là la conduite d'une personne modeste et vertueuse?

— Sylvia est fine, et désire se marier richement, dit Giuseppe.

— Cessez de l'outrager ainsi, continua vivement Pietro. Tout ce que vous pourrez me dire à ce sujet m'affligerait sans me persuader. Songez plutôt à me suivre, Giuseppe. Allez trouver dès demain la mère de Sylvia, et dites-lui tout ce que vous jugerez à propos pour terminer promptement cette affaire.

— Mais votre père y consent-il? demanda le vieillard; vous ne me parlez point de lui.

— Mon père, repartit timidement Pietro, m'a toujours témoigué un si grand amour, qu'on ne doit point douter de lui dans cette occasion. Je suis son fils unique; je lui ai déclaré que je mourrais de douleur si je n'obtenais point Sylvia... Pour vous, Giuseppe, si vous me rendez un si grand service, je vous regarderai à jamais comme un second père. Ma mère m'a laissé en mourant une petite boîte qui contient cent florins; je prétends que la boîte et les florins vous appartiennent.

Le vieillard, ébloui d'une si belle offre, ne trouva plus le courage de résister. Dès le matin suivant, il alla chez les parens de la jeune fille, plus inquiet des reproches secrets de sa conscience que de la réussite de son entreprise. Il fut reçu à bras ouverts comme il s'y attendait, et Sylvia pouvait à peine contenir les transports de sa joie. On envoya chercher le jeune homme, qui attendait en tremblant le retour de son ambassadeur; il arriva au comble de ses vœux, et le notaire, averti secrètement, s'étant trouvé là comme par hasard, on dressa le contrat des futurs époux. La journée se termina par un festin, où le vieux Giuseppe montra, dit-on, une telle tempérance, qu'il fallut l'emporter dans sa maison.

Le lendemain, s'étant levé de bon matin pour

aller moissonner avec ses fils, il les suivait lentement en pensant au mariage de Pietro, qui le tourmentait malgré lui. Il avait beau chercher à se rassurer, il ne pouvait croire que Gherardi l'approuvât, et il maudissait les cent florins qui l'avaient tenté. Tout à coup un vieillard, monté sur une mule, lui demanda la maison de Giuseppe.

— Vous en êtes tout près, répondit Giuseppe; peut-on savoir l'affaire qui vous y conduit?

— Je veux aller trouver le maître de cette maison, répliqua le voyageur, et lui reprocher, devant tous ses voisins, l'indigne action qu'il vient de commettre.

— Eh bien! c'est moi qui suis Giuseppe! s'écria le vieillard en colère; qu'avez-vous à me reprocher? Grâce à Dieu, ma réputation est affermie, et ne dépend point de la langue du premier vagabond qui passe.

— Je ne suis point un vagabond, je m'appelle Gherardi.

— Vous êtes le père de Pietro, ajouta Giuseppe avec confusion; je devine à présent que vous m'en voulez à cause du mariage de votre fils.

— Eh! n'ai-je pas raison de vous en vouloir? répliqua Gherardi. Est-ce à un homme de votre âge à soutenir la rébellion d'un fils contre son père? Ne savez-vous pas comme moi que l'objet de sa folle recherche est une personne sans honneur, et qu'il ne saurait être heureux avec elle?

— Il a été sourd à mes observations, répondit Giuseppe.

— Dites plutôt que vous avez prêté l'oreille à ses promesses, continua Gherardi. Je vous croyais un homme sage et rempli de bons conseils; mais aujourd'hui je ne peux plus conserver cette opinion.

— Gherardi, reprit Giuseppe, j'ai fait une faute, et, tout vieux que je suis, je m'empresse d'en convenir. Allez vous reposer dans ma chaumière; je vais tâcher de réparer le mal que j'ai commis.

Il appelle ses enfans, leur ordonne de conduire chez lui l'étranger, et se rend aussitôt chez les parens de Sylvia. La maison était déjà remplie de voisins et de parens qui se hâtaient de la complimenter sur son mariage.

— Ne vous pressez pas tant, dit Giuseppe; ce mariage n'est pas encore fait, et, s'il plaît à Dieu, ces jeunes gens y renonceront d'eux-mêmes. Lorsque je m'employai hier pour le faire réussir, j'ignorais que le père de Pietro s'y opposait; mais il est venu lui-même dans ma chaumière, transporté d'indignation, et je vous déclare de sa part qu'il ne veut point consentir à ce mariage.

Sylvia se mit à pleurer ; Pietro, pénétré de sa douleur, s'écria d'une voix forte :

— Je jouis du bien de ma mère ; mon âge me permet de me marier selon mon goût.

— Il n'y a point d'âge, reprit Giuseppe, qui puisse soustraire un fils respectueux aux volontés de son père. Le ciel ne bénit point les enfans rebelles, et un mariage ne saurait réussir sous de pareils auspices.

Pietro, en colère, se leva du lieu où il était, s'emporta contre le vieillard au point de l'injurier, et fit serment d'épouser Sylvia malgré son père et tout le monde.

— Malheur à toi ! jeune homme ; malheur à toi ! s'écria Giuseppe. Si tu n'honores ton père et ta mère, tes jours seront de courte durée. Il se retira après ces paroles, et s'en alla dire au vieux Gherardi le peu de succès de sa mission. La famille de Sylvia, au lieu de rappeler Pietro à son devoir, ne songea qu'à profiter de son obstination pour assurer à la jeune fille un mariage avantageux. Ils résolurent d'en presser d'autant plus la célébration. Un grand nombre de personnes y furent invitées ; mais les honnêtes gens se gardèrent bien d'accepter cette invitation, ne voulant pas se réjouir avec des enfans rebelles.

Gherardi, malgré la désobéissance de son fils, ne pouvait arracher de son cœur la tendresse qu'il avait pour lui. Des larmes coulaient sur ses joues vénérables en pensant au malheureux sort dans lequel cet insensé se précipitait volontairement.

— Si je pouvais le voir encore une fois ! s'écriait-il avec amertume ; si je pouvais le rendre témoin de ma douleur, peut-être m'accorderait-il quelque confiance. Pietro est faible et subjugué par une personne dangereuse ; mais son cœur n'est point endurci contre moi ; c'est la seule occasion qu'il m'ait donnée de me plaindre de sa conduite ; hélas ! que ne puis-je le voir !

Pietro, de son côté, redoutait tellement cette entrevue, qu'il ne sortait point de la maison de Sylvia, dans la crainte de rencontrer son père ; et le vieux Gherardi ne pouvait se résoudre à l'aller chercher dans cette maison. Giuseppe, touché de la douleur de ce malheureux père, se détermina à braver la colère de Pietro, de Sylvia et de sa famille pour tenter auprès d'eux un dernier effort. Il supporta, sans s'émouvoir, le premier choc de leur violence, et, prenant la parole à son tour, il leur rappela les devoirs des enfans envers leur père, et les tristes effets de la vengeance de Dieu sur ceux qui se sont dispensés de ce devoir. Il ne manqua point de leur citer à l'appui quelques exemples remarquables. De là, passant à la tendresse des pères pour les enfans, il montra combien il était facile de les apaiser par une tendre soumission. Il fit entrevoir avec beaucoup d'adresse que celui de Pietro, plongé dans une grande douleur, n'attendait peut-être qu'une légère marque de condescendance pour se montrer plus favorable à leurs désirs. Enfin il s'insinua si bien dans l'esprit de ceux qui l'écoutaient, qu'il fut convenu que Pietro irait se jeter aux genoux de son père.

Gherardi ne l'eut pas plus tôt aperçu, qu'il se hâta de voler à sa rencontre, et de le serrer entre ses bras avec toutes les marques de la plus vive tendresse. Il lui reprocha doucement de faire le tourment de ses vieux jours.

— Eh quoi ! lui dit-il, ne peux-tu rencontrer ailleurs une fille aussi belle que Sylvia, et plus capable de te rendre heureux ? *La grâce trompe, la beauté s'évanouit ; il n'y a que celle qui craint l'Éternel qui mérite d'être louée. Si la femme sage est la couronne de son mari, la femme folle est la ruine de sa maison* [1].

Il ajouta à ces paroles des raisons si fortes et

[1] Proverbe de Salomon.

si persuasives, et Giuseppe les appuya par des réflexions si judicieuses, que ces deux vieillards triomphèrent enfin de l'obstination de Pietro. Il embrassa tendrement son père, et lui promit de s'en rapporter désormais à ses conseils.

— Partons à l'instant même pour notre pays, lui dit-il; il me tarde d'être éloigné de ces lieux.

— La nuit est trop proche, mon cher fils, lui répondit Gherardi; mais demain au lever du soleil nous en serons déjà loin. Pietro venait de se coucher, lorsqu'il entendit frapper doucement à sa fenêtre. Il se lève sans bruit, il aperçoit un enfant dans l'obscurité.

— Ma sœur Sylvia demande à vous parler avant de mourir.

— Avant de mourir! ô ciel! que lui est-il donc arrivé?

L'enfant s'éloigne en pleurant sans lui répondre. Pietro, alarmé, s'habille à la hâte, sort par la fenêtre et retourne auprès de Sylvia. Il la trouve pâle, échevelée, noyée dans les larmes.

— Ingrat, lui dit-elle, vous voulez partir, vous voulez m'abandonner..... Encore quelques heures, et je vais devenir la fable du pays. On me montrera au doigt, on dira qu'en me faisant demander en mariage, vous avez eu dessein de vous jouer de ma crédulité. Comment me suis-je attiré de votre part un affront si cruel? ai-je employé quelque moyen pour vous séduire? mais vous partagez l'injustice de votre père; vous me punissez d'être pauvre, et vos promesses ne vous paraissent qu'un léger engagement à l'égard d'une fille indigente.

Les pleurs qui coulaient de ses beaux yeux faisaient plus d'impression sur le cœur de Pietro, que les reproches que les parens de Sylvia ajoutèrent à ce qu'elle venait de dire. Troublé, hors de lui-même, il jura une seconde fois de désobéir à son père. La famille de Sylvia, qui craignait de la part du jeune homme un nouveau changement, prit la résolution de l'emmener sur-le-champ dans un autre village, d'où la mère de Sylvia était sortie, et d'y célébrer secrètement le mariage, malgré les poursuites de Gherardi.

Ce malheureux père, trop inquiet pour dormir long-temps, se leva aux premières lueurs du jour et voulut éveiller son fils. Sa consternation fut extrême de ne le point trouver, et d'apercevoir la fenêtre ouverte. Un cruel soupçon qui pénétra dans son cœur, lui inspira d'abord une telle indignation, qu'il fut tenté d'abandonner l'ingrat. Cependant il ne put se résoudre à partir sans connaître plus exactement les raisons d'un changement si extraordinaire, et il pria Giuseppe d'aller s'en informer. Celui-ci apprit des voisins de Sylvia que toute la maison, depuis le plus petit jusqu'au plus grand, s'était mise en route avant le jour, en se dirigeant par le chemin qu'on lui montra.

Gherardi entra dans une grande colère en apprenant cette fuite inattendue, et il jura de ne point retourner dans son pays qu'il ne l'eût reprochée au perfide Pietro. Il monta à cheval sur-le-champ avec Giuseppe, qui se mit en croupe derrière lui. Ils atteignirent la noce, au pied de cette même montagne, où vous voyez une croix. Gherardi, sans s'inquiéter de ceux qui entouraient Pietro, lui demanda d'un ton sévère si c'était là l'effet de ses promesses; et, comme il baissait les yeux sans lui répondre, Gherardi lui ordonna de choisir, pour la dernière fois, entre son père et sa maîtresse. Pietro, troublé par la passion qui le dominait et le regret d'offenser son père, ne savait à quoi se résoudre, lorsque Sylvia, qui était près de lui, lui serra doucement la main sans que personne s'en aperçût. Alors le jeune homme élevant une voix mal assurée :

—Quand vous devriez me maudire, répondit-il, je n'abandonnerai point Sylvia.

— Adieu donc, fils dénaturé! s'écria Gherardi avec indignation; je te livre désormais à toute la colère du ciel.

Il dit et piqua son cheval, afin de dérober à ces rebelles les pleurs qui s'échappaient de ses yeux. La noce continua de gravir la montagne; elle était à peine au sommet, qu'un bruit effroyable sortit des entrailles de la terre. Les deux vieillards, effrayés, détournèrent la tête; ils virent la montagne s'entr'ouvrir, et la noce entière disparaître parmi des torrens de flammes et de fumée. Gherardi, désespéré d'un événement si déplorable, s'en retourna chez lui en se frappant la poitrine, et Giuseppe se reprocha toute sa vie la part qu'il avait prise à cette aventure.

Cette terrible explosion d'un volcan qu'on ne soupçonnait pas, dura peu et ne s'est jamais renouvelée depuis; ce qui l'a fait regarder par quelques uns comme une punition immédiate du ciel. On a planté une croix sur la montagne en mémoire de ce grand événement, et il n'y a point de mauvais fils assez hardi pour oser seulement s'en approcher.

CHAPITRE XXVII.

Joseph et Caroline s'embarquent pour Venise.

L'histoire que venait de raconter le muletier donna lieu à de nombreuses réflexions de la part du musicien, et fournit un ample sujet à la conversation, qui durait encore lorsqu'on arriva à Albano. La première personne que Joseph aperçut en entrant dans la ville, ce fut Pic, qui les y attendait. Cette vue le surprit et lui causa une véritable joie. Quelque légère que soit une connaissance, il est telles circonstances dans la vie qui la font retrouver avec plaisir, et l'aspect d'un visage connu est un heureux événement pour celui qui se trouve abandonné de tout le monde.

Pic apprit à Joseph qu'après les avoir cherchés long-temps dans la foule des masques, il était retourné chez son frère dans l'espoir de les y retrouver; que là, son inquiétude n'ayant fait qu'augmenter encore, il avait pris un cheval pour se rendre à Tivoli, où il n'arriva qu'après leur départ, et qu'enfin il avait poussé jusqu'à Albano, en prenant un chemin plus court que la route qu'ils avaient suivie.

— Maintenant que je vous ai retrouvés, ajouta-t-il, je retourne à Rome calmer les inquiétudes de vos amis, et leur annoncer que vous poursuivez paisiblement votre voyage.

Joseph le remercia affectueusement des peines qu'il avait prises, et lui raconta par quel hasard ils avaient rencontré le musicien Léandre, qui était la cause innocente de leurs malheurs. Pic ne voulut point attendre au lendemain pour se remettre en route, tant il lui tardait de tranquilliser sa famille sur le sort des deux orphelins. Joseph, avant de le quitter, prit avec lui des mesures pour correspondre sans danger avec les amis qu'il laissait à Rome.

D'Albano ils allèrent coucher à Aquila, capitale de l'Abruzze ultérieure. Le muletier qui les conduisait ce jour-là fumait continuellement sa pipe sans parler, de sorte que le pauvre Léandre était obligé de soutenir presque seul la conversation. Après avoir épuisé beaucoup de sujets indifférens, il finit par raconter indirectement ses propres aventures, sous des noms supposés, imprudence que Joseph se permit de lui reprocher lorsqu'ils se trouvèrent seuls; mais le musicien aimait tellement à parler, qu'il se serait livré à ses ennemis plutôt que de se taire. Le troisième jour de leur départ de Rome, ils étaient à moitié chemin d'Aquila à Ortona, lorsqu'ils aperçurent deux hommes à cheval qui les suivaient, enveloppés dans des manteaux. Léandre n'y fit presque pas d'attention, et, toujours babillard, il ne cessa de s'entretenir, avec le muletier, de la princesse de Parme, de Rome et du duc de Savoie, sujets d'entretien fort dangereux à traiter au milieu d'une grande route et dans sa position.

Joseph et Caroline, mécontens de leur compagnon de voyage, observaient l'un et l'autre un silence d'autant plus profond, que l'aspect des deux cavaliers les inquiétait singulièrement. Arrivés dans l'auberge d'un petit village où l'on s'arrêta pour déjeuner, les deux étrangers ayant ôté leurs manteaux, on les reconnut pour des sbires, à l'uniforme qu'ils portaient.

— Seigneur, dit l'un d'eux au musicien, votre nom n'est-il pas Léandre, et ne sortez-vous pas de la chapelle de la princesse de Parme?

— Qui, moi, messieurs? s'écria Léandre fort troublé; je n'ai jamais entendu parler de la princesse de Parme.

— Si cela était vrai, répliqua le sbire, vous ne vous en fussiez point entretenu tout le long de la route avec le muletier, ainsi que vous l'avez fait; je m'en rapporte au témoignage de vos compagnons de voyage et au muletier lui-même.

L'agitation des orphelins, pendant cette explication, aussi alarmante pour eux que pour le musicien, est plus facile à imaginer qu'à décrire. Ils s'étudiaient de tout leur pouvoir à paraître tranquilles, et redoutaient surtout l'indiscrétion de Léandre. Celui-ci, dont le trouble croissait visiblement, ne savait comment repousser l'observation qu'on venait de lui faire; l'autre sbire continua :

— La princesse vous accuse, non seulement

de n'avoir point achevé votre engagement avec elle, mais encore de lui emporter beaucoup de musique qui lui appartient. C'est pourquoi vous aurez la bonté de nous suivre à Rome, où nous vons l'ordre de vous conduire.

— Messieurs...., la princesse veut me perdre! s'écria Léandre; elle a résolu de me faire périr.... Je ne suis point un voleur, qu'on examine mon porte-manteau.... D'ailleurs, je ne suis point Léandre.

— Je pense que la peur vous fait perdre la raison, continua le sbire; voici au reste votre signalement.

Léandre était au désespoir; il se jeta sur une chaise, en fondant en larmes. Les orphelins, touchés de sa douleur, n'osaient cependant s'approcher de lui, tant ils craignaient pour eux-mêmes.

— Messieurs, dit le maître de l'auberge en s'adressant aux sbires, voici la première fois que des sbires romains se permettent d'arrêter un homme dans le royaume de Naples.

Les sbires se troublèrent à leur tour; mais, reprenant bientôt leur audace, ils répondirent qu'ils avaient une autorisation pour se conduire ainsi.

— Il est de mon devoir de m'en assurer, répliqua l'hôte, et je vais envoyer quérir le podestat.

— Nous ne damandons pas mieux, reprit un des sbires; mais, en attendant, apportez-nous à boire dans le pavillon de votre jardin.

Ils y passèrent l'un et l'autre, pendant que l'hôte envoyait avertir le podestat. Léandre pleurait toujours.

— Sauvez-vous, lui dit tout bas Caroline, ils ne peuvent vous voir en ce moment; l'hôte est descendu à la cave; personne ne s'opposera à votre fuite.

Joseph appuya vivement l'avis de sa sœur. Léandre prit son petit porte-manteau sous son bras, et se jeta à travers champs avec une rapidité égale à son épouvante. Joseph et Caroline cherchaient dans leur imagination comment ils s'excuseraient d'avoir favorisé la fuite du musicien, lorsque l'hôte revint du pavillon avec la bouteille de vin qu'il portait aux sbires.

— Ils sont partis! s'écria-t-il; le podestat leur a fait peur; je me doutais bien que ces gens n'étaient que des fripons déguisés. Mais où est donc ce pauvre musicien?

— Je suppose qu'il a profité de l'absence des sbires pour prendre la fuite, répondit Joseph.

— Voilà qui est plaisant, repartit l'hôte en éclatant de rire. Les poursuivans et le poursuivi pourraient fort bien se rencontrer au milieu des bois. Le podestat, au lieu de rire de cette aventure, prétendit que sa dignité était compromise, et ordonna à trois ou quatre paysans qui le suivaient avec de méchans fusils, de battre la campagne, et de fourrer dans la cave qui servait de prison tous les vagabonds qu'ils rencontreraient; mais les paysans, qui avaient leur safran à cultiver, se contentèrent de faire le tour du village, de sorte qu'on ne trouva personne, et que nos orphelins arrivèrent à Ortona, sans savoir ce que Léandre était devenu. Ils ne doutèrent point que ces faux sbires ne fussent encore des satellites d'Aurélia, qui empruntaient cet uniforme, comme Pic prenait l'habit d'un inquisiteur. Ils n'en eurent que plus d'impatience de s'embarquer, ne se trouvant pas en sûreté si près de Rome. Ils s'arrangèrent avec le patron d'un petit bâtiment qui retournait à Venise, et partirent du port avec un bon vent et le temps le plus favorable.

Au moment du départ, ils remarquèrent avec intérêt une jeune fille d'environ treize à quatorze ans que sa mère recommandait au patron du navire. Cette dame, jeune encore, et vêtue avec une simplicité voisine de l'indigence, pleurait et tenait sa fille entre ses bras, en faisant cette recommandation. Lorsqu'il fallut se séparer, et que la tendre mère prononça ces tristes paroles: « Adieu, ma Paolina! » cette jeune enfant poussa des sanglots si douloureux, que tout le monde en fut attendri. Elle s'attacha étroitement au cou de sa mère, en prononçant des paroles entrecoupées que ses pleurs empêchaient d'entendre. Sa mère se pencha à son oreille; alors Paolina la laissa aller, et se retira dans un coin du navire, livrée à la plus amère douleur. La malheureuse mère resta long-temps sur le rivage, les bras élevés vers le ciel, comme si elle eût imploré sa protection pour la fille chérie qu'elle confiait aux vents et à la mer.

Le vaisseau s'éloignait du port, les regrets de Paolina ne s'apaisaient point. Le patron, à qui elle était recommandée, lui avait adressé en passant quelques paroles d'encouragement; mais ces consolations grossières ne pouvaient pénétrer dans l'âme tendre de cette jeune personne. Caroline, qui, en s'embarquant, avait repris les habits de son sexe, s'approcha d'elle avec intérêt.

— Je conçois et je plains bien vivement l'état de votre cœur, lui dit-elle; vous venez de quitter une bonne mère, votre douleur est légitime; mais ne craignez-vous pas d'altérer votre santé en vous y abandonnant avec excès?

— Hélas! s'écria Paolina, je serais bien aise de mourir.... Loin de ma chère maman, ma vie ne saurait être heureuse!

— N'avez-vous donc aucune espérance de la revoir ? répliqua Caroline.

— Aucune espérance ! que dites-vous là ! continua la jeune fille avec vivacité ; ce seul doute m'est plus cruel que la mort ! oh ! certainement je la reverrai. Quand je devrais échapper à mes surveillans...., quand je devrais implorer la pitié du dernier matelot....

— Eh ! qui serait assez barbare pour séparer à jamais une mère d'avec sa fille ? répondit Caroline.

— Ah ! si vous saviez !.... reprit Paolina. Elle s'arrêta à ces mots et se mit à pleurer.

Les jours suivans, elle pleura moins, et la vivacité de sa douleur fit place à une tristesse inquiète qui semblait augmenter à mesure qu'on approchait de Venise. Aux fréquentes informations qu'elle prenait pour s'assurer de la distance où l'on était encore de cette ville, on jugeait facilement qu'elle redoutait le but de son voyage. La conformité de leur âge, une égale sensibilité, le malheur qui les accablait toutes deux, avaient établi entre Caroline et Paolina une liaison et une confiance que la jeunesse accorde avec tant d'abandon.

— Ma chère amie, lui dit Caroline, vous m'avez confié que vous vous rendiez à Venise auprès du père de votre mère ; comment donc expliquer l'effroi qui s'empare de vous à l'approche de cette ville ?

— Ah ! Caroline ! répondit Paolina en soupirant, vous ne savez pas tout... Ce père que je n'ai jamais vu, et qui m'appelle cependant auprès de lui, ne m'offrira peut-être qu'un visage sévère..., peut-être me défendra-t-il d'écrire à ma chère maman !

— Voilà qui est inconcevable, continua Caroline, et je ne puis m'empêcher de croire que vous vous créez là des chagrins imaginaires.

— Je veux que vous en jugiez vous-même, poursuivit Paolina. Aussi bien il y a long-temps que je souhaite de vous confier mes secrets, et que j'éprouve le besoin de m'en entretenir avec vous. Elle l'emmena dans le réduit où elle couchait et tira de dessous son hamac un rouleau de papier qui contenait un manuscrit. Elles s'assirent ensuite auprès de la lucarne qui éclairait cette partie du vaisseau, et Paolina déployant le manuscrit :

— Cette écriture est celle de ma mère, dit-elle en y portant ses lèvres, et ce manuscrit renferme l'histoire de ses malheurs. Elle l'a écrite afin que je m'en souvienne mieux, et que je m'en serve pour régler ma conduite auprès de mon aïeul.

HISTOIRE DE LUCRÈCE,

Ecrite par elle-même et adressée à sa fille.

Quoique vous soyez encore bien jeune, ma chère fille, les tristes circonstances dans lesquelles je me trouve m'obligent à vous confier des secrets au dessus de votre âge. J'espère cependant que le malheur aura assez avancé votre raison pour que vous en puissiez retirer quelque fruit, et que votre cœur sera assez pénétré de mes chagrins pour ne pas me reprocher cruellement les fautes par lesquelles je me les suis attirés.

— Bonne et chère maman ! interrompit Paolina, et son papier fut au même instant couvert d'un déluge de larmes. Elle reprit sa lecture un instant après.

Je suis née à Venise, dans un rang distingué; Alberti, mon père, était sénateur. Ma mère mourut jeune; je ne la connus jamais. Le soin de mon éducation fut abandonné à une dame noble et sans fortune, nommée Béatrice, qui conservait dans un âge mûr toute l'exaltation d'une imagination romanesque. Mon père, occupé d'affaires politiques, m'accordait à peine une légère attention. Il ne songea à sa fille que lorsqu'elle devint en âge d'augmenter son crédit par un pompeux établissement.... Mais déjà il était trop tard.

Retirée avec Béatrice dans une maison de plaisance que mon père possédait dans le Vicentin, nous y passions nos jours à lire des romans. Méprisez, ma chère enfant, cette lecture dangereuse que ma prudence a jusqu'à ce jour écartée de vos mains. Les sentimens y sont toujours peints avec de fausses couleurs, et les récits qu'ils contiennent captivent l'imagination sans aucun profit pour la vertu, sans enrichir l'esprit d'aucune connaissance utile. Je ne vous parle point ici des romans qui attaquent les mœurs; le poison de ces derniers est trop visible pour qu'une âme bien née en supporte l'odieuse lecture; mais je vous dénonce surtout ces livres perfides où le nom de la vertu, qui se lit à chaque page, ressemble à ces flammes trompeuses, produites par des exhalaisons funestes, qui égarent pendant la nuit le voyageur trop confiant. Le moindre inconvénient de ces sortes d'ouvrages est de dégoûter des lectures vraies et instructives, dans un âge où l'on en a le plus besoin.

Un neveu de Béatrice, le jeune Rinaldo, était celui qui nous procurait abondamment ces livres si avidement dévorés par nous. J'avais à peine seize ans, j'allais rarement dans le monde.

A force de voir approuver dans mes lectures les unions les plus mal assorties, et de remarquer que les obstacles qu'on leur opposait faisaient le plus grand charme de ces mêmes lectures, je trouvais beau d'imiter l'exemple de leurs héroïnes. Rinaldo était un pauvre gentilhomme assez agréable de sa personne; je me persuadai qu'il m'aimait en silence et que je devais l'aimer aussi.

Béatrice, à qui je confiai mon extravagance, en fut d'abord effrayée. Elle voulut me rappeler à la raison; mais je lui fis voir une telle obstination, je m'abandonnai avec tant de violence à toute la fougue d'une jeune tête exaltée, qu'elle n'osa pas me contredire, et consentit à pénétrer le prétendu secret de son neveu.

Rinaldo m'a avoué depuis qu'il voyait trop de distance entre nous deux, pour qu'une telle pensée eût seulement trouvé place dans son esprit; mais l'ouverture que lui fit Béatrice éveillant à la fois son ambition, il se flatta de rétablir sa fortune en épousant une riche héritière. Nous étions si persuadés que mon père n'y consentirait jamais, qu'aucun de nous ne songea à le consulter sur cette importante affaire. Les romans nous avaient habitués à considérer les parens, non comme des amis et des protecteurs envoyés de Dieu, mais comme des instrumens nécessaires à l'intérêt d'une histoire par les obstacles qu'ils y répandaient. Nous résolûmes de commencer la nôtre par un mariage secret, qui fut célébré de nuit dans une église de village. Là, un jeune ambitieux et une fille insensée, conduits par une passion imaginaire, prirent au pied de l'Éternel l'engagement le plus sacré.

Nous étions mariés depuis un an, lorsque mon père me présenta un époux. Je ne vous peindrai, ma fille, ni les momens terribles qui précédèrent un aveu inévitable, ni la colère de mon père, ni les cruelles angoisses auxquelles je fus livrée. Elles étaient d'autant plus vives que je reconnaissais mon erreur. Je savais que Rinaldo ne m'aimait point, qu'il ne m'avait jamais aimée, et que moi-même je m'étais abusée sur mes sentimens. Mon époux, trompé dans les calculs de son ambition, exposé à la vengeance d'un homme puissant (nous avions perdu tout espoir de fléchir le cœur d'Alberti), me punissait de tant de malheurs par l'amertume de ses reproches. Mon père me fit appeler.

— Votre sort, me dit-il, est encore entre vos mains; je puis faire prononcer votre divorce; renoncez à un époux indigne de vous, et je vous délivre à jamais de sa présence en le bannissant de Venise.

— Ah! m'écriai-je en tombant à ses pieds, ajouterai-je un nouveau crime à celui que j'ai déjà commis? Les hommes m'absoudront-ils du serment que j'ai fait à Dieu?

— Il n'a pu recevoir un serment qui blessait l'autorité paternelle.

— Il l'a reçu pour m'en punir.

— Quelque choix que vous fassiez, Rinaldo n'en sera pas moins banni de ces lieux.

— Je le suivrai, seigneur; c'est le seul devoir qui me reste à remplir.

Mon père ne se laissa point toucher: Rinaldo fut banni. Je le suivis avec d'autant plus de courage, que je vous portais dans mon sein, ma chère Paolina. Il parut d'abord touché de mon dévouement, et ses manières devinrent plus affectueuses. Nous nous rendîmes à Thessalonique, dans la Turquie d'Europe, ville riche et commerçante, où Rinaldo avait quelques relations. Il plaça dans le commerce le peu d'argent que nous possédions; ses entreprises furent heureuses et notre horizon parut s'éclaircir.

Vous aviez six ans, ma fille, et deux jeunes frères vous avaient succédé, lorsque je remarquai quelques changemens dans la conduite de mon époux. De fréquentes absences dont j'ignorais le motif, une extrême négligence dans ses affaires, la contrainte qui régnait dans notre ménage, sa parcimonie qui nous accordait à peine de quoi subsister, furent les avant-coureurs de beaucoup d'autres infortunes. J'appris enfin qu'une fille grecque, extrêmement belle, s'était emparée du cœur de Rinaldo, qu'il la comblait de présens, et faisait régner le luxe dans sa maison, tandis que la nôtre manquait souvent des choses les plus nécessaires. J'étais à peine instruite de cette accablante nouvelle, que j'en connus une autre encore plus déplorable; c'était la faillite de mon coupable époux, et sa disparition. Il m'abandonnait, sans ressources, avec trois malheureux enfans. Des créanciers avides vinrent m'arracher jusqu'au berceau de mon jeune fils. J'étais assise sur le plancher, au milieu de quatre murs entièrement nus; je vous tenais tous trois entre mes bras, vous baignant des larmes les plus brûlantes que puisse répandre une mère, lorsqu'un Turc, qui était le maître de la maison, vint me signifier d'en sortir, parce qu'il l'avait affermée à une autre personne.

— Hélas! m'écriai-je, que vais-je devenir? où conduirai-je ces innocentes créatures?

— Cela ne me regarde pas, répondit le Turc sans s'émouvoir; je fais mon devoir en vous prévenant trois jours d'avance.

Il se retira à ces mots sans paraître touché de ma douleur.

Le désespoir me suggéra alors une pensée fort extraordinaire. Je pris mon petit enfant sur mon sein, et, donnant la main à l'aîné de vos frères, tandis que vous me suiviez en me tenant par la robe, je me rendis chez la jeune Grecque enrichie de nos dépouilles. Une cour spacieuse, ornée de portiques de marbre, me conduisit à des appartemens élégamment décorés. On m'introduisit auprès d'une femme d'une beauté surprenante. Elle était à demi couchée sur un sofa cramoisi, dont la couleur relevait encore la blancheur éblouissante de ses bras et de son visage. Elle tenait un luth entre ses mains. Cette fille me parut si belle et si gracieuse, que je perdis tout espoir de l'arracher jamais du cœur de mon époux, et cette pensée me fit répandre un torrent de larmes.

— Hélas! pensai-je en moi-même, peut-on être à la fois si belle et si vicieuse! tant de grâces, tant de douceur devraient-elles cacher une âme perverse!

Pendant que je pleurais en silence, en m'adressant ces tristes réflexions, la jeune Grecque, qui attendait que j'expliquasse le sujet de ma visite, me demanda avec intérêt ce qui pouvait me causer une si grande douleur. J'avais d'abord eu l'intention de lui reprocher ouvertement les malheurs et la ruine de ma famille; mais, en la voyant, je ne me sentis pas le courage de l'outrager.

— Madame, lui répondis-je, je suis abandonnée de mon époux, je suis mère... et la plus affreuse indigence...

— Je vous entends, reprit-elle en me faisant asseoir; tranquillisez-vous, nous tâcherons d'adoucir votre infortune. Elle appela un esclave et lui ordonna de demander à sa mère la permission de me présenter devant elle.

— Sa mère! dis-je en moi-même; sa mère! M'aurait-on mal indiqué la personne que je cherche?... Madame, ajoutai-je timidement, oserai-je vous demander votre nom?... Je crains qu'une erreur...

— Je m'appelle Théodora, je suis Grecque de naissance.

Ce nom, qui était aussi celui de ma rivale, me jeta dans une étrange confusion. J'ajoutai en tremblant :

— Vous connaissez Rinaldo.

— Ce nom m'est parfaitement inconnu, répliqua la jeune Grecque; d'où peut venir cette question?

— C'est ainsi que s'appelle mon époux, continuai-je en pleurant. Une femme perfide, qui porte votre nom, l'a ravi à ma tendresse; elle a privé d'un père ces misérables enfans.

— Je devine à présent que vous m'avez prise pour elle, répondit Théodora sans montrer de colère; mais en même temps la rougeur qui lui colora le visage acheva de me persuader qu'elle ne méritait pas d'être confondue avec la Théodora que je croyais rencontrer dans cette maison. L'air respectable de sa mère, qui entra dans ce moment, ne fit qu'ajouter aux sentimens favorables que la fille m'avait déjà inspirés. Ces deux personnes m'accueillirent dans ma détresse, et me firent trouver auprès d'elles un asile paisible et consolateur. Théodora me confia bientôt qu'elle était sur le point d'épouser un Grec de Constantinople, qui l'aimait autant qu'elle le chérissait elle-même.

— Cependant, ajouta-t-elle, je ne sais quelle inquiétude me poursuit depuis que je connais vos malheurs. L'inconstance de votre époux me fait redouter la légèreté du mien. Je lui répondis que tous les hommes ne trahissaient pas également leurs devoirs, et que, pour moi, je ne regardais les fautes de mon époux que comme une juste punition de la mienne. Malgré ces encouragemens, Théodora n'était point rassurée, et lorsqu'elle revit son amant, qui avait fait une assez longue absence, elle ne manqua point de lui reprocher la légèreté de son sexe. Il s'établit entre eux, à ce sujet, une vive discussion dans laquelle chacun voulait défendre ses droits. Théodora, ne sachant que répondre, vint me chercher avec ma famille, comme une preuve irrécusable de ce qu'elle avançait. Nous entrons dans la salle, je tenais mes yeux baissés.... Tout à coup les cris de mes enfans me font tressaillir.... Je les vois voler dans les bras de l'étranger.... Je reconnais Rinaldo. En le voyant lancer sur moi des regards furieux, des gémissemens s'échappèrent de ma bouche; pâle, et me soutenant à peine, j'essaie de rappeler mes enfans, de dissimuler ma propre consternation : il n'était plus temps... Théodora avait tout deviné. Revenue de l'excès de son trouble, elle se lève avec dignité.

— Vous m'avez trompée, dit-elle à Rinaldo, vous m'avez entraînée à commettre, sans le savoir, une action odieuse! J'ai fait gémir cette mère infortunée, j'ai sans doute causé sa ruine, en recevant des mains d'un homme que je regardais comme mon époux, des services et des présens qu'il n'avait point le droit de m'offrir.... Perfide !... je vous défends de me revoir jamais.

En achevant ces mots, elle se retira avec sa mère, qui la soutenait dans ses bras, à moitié évanouie. Je m'approchai en tremblant de mon époux :

— Hélas! lui dis-je, ne m'accablez pas de votre haine; je n'ai point médité cette scène funeste; j'ignorais que vous fussiez ici. Tout mon malheur vient d'être venue dans cette maison; mais pouvez-vous n'avoir point de pitié du désespoir qui m'y a conduite? Enfin si je ne puis trouver grâce devant vos yeux, ne les détournez pas au moins de ces innocentes créatures qui vous doivent la vie....

Rinaldo se leva furieux, et avec un accent dont je frémis encore :

— Oses-tu bien m'approcher, femme perfide! s'écria-t-il, furie attachée à mes pas, tourment effroyable de mes jours, tu viens de rompre à jamais les faibles liens qui me retenaient encore! Non-seulement je te hais, mais je déteste aussi ces créatures que tu appelles tes enfans.... N'augmente point ma fureur par ta feinte soumission... Ne vole point au devant du poignard dont je devrais percer ton cœur pour me délivrer à jamais de ta présence....

L'effroi, le désespoir se réunirent pour frapper mon âme en même temps; je m'évanouis aux pieds de mon barbare époux. En ouvrant les yeux, je me vis entourée d'esclaves qui me prodiguaient leurs soins respectueux. Je demandai mes enfans, mon époux : vous revîntes bientôt entre mes bras.... Pour Rinaldo, je ne devais plus le revoir; il avait disparu, et j'ignore encore sa destinée.

Cependant, on me porta dans le meilleur lit, dans la chambre même de Théodora; et comme j'allais en demander la raison, on me présenta un billet de la main de cette malheureuse fille. Il était conçu en ces termes :

« Cause innocente de votre infortune, je me » couvrirais d'opprobre si j'étais capable d'en pro- » fiter. Cette maison, ces meubles, ces esclaves » vous appartiennent ; votre époux avait trouvé » le moyen de me les faire accepter sans alarmer » ma délicatesse. Jouissez-en, Lucrèce, et par- » donnez à votre amie une erreur qui nous a été » si funeste.

« Théodora. »

A ce billet étaient joints des papiers qui m'assuraient cette propriété d'une manière incontestable. Théodora avait quitté Thessalonique. Alors je fis vendre cette superbe demeure, et je me hâtai de réparer l'honneur de ma famille en payant les créanciers qui restaient encore. J'abandonnai une ville qui avait été pour moi le théâtre de tant de malheurs, et je me retirai dans le royaume de Naples, avec les débris de ma fortune. Cachée à la campagne, j'espérais élever ma famille, malgré la modicité de mes ressources ; mais je reconnus bientôt qu'elles étaient insuffisantes. J'écrivis à mon père ; je lui découvris ma situation et l'abandon de mon époux avec tous les ménagemens que je pus imaginer. Mon père m'envoya quelques secours, en me proposant encore de rompre mon mariage, ne pouvant supporter que je portasse le nom de Rinaldo. Je lui rappelai en vain l'existence de mes chers enfans : il fut inexorable, et je perdis tout espoir de le revoir jamais. Cependant, malgré tant de sévérité, sa main bienfaisante ne laisse pas de me soulager dans ma misère. Grâce à ses bontés, ma triste famille a du pain, des vêtemens et un asile assuré. Mon travail et mon économie, dont je ne tirais d'autres fruits que le plus cruel découragement, me procurent aujourd'hui le repos et la sécurité. J'oubliais la sévérité de mon père pour ne songer qu'à ses bienfaits, et je demande au ciel qu'il le bénisse.

Voilà, ma chère enfant, ce qu'il était nécessaire que vous sachiez, pour vous conduire sagement auprès de votre aïeul, qui consent enfin à vous connaître. Ne vous souvenez des fautes de votre mère que pour les éviter. Si Alberti n'a point changé, vous allez être, comme elle, abandonnée à vous-même. Ne souffrez point que l'oisiveté vous expose à d'imprudens loisirs. Travaillez beaucoup, lisez de bons ouvrages, occupez-vous de Dieu. Demandez-lui à toute heure qu'il vous rende agréable aux yeux de votre aïeul; emparez-vous, s'il se peut, de toute l'affection de celui-ci, et soyez entre nous et lui-même une chaîne bienfaisante. Que le récit de mes malheurs ne vous inspire aucune haine pour votre père. Plaignez-le, et ne le méprisez pas; car rien ne peut justifier de pareils sentimens dans le cœur d'un enfant. Peut-être traîne-t-il lui-même une vie infortunée, peut-être un repentir douloureux a-t-il terminé ses jours.

Paolina n'avait point fait cette lecture sans l'interrompre souvent par ses larmes, et Caroline sentit plus d'une fois les siennes prêtes à couler. Oh! que vous devez aimer cette bonne et tendre mère! dit-elle à Paolina; et que je comprends bien, à cette heure, toute l'inquiétude que vous devez ressentir! Cependant vous avez mille raisons d'espérer à Venise un accueil favorable. Les secours que votre aïeul s'est empressé de vous donner, marquent assez qu'il a un fonds de tendresse que votre présence augmentera encore.

Le croyez-vous, ma chère Caroline? Hélas! quelle serait ma joie de m'en faire aimer, et d'obtenir le pardon entier de ma tendre mère! Il me semble qu'elle n'a fait qu'une seule faute, qui est de s'être mariée sans l'aveu d'Alberti. Je ne regarderai jamais les romans qu'avec horreur; mais qui pourrait supposer qu'un livre fût capable de produire tant de mal? Qu'en pensez-vous, ma bonne amie?

Je n'ai jamais lu de romans, répondit Caroline, quoiqu'on ne m'ait point défendu d'en lire. Il est vrai que je suis encore bien jeune, et que j'ai tant de choses à apprendre que je ne trouverais guère le temps de m'en occuper. Toutefois, notre mère me paraît si sage et si persuadée des mauvais effets de cette lecture, que je me souviendrai de ses conseils, pour n'en jamais faire choix.

— Que je vous plains d'être orpheline! reprit Paolina; on est si heureuse avec une mère!

—Je n'ai jamais connu la mienne, continua Caroline; mais mon père m'en a parlé tant de fois, qu'il a placé, pour ainsi dire, son image dans mon cœur. Elle était bonne, sensible et pleine de tendresse pour sa famille.

— Ah! je vois bien qu'elles se ressemblent toutes! s'écria Paolina en s'essuyant les yeux.

—Je me souviens, poursuivit Caroline, quoique je fusse bien jeune alors, du jour où mon père me conduisit par la main sur le monument de son épouse. C'était un petit tombeau de marbre blanc, avec trois jeunes peupliers autour, qui représentaient ses enfans. Une statue enveloppée de draperies, les mains croisées sur la poitrine et les yeux fermés, était couchée sur le tombeau. Mon père me donna une couronne de fleurs et me prenant entre ses bras, il me fit signe de la déposer sur le front de la statue. Il pleurait : je ne comprenais pas encore sa douleur.

Mon père, lui dis-je, quelle est donc cette belle personne que vous me faites couronner?

— C'est ta mère, ma Caroline.

— Ma mère ! ah ! dites-lui donc d'ouvrir les yeux et de se lever.

— Hélas ! elle ne se levera plus que pour entrer au ciel. Ta naissance lui a coûté la vie.

Elle ne se levera plus !... repris-je tout étonnée... Mais ne pleurez pas ; ce n'est point là ma mère ; cette personne ressemble aux statues de votre jardin. Mon père m'expliqua alors que ce n'était qu'une image fidèle de celle qui m'avait donné le jour ; et il jeta dès-lors dans mon cœur ces sentimens d'amour et de vénération que j'ai conservés pour elle.

CHAPITRE XXVIII.

Le Suisse exilé.

Les cris des matelots qui saluaient Venise troublèrent l'entretien de ces jeunes personnes. Paolina serra précieusement son manuscrit, et remonta sur le pont avec Caroline. Elles distinguèrent alors une ville toute brillante de superbes édifices, qui s'élevaient immédiatement du sein des flots. Ces flots ne se contentaient pas de baigner ses remparts, ainsi qu'il arrive à beaucoup de villes maritimes, ils pénétraient dans l'intérieur des rues et des places publiques, formant de toutes parts de magnifiques canaux, bordés de palais et de temples somptueux. Un grand nombre de gondoles circulaient sur ces canaux comme les voitures dans Paris. La modeste gondole de louage se glissait doucement entre celle du sénateur, chargée de riches peintures, et la gondole du petit-maître vénitien. Une populace immense, une foule de costumes étrangers, un mouvement continuel annonçaient l'opulence et l'activité de cette souveraine des mers, qui a osé bâtir sur les flots les monumens les plus durables. Le petit groupe d'îles sur lesquelles elle est assise, servit autrefois d'asile à quelques citoyens de Padoue, que la fureur des Goths força de s'y réfugier. Telle fut, selon les uns, l'origine de Venise. D'autres la considèrent comme une colonie des Vénètes, nation bretonne, encore moins fameuse par sa puissance et son courage, que par la noble résistance qu'elle opposa à Jules César.

Le vaisseau eut à peine jeté l'ancre dans le port de Venise, qu'une douzaine de gondoliers vinrent offrir leurs services aux passagers. Le patron ordonna à l'un d'eux de conduire Paolina chez le sénateur Alberti, sur la place Saint-Marc. La jeune personne embrassa tendrement Caroline, en lui confiant tout bas son extrême émotion :

— Je n'espère point vous revoir, lui dit-elle, puisque vous ne devez pas rester à Venise ; mais je me souviendrai toujours de vous avec un véritable intérêt.

— Et moi aussi, ma chère Paolina, répondit Caroline; je me rappellerai notre liaison passagère comme une consolation que Dieu m'a envoyée dans mon malheur.

Joseph et sa sœur, qui ne connaissaient point Venise, s'informèrent d'une hôtellerie où ils pussent se placer décemment et à peu de frais. Un gondolier les mena dans le beau quartier de la Mercerie, en disant au commissionnaire qui se chargea de leur porte-manteau, de les conduire à l'hôtellerie *del Leopardo*. L'affluence du peuple était si grande, et la nouveauté des objets captivait tellement l'attention de nos orphelins, qu'ils oublièrent de veiller à leurs propres intérêts, en suivant des yeux leur commissionnaire. Ce fripon, profitant de leur inexpérience, disparut tout à coup avec le porte-manteau. Caroline s'en aperçut la première ; Joseph changea de couleur, et fut prêt à se trouver mal.

— Quelle folie de se troubler à ce point pour

si peu de chose ! lui dit Caroline. Penses-tu que j'aie regret à quelques habits que contenait ce porte-manteau ? Que m'importe d'être bien ou mal mise dans une ville où je ne suis connue de personne ?

En parlant ainsi, Caroline ignorait que leur argent se trouvait aussi dans le porte-manteau, et que cette perte devenait par là un événement terrible. Quelque troublé que fût Joseph, il eut cependant le courage de cacher ce nouveau malheur à la pauvre Caroline, et il lui répondit, en s'efforçant de sourire, qu'il ne la croyait pas si raisonnable. Ils se rendirent à l'auberge du Léopard, occupés de la faible espérance d'y retrouver le commissionnaire ; personne ne l'avait vu. Joseph réfléchit un moment, et demanda d'un air timide une petite chambre pour lui et sa sœur. L'hôte, qui avait remarqué son trouble, son hésitation, sa timidité, devina que ces jeunes gens ne lui seraient guère profitables, et répondit qu'on ne logeait chez lui qu'en payant au moins huit jours d'avance.

— Notre intention n'est pas de séjourner, répliqua Caroline, et dans deux ou trois jours...

— Ma sœur, interrompit Joseph, il pourrait se faire aussi que des lettres de Rome nous obligeassent de demeurer plus long-temps. Monsieur l'hôte, combien vous faut-il ? Je vous préviens que le voyage qui nous reste à faire exige que nous usions d'économie.

— Je le crois, repartit l'hôte, d'un ton qui fit rougir l'imprudent Joseph, aussi ne vous prendrai-je pour vous deux qu'un florin par jour.

— En voilà huit, continua Joseph, donnez nous promptement une chambre commode.

— C'est fort bien, reprit l'hôte; en payant ainsi, vous serez content de moi. Ma cuisine est bonne, mes lits sont excellents, et mon hôtellerie parfaitement habitée.

Ces huit florins étaient presque le seul argent qui restât à Joseph. A peine eut-il conduit sa sœur dans leur logement, qu'il sortit, sous prétexte d'aller voir à la poste s'il n'y avait point quelque lettre de leurs amis, mais bien plutôt pour se mettre en liberté, car il lui tardait d'être seul, afin de s'abandonner sans contrainte à ses mortelles réflexions. Il retourna à l'endroit où il avait laissé le gondolier, dans l'espoir de tirer de lui quelques renseignemens au sujet du perfide commissionnaire, mais il fit de vains efforts pour tâcher de le reconnaître. Sa seule ressource était d'écrire à ses amis qu'ils lui envoyassent de prompts secours; mais, outre qu'il en coûtait extrêmement à Joseph de recourir à leur générosité, il calculait avec effroi que huit jours ne pouvaient pas suffire pour avoir leur réponse.

Tout à coup, le bruit d'un métier de tisserand vint frapper son oreille. Il entre dans la petite boutique d'un vieil ouvrier, et lui demande de l'ouvrage. Le vieillard l'examine avec surprise; l'habit et les manières de Joseph n'étaient pas d'un ouvrier.

— Soyez moins étonné, lui dit Joseph, et que mon extérieur ne vous fasse concevoir aucune défiance : je parle sérieusement. Des circonstances assez malheureuses m'ont fait apprendre dans mon enfance le métier que vous exercez, et ma position aujourd'hui est telle que je n'attends que de lui mon salut. Il raconta alors franchement au vieillard le malheur qui venait de lui arriver. Le tisserand, naturellement sensible, ne douta point de la sincérité de Joseph; et, quoiqu'il n'eût pas besoin d'ouvrier, il consentit, par bienfaisance, à le recevoir comme tel, en attendant que celui-ci se fût procuré les moyens de continuer son voyage. A ce propos, Joseph lui ayant dit qu'il comptait retourner en Suisse, dans le canton de Berne, le tisserand lui répondit avec émotion :

— Qu'entends-je? vous êtes Suisse !.... vous êtes du canton de Berne !..... et moi aussi; c'est là que j'ai reçu le jour !..... O mon cher pays !.... bienheureux est celui qui retourne dans tes paisibles vallées ! Mon enfant, vous m'intéressez plus que jamais. Hélas! je vous plains d'être dans cette grande ville sans argent, sans connaissances. Ici les cœurs sont fermés à la compassion, les malheureux n'inspirent que de la défiance; mais si vous avez des besoins pressans, acceptez toujours ces dix florins; Balthasar les offre de grand cœur à son jeune compatriote.

— Homme bienfaisant! reprit Joseph, je me reprocherais de profiter de votre erreur; la Suisse n'est que ma patrie adoptive; la cendre de mon père y repose, et tout m'annonçe que nous y finirons aussi nos jours, mais je suis né Français.

— Cet aveu me confirme dans la bonne opinion que j'ai conçue de vous, ajouta Balthasar, et je n'en suis que mieux disposé à vous rendre service. Prenez cet argent, je vous en conjure.

— Ah! que vous êtes bien le digne concitoyen de Meldorf! s'écria Joseph en laissant couler des pleurs d'admiration.

— Meldorf!... reprit le tisserand d'un air troublé; connaissez-vous Meldorf?

— Il fut notre premier bienfaiteur.

— O rencontre inattendue!... je suis son frère....

— Vous, le frère de Meldorf!... est-il possible? continua Joseph. J'ignorais qu'il eût un frère. Balthasar pencha son visage sur ses mains et pleura amèrement. Au bout d'un moment, prenant la main de Joseph :

— Jeune étranger, lui dit-il, vous n'en êtes déjà plus un pour moi. Je ne puis regarder comme tel celui qui a vécu dans la maison de mon frère, celui qui m'a prononcé le nom chéri de Meldorf, que je n'avais point entendu depuis vingt ans. Disposez de moi, de mon ouvrage, de mes faibles épargnes.

Joseph, plein de reconnaissance, alla découvrir à sa sœur et le malheur qu'elle ignorait encore, et le secours que Dieu leur envoyait dans la personne du frère de Meldorf. Caroline, déjà si cruellement éprouvée par le sort, quoique dans un âge si tendre, se résigna avec constance à cette nouvelle infortune. Elle aurait bien voulu travailler aussi pour adoucir leur commune indigence ; mais, grâce au dégoût qu'elle avait toujours eu pour l'ouvrage, elle ne savait rien faire assez parfaitement pour en tirer parti. Cependant, à force d'y songer, elle essaya de copier de la musique, et son hôtesse lui en procura qui lui servit au moins d'occupation.

Joseph, aidé de Balthasar, s'était remis assez bien à son ancien métier. Il travaillait avec courage, en attendant des nouvelles de M. Angelmann, auquel il avait fait part de leur embarrassante position et de tous leurs malheurs.

J'ai beau chercher dans ma mémoire, dit-il un jour à Balthasar, je ne me rappelle point que Meldorf nous ait jamais parlé qu'il eût un frère.

— Je le crois bien, répondit Balthasar en soupirant; Meldorf avait à se plaindre de moi, c'est pourquoi il garde le silence.

— Eh! que pouvait-il vous reprocher? N'êtes-vous pas bienfaisant et généreux comme lui?

— J'ai commis une action détestable, répliqua Balthasar. Le plus cruel ennemi de Meldorf ne lui aurait pas fait un plus grand mal.... Je l'aimais cependant.... Le désir d'être riche m'a égaré..... Il faut que je vous raconte cette fatale aventure; peut-être perdrez-vous la bonne opinion que je vous ai laissé prendre de moi; mais je ne dois pas souhaiter que vous la conserviez faussement.

Meldorf, ayant pris une femme du bourg de Kanderstœg, quitta celui de Fronttingen, où nous sommes nés, pour aller habiter dans le pays de son épouse. J'étais l'aîné; je demeurais dans la maison paternelle, où j'exerçais, comme aujourd'hui, le métier de tisserand. Mon gain et mon héritage me suffisaient pour vivre à mon aise; mais ils ne m'enrichissaient point, et j'avais l'ambition de vouloir être riche. Lorsque j'allais voir mon frère dans sa vallée, et qu'il me montrait, d'un air joyeux, quelques lisières cultivées, qu'il appelait des champs, quelques vignobles escarpés, menacés sans cesse par les éboulemens et les avalanches, quelques pâturages alpestres et de misérables châlets, je levais les épaules.

Peut-on se contenter de si peu de chose! lui disais-je.

En faut-il plus pour être heureux? me répondait Meldorf. Si mon champ, ma vigne et mon troupeau me nourrissent et m'entretiennent, de quoi m'inquiéterai-je encore?

— Ce n'est pas là être riche, lui répliquai-je.

— Non, à la manière des ambitieux; car être riche, pour eux, c'est avoir beaucoup d'or, ou acquérir beaucoup de terres; mais si l'on entend par être riche avoir tous ses désirs satisfaits, certainement je le suis.

— Va, mon pauvre frère, continuai-je, avec de pareils sentimens, tu ne feras jamais fortune. Je me trompais en parlant ainsi. Je sais que sans l'avoir cherché ni désiré, Meldorf est devenu le plus riche habitant de sa commune. Sa modération, son économie et des héritages inattendus ont considérablement agrandi sa fortune; mais il en use dignement en faisant du bien, puisque vous m'apprenez qu'il a adopté pour ses enfans, des neveux de son épouse, le ciel ne lui ayant point accordé le bonheur d'être père.

Dans le temps dont je vous parle, un riche célibataire vint trouver secrètement Meldorf. Il lui confia qu'ayant un long voyage à faire, et se trouvant muni d'une somme d'argent assez considérable qu'il ne voulait point emporter avec lui, il venait le prier d'en être dépositaire. Meldorf y consentit. Ils convinrent de l'enfouir pendant la nuit dans quelque endroit isolé, et de ne mettre personne dans leur confidence. Ils ne soupçonnaient pas que l'oreille collée contre la porte, j'écoutais indiscrètement cette conversation. Sans méditer encore aucun mauvais dessein, j'étais curieux de savoir où ils déposeraient le trésor, et pour mieux les surprendre, je feignis de m'en retourner chez moi. Mon frère me fit observer vainement que j'avais trois lieues à faire, que la nuit me surprendrait en chemin; je lui souhaitai le bonjour et je partis, ou plutôt, j'allai me cacher dans une crevasse de rocher en attendant la nuit. Lorsqu'elle fut tout-à-fait venue, je m'approchai doucement de la maison de Meldorf. Deux heures après, je l'en vis sortir avec le maître du trésor. Un énorme chien, qui suivait son maître, ne m'eut pas plus tôt senti qu'il se jeta de mon côté, en aboyant avec fureur, jusqu'à ce que me reconnaissant, il devint tranquille et cessa de se faire entendre. Les aboiemens de ce chien avaient d'abord alarmé les deux amis. Ils s'arrêtèrent pour écouter, et voyant que tout était en silence autour d'eux, ils poursuivirent leur chemin. Je les vis faire un grand trou dans la terre, au pied d'un noyer, y déposer un petit coffre, recouvrir le tout d'une pierre et de gazon, et retourner chez Meldorf, sans se douter qu'on les observait.

La pensée de ce trésor ne me quittait point, et insensiblement, le désir de le posséder se glissa dans mon cœur. Ce ne fut d'abord pour ainsi dire que l'ombre d'une pensée, elle était vague, flottante, incertaine. On n'envisage point de suite et dans toute sa noirceur, une action criminelle. Elle trouble long-temps l'esprit avant qu'on puisse se familiariser avec elle; mais enfin celui-ci, à force de s'en occuper, de la considérer sous toutes les faces, de lui chercher une excuse, de la justifier pour ainsi dire d'avance, se prépare à la commettre et s'y affermit. C'est ainsi que je me déterminai à faire cet indigne larcin, sans respecter ni mon honneur ni celui de mon frère. Je formai en même temps le projet de quitter mon pays, après m'être emparé du trésor, et d'aller en jouir dans quelque ville de France ou d'Italie.

Armé d'une pioche, je me rendis, au milieu

d'une nuit froide et obscure, au pied du fatal noyer. La pâleur de la mort me couvrait le visage, et les gouttes de sueur me tombaient du front, avant même que j'eusse commencé mon travail. Chaque coup de pioche me faisait frissonner; il me semblait qu'on devait les entendre de partout, et à chaque instant je m'arrêtais épouvanté, croyant sentir une main s'appesantir sur la mienne. Malgré ces angoisses, ces terreurs salutaires, que le ciel m'envoyait pour me détourner du crime, je le poursuivis jusqu'à la fin, et après avoir recouvert légèrement la surface de la terre, j'emportai chez moi le trésor.

Je comptais avoir le temps d'arranger mon départ avant qu'on s'aperçût de mon larcin; mais le maître du trésor revint plus tôt qu'on ne s'y attendait. A peine arrivé, il se rend en toute hâte chez son ami, et tous deux vont redemander à la terre le dépôt qu'ils lui ont confié; mais, au premier effort, elle s'enfonce et découvre aux amis consternés une fosse vide...... Le voyageur désespéré jette un sombre regard sur Meldorf, qui cherchait en ce moment dans son esprit quel pouvait être l'auteur de ce crime, et il s'éloigne sans mot dire. Meldorf le rappelle en vain pour convenir ensemble des mesures nécessaires à prendre dans cette occasion; l'homme au trésor se rendit chez le magistrat de Fronttingen, en accusant mon frère d'infidélité. Meldorf est mandé chez le juge. Avant de s'y rendre, il vint me raconter ses chagrins, que je savais déjà. Sa seule présence me fit pâlir.

— Il faut bien te garder, lui dis-je, de convenir que tu as reçu cet argent; aucune preuve ne pouvant justifier la plainte de cet homme....

— Quel conseil me donnes-tu là? interrompit Meldorf. Trahirai-je ma conscience, et jurerai-je faussement le nom de mon Dieu?

Interrogé par le magistrat, il avoua que, dépositaire d'une telle somme, il l'avait, de concert avec son ami, enfouie au pied d'un noyer, dans le voisinage de sa maison, qu'elle ne s'y trouvait plus et qu'il ignorait toute autre chose. On lui fit observer qu'une pareille défense ne le justifiait pas, qu'il fallait découvrir le voleur, ou risquer de passer pour tel dans l'opinion publique et devant la justice. Meldorf, pour toute réponse, prit le ciel à témoin de son innocence, et fit valoir la sincérité avec laquelle il faisait un aveu dont il pouvait facilement se dispenser. Sa réputation était si bien établie qu'on eut d'abord beaucoup de peine à le supposer coupable; mais personne n'offrant aucun motif de suspicion, et lui-même ne faisant aucune recherche contre l'auteur de ce crime, on commença enfin à le regarder défavorablement. Plus on avait eu d'estime pour lui, plus on s'indignait de sa conduite présumée. Meldorf, accablé de mépris, gémissait depuis un mois dans une obscure prison, lorsqu'un jour que je le pressais de vendre quelques terres pour contenter le maître du trésor, il me regarda d'un air qui me fit rougir jusqu'aux yeux.

— Ce moyen me rendra-t-il l'honneur? s'écria-t-il. Balthasar, ce n'est point l'argent, c'est l'honneur perdu qui me cause un véritable désespoir. Qu'on vende tout ce que je possède, je m'attends à cette nouvelle injustice, mais je ne le ferai point de moi-même, parce que je suis innocent. Dieu préserve d'un malheur semblable au mien celui qui, au mépris de ce qu'il y a de plus sacré, me laisse périr dans la douleur pour jouir plus sûrement de son crime! qu'il apprenne seulement que je pourrais le perdre, le déshonorer, et que je garde le silence.

— Quoi! m'écriai-je hors de moi-même, tu connais le coupable!...

— Son trouble l'a trahi plus d'une fois à mes yeux... Il le décèle encore en ce moment...

— Ah, mon frère!... tu me soupçonnes...

— Il y a long-temps, Balthasar, que ce ne sont plus des soupçons. J'avais trop d'intérêt à pénétrer la vérité pour ne pas repasser dans mon esprit jusqu'aux plus petites circonstances. Les aboiemens de mon chien, et sa prompte sécurité la nuit que nous enfouîmes le trésor; le penchant qui dans nos promenades te ramenait sans cesse au pied du fatal noyer; les discours ambitieux que tu tenais alors; le trouble que te causa ma présence lorsque je fus accusé; l'altération de ton visage au moment que je te parle, et mille autres indices me donnent l'entière conviction de ton crime.... Tu frémis, Balthasar, rassure-toi; je n'ai pas moins de courage aujourd'hui qu'hier; je n'en manquerai ni demain, ni jamais... Je mourrai sans te perdre.

— Ah, Meldorf! qu'ai-je fait? m'écriai-je en me prosternant à ses pieds.

— C'est devant Dieu que tu dois t'humilier ainsi, me répondit Meldorf: demande-lui qu'il arrache de ton cœur l'amour de l'or qui t'a perdu.

— Je vais lui demander davantage, répliquai-je en me levant.

J'allais sortir; arrivé près de la porte, je me retournai, et laissant voir à Meldorf les pleurs qui me couvraient le visage:

— Pourras-tu jamais me pardonner les maux que je te cause? lui demandai-je.

— Ils sont bien grands, me répondit-il avec émotion, mais si je te haïssais, je ne t'épargnerais pas. Je lui pris la main, je la portai à mes lèvres, et je partis précipitamment. Je me rendis à Thoun chez un notaire; je disposai de mon bien en faveur de Meldorf; j'écrivis un aveu détaillé de mon crime; j'indiquai la somme, la forme du coffre qui la contenait, le lieu où je la tenais cachée, et j'abandonnai mon pays pour n'y retourner jamais. Je fuyais bien moins le châtiment que j'avais encouru que le mépris de mes concitoyens. Meldorf sortit de prison, recouvra l'estime publique et retourna dans sa chaumière, où la bénédiction de Dieu l'accompagna. Pour moi, je vins m'établir à Venise avec mon métier de tisserand. Corrigé du désir d'amasser de la fortune, je me suis contenté de vivre de mon travail, et de passer pour un honnête homme plutôt que pour un homme riche. Voilà, jeune homme, pourquoi le sage et généreux Meldorf ne vous a jamais parlé de son frère. Si vous retournez à Kanderstœg, dites-lui que Balthasar pleure encore à soixante-dix ans la détestable action qui le sépare et de son frère et de son pays, sans que ni l'un ni l'autre aient jamais cessé de lui être chers.

— Votre faute m'aurait indigné dans le temps que vous l'avez commise, dit alors Joseph; mais aujourd'hui je ne puis être touché que de votre repentir. Une vie toute pleine de vertus mérite bien de faire oublier un instant d'égarement. Le Balthasar de Fronttingen n'est point pour moi le généreux tisserand de Venise; et je n'en suis pas moins disposé à vous confondre dans ma reconnaissance avec le bienfaisant Meldorf.

CHAPITRE XXIX.

De nouvelles douleurs accablent les orphelins.

JOSEPH allait souvent à la poste, espérant toujours y trouver des nouvelles de Rome et de son frère. Il en reçut enfin une de Zampiéri; mais dans l'incertitude de ce qu'elle pouvait contenir, il n'osa point l'ouvrir dans la rue, et courut se renfermer chez Balthasar. Ses mains étaient si tremblantes qu'il pouvait à peine briser le cachet. Il fut obligé de s'arrêter un moment.

— Hélas! disait-il au tisserand, qui l'engageait à modérer son émotion, quand je pense que je vais peut-être apprendre dans cette lettre quel a été le sort de mon frère... quand je songe en quelles mains il était tombé... tout mon courage m'abandonne... Lisons cependant...

Il lit... mais tout à coup un nuage de pleurs couvre ses yeux, une pâleur mortelle se répand sur son visage; il tombe dans les bras de Balthasar. Hélas! il venait d'apprendre la mort de son frère. Joseph ne recouvre l'usage de ses sens que pour verser un torrent de larmes et exhaler les plaintes les plus déchirantes.

— Oh! que ne sommes-nous ensevelis avec notre père dans la solitaire vallée de Geschen! s'écriait-il sans cesse; nous ne serions plus en butte aux coups de la fortune, qui ne cesse de persécuter de misérables orphelins. Léon! mon cher Léon! quoi, tu m'es ravi pour jamais! quelle cruelle fin a donc été la tienne? quelle récompense funeste de tes vertus! tu as porté sur toi-même une main désespérée...

— Que dites-vous? reprit Balthasar avec effroi; un homme vertueux s'est-il jamais ôté la vie?

— Hélas! je ne sais que vous répondre, continua Joseph; lisez vous-même; je ne sais si la douleur me trouble la raison.

La lettre de Zampiéri, dont Balthasar fit alors lecture, contenait les détails suivans.

Laurentino ne fut pas plus tôt instruit de l'enlèvement de Léon, que de justes alarmes s'emparèrent de son cœur. Il partit sur-le-champ pour se rendre chez Lorenzo, dont les deux frères lui avaient souvent parlé comme d'un ancien courtisan de la princesse de Parme, et d'un ami qui leur était sincèrement attaché. Il trouva le vieillard dans son jardin, occupé à planter des laitues. Laurentino, mettant à part toute vaine cérémonie, se hâta de lui raconter le malheur qui venait d'accabler les jeunes de Norbert, et les vives inquiétudes que lui inspirait le sort de Léon.

— Quoique nous soyons inconnus l'un à l'autre, ajouta-t-il, j'ai espéré que vous m'accorderiez assez de confiance pour joindre vos efforts aux miens en faveur de notre ami commun. Il le mérite d'autant plus, que sa seule générosité l'a précipité dans cet abîme; mais nous n'avons pas un moment à perdre; le caractère connu d'Aurélia me donne le droit de tout appréhender.

Dès les premiers mots qu'avait prononcés le colonel, Marco Lorenzo était resté immobile de surprise et de douleur.

— O Dieu! dit-il enfin, en levant vers le ciel ses mains vénérables, il est donc des cœurs tellement enclins à la perversité, que les occupations les plus innocentes ne sauraient les rendre meilleurs! Permettras-tu, grand Dieu, que ces nobles enfans de la Providence deviennent les victimes de cette autre Athalie! Hélas! je n'avais que trop de raison de redouter pour eux ces honneurs perfides; mais la jeunesse se laisse facilement éblouir. Je suis prêt à vous suivre, seigneur Laurentino, je suis prêt à abandonner cette maison que je n'ai point quittée depuis vingt ans, et que je ne reverrai peut être jamais; car qui peut s'assurer de vivre encore après avoir parlé librement à un prince? Toutefois, j'espère bien peu de mon sacrifice. Quelle puissance aura sur le cœur d'Aurélia la voix d'un pauvre vieillard qu'elle a persécuté lui-même si long-temps? N'importe, je ne regarderai point à quelques jours qui me restent à vivre, pour tâcher de sauver un jeune homme plein de mérite et de vertus.

Marco Lorenzo mit ordre à ses affaires, comme un homme qui n'espérait plus de retourner chez lui, et il partit avec le colonel. Fermement résolu à se sacrifier lui-même, il se présenta hardiment devant la princesse.

— Madame, lui dit-il, vous avez autrefois persécuté ma jeunesse, parce que j'ai osé respecter l'autorité paternelle plus que votre propre autorité. Je viens m'exposer encore à votre haine, moi qui n'ai plus que quelques jours à vivre. J'attends la mort pour prix de ma témérité; mais je mériterais de perdre mon âme, si je ne prenais la liberté d'implorer votre justice à l'égard de ces orphelins que la Providence m'avait adressés. Des bruits alarmans me sont parvenus... Au nom du ciel, dites-moi ce qu'il faut croire.

Aurélia, plus surprise qu'irritée de la démarche de Lorenzo, lui répondit assez modérément :

— Ne me parlez plus de ces ingrats; ils n'ont point répondu à mes bontés.

—Ah ! s'il est ainsi, reprit vivement Lorenzo, privez-les de votre protection; laissez-les retourner de nouveau dans leurs rustiques vallées; mais n'armez point contre eux des mains dangereuses, ne les privez point de leur liberté.

— Quoi ! poursuivit la princesse, je m'abandonnerais ainsi imprudemment à la foi d'un jeune téméraire qui possède mes secrets ! Ignorez-vous qu'on ne s'élève point impunément jusqu'à l'emploi honorable dont je l'avais revêtu.

— Ah ! dangereux honneur ! s'écria Lorenzo, que ne coûterez-vous point à cet infortuné.

— Lorenzo, reprit la princesse après un moment de silence, je devine vos craintes, et je veux bien les dissiper. Léon n'a rien à craindre pour sa vie, malgré la gravité de son injure : un reste de compassion me parle encore en sa faveur. Il vivra ; mais la sûreté de mes secrets exige qu'il finisse ses jours dans une captivité éternelle. Quant à Joseph et à Caroline, j'ignore ce qu'ils sont devenus; je ne cherche même plus à le savoir ; le châtiment de Léon me suffit.

— Une captivité éternelle ! s'écria Lorenzo en frémissant, et l'infortuné n'a pas encore vingt ans accomplis !... O ciel ! un pareil supplice n'est-il pas plus cruel que la mort ? Trop malheureux Léon ! c'est donc en vain que tu as orné ton esprit des plus rares connaissances, que la nature a répandu sur toi les dons les plus précieux !... C'est en vain que ton âme est ouverte à mille sentimens nobles et tendres !... Tu ne feras usage d'aucun de ces bienfaits. Une captivité éternelle t'a déjà fait descendre au rang des morts !... Ah ! madame, au nom du ciel, révoquez cet arrêt barbare ; accordez à mes cheveux blancs la grâce de cet infortuné... Moi-même, je me rends garant de sa fidélité ; punissez-moi si l'indiscrétion la plus légère....

— Retirez-vous, reprit impérieusement la princesse ; n'abusez pas plus long-temps de la liberté que j'accorde à votre vieillesse.

A ces mots, elle fit entrer du monde, et Lorenzo, désespéré, s'en alla gémir chez le colonel Laurentino. Ce dernier, qui craignait pour Léon un plus affreux malheur, s'empressa de consoler le vieillard.

— Je conviens, dit-il, que le sort de notre ami est déplorable ; mais tant qu'il existe, nous avons l'espoir de le délivrer. Le plus important serait de connaître le lieu de sa retraite, et je suis prêt à tout tenter pour l'en arracher par force ou par adresse. Fasse le ciel qu'il ne soit pas dans un asile religieux !

Dès le même jour, Laurentino fit faire partout de secrètes perquisitions ; Zampiéri et lui-même prirent tous les renseignemens possibles ; mais tant de zèle n'apporta aucune lumière satisfaisante ; et ils ne doutèrent plus que le malheureux jeune homme ne se trouvât renfermé dans quelque couvent. Lorenzo était près de s'en retourner dans sa solitude, lorsque Aurélia tomba frappée d'une attaque d'apoplexie qui la mit tout à coup aux portes de la mort. Lorenzo retourne au palais ; il parvient avec peine au lit de la princesse ; toute la maison était dans une confusion extrême. Des prêtres priaient autour de la malade, des femmes éplorées allaient et venaient pour lui prodiguer leurs soins, des médecins attentifs observaient les progrès de la maladie. Une multitude de cierges brûlaient dans l'appartement. Aurélia, couchée sur son lit, dans une immobilité parfaite, sentait déjà le froid de la mort raidir ses membres inanimés. Elle roulait les yeux d'une manière effrayante : on y lisait la terreur et le désespoir d'une âme criminelle, prête à paraître devant son juge. A l'aspect de

Lorenzo, elle parut plus agitée encore, et prononça difficilement les noms de Norbert, de Pianosa, de Paolo. Le vieillard comprit que Léon vivait dans l'île de Pianosa, où la princesse avait un château dont Paolo était le gouverneur. Il lui demanda respectueusement si son dessein était de rendre la liberté à son secrétaire, à quoi la princesse répondit affirmativement, en présence de son confesseur. Elle expira un quart d'heure après, peu regrettée de ses créatures, qui pleuraient seulement les places et les avantages dont sa fortune flattait leur ambition.

Lorenzo, muni d'une déclaration du confesfesseur de la princesse, qui attestait ses dernières volontés à l'égard de Léon, partit avec Laurentino pour l'île de Pianosa. L'aspect sauvage de ce rocher, sur lequel on avait bâti un château gothique, inspira moins d'effroi aux deux Italiens que la vue du gouverneur Paolo. Il portait une de ces figures sinistres où se lisent avec horreur la bassesse et le crime. Son costume et ses manières convenaient mieux à un pirate qu'à un gouverneur de château: et il avait en effet la réputation de favoriser et d'exercer lui-même des brigandages sur les côtes de la Toscane. Toutefois, ce n'était encore qu'un bruit vague et populaire. A peine eut-il parcouru le papier que Lorenzo lui présenta, qu'il répondit froidement que l'ordre de la princesse arrivait trop tard.

— Comment, trop tard! s'écria le colonel avec effroi.

— Léon de Norbert, répliqua Paolo, désespéré de se voir condamné à une prison perpétuelle, s'en est délivré lui-même en s'arrachant la vie.

— Voilà ce qu'il m'est impossible de croire, reprit Lorenzo avec émotion. Sa vertu et son courage le défendent contre une accusation si odieuse.

— Vous en croirez ce qu'il vous plaira, repartit Paolo; je n'ai aucun intérêt à retenir ici ce jeune homme, et vous pouvez le chercher dans tout le château.

— Aurélia, entre les bras de la mort, se serait donc jouée de notre crédulité, reprit impétueusement Laurentino.

— Aurélia ignorait cet événement, que je me disposais à lui faire annoncer, répondit Paolo. La nouvelle est récente; hier soir il vivait encore.

— Oh Dieu! s'écria Laurentino, que n'avait-il plus de confiance dans le courage de ses amis!... Quoi! n'avoir pas attendu l'issue des premières tentatives!...

— Conduisez-nous sur sa tombe, continua Lorenzo; nous demandons, pour dernière grâce, à repaître nos tristes yeux de ses restes inanimés.

— Il n'a point de tombe, répondit Paolo; son corps est le jouet des vagues; il s'est précipité à la mer du haut de cette terrasse, où je lui accordais la liberté de se promener.

Lorenzo et le colonel se regardèrent en frémissant, ne sachant où reposer leur pensée, et plus enclins à prêter à la princesse un crime de plus, que prêts à croire au récit qu'on leur faisait. Ils parcoururent tout le château, depuis les caves jusqu'au plus haut donjon, et ne trouvant rien qui pût affermir ou détruire leurs conjectures, ils s'en retournèrent extrêmement affligés. De quelque manière que la vie de Léon eût été terminée, il paraissait trop véritable que cet infortuné n'existait plus.

Tels étaient les tristes détails contenus dans la lettre de Zampiéri. Joseph en avait interrompu plusieurs fois la fin, pour s'écrier avec chaleur, à travers mille sanglots :

— Non, mon frère n'a point attenté à ses jours! Non, je ne souffrirai pas qu'on noircisse sa mémoire par cetté horrible imputation. Il avait trop de piété, trop de courage... Sa vertu l'aurait garanti du désespoir.... Des barbares lui ont arraché la vie.... Cher et malheureux frère! tu m'as peut-être appelé à ton dernier moment!...

Perfide Aurélia, si la mort ne m'avait prévenu, j'irais venger sur toi celle de cette chère victime.... O Dieu! ajoutait-il en revenant à des sentimens plus doux, comment annoncer à ma sœur une si désolante nouvelle? Ses larmes, ses gémissemens, déchirent d'avance mon âme désespérée.

Balthasar faisait tout son possible pour calmer l'excès de sa douleur. Il lui représenta que, quel qu'eût été le sort de Léon, il ne souffrait plus maintenant, et recevait le prix de ses vertus.

— C'est sur vous-même que vous devez pleurer, lui dit-il; vous êtes réellement à plaindre d'avoir perdu un frère, un ami; mais si vous l'aimez, ne lui enviez pas le repos dont il jouit. Sa jeunesse ne rend pas sa perte plus déplorable, et il avait assez vécu, puisqu'il possédait des vertus. Mourir jeune n'est pas un grand malheur; c'est quitter la vie avant d'avoir connu ses dégoûts. Un an suffit quelquefois pour renverser la sagesse la mieux établie; ne vaudrait-il pas mieux que la mort prévînt un changement si funeste? Ah! croyez-moi, le tombeau est un heureux asile pour celui qui a bien vécu; et, à quelque âge qu'il y descende, nous devons en bénir la main de Dieu.

Joseph convint de toutes ces vérités; mais il ne pouvait arracher de son cœur les amers regrets que lui causait la perte d'un frère si tendrement aimé. Il fallut enfin se résoudre à porter à Caroline cette affligeante nouvelle. Il prépara, pendant le chemin, un discours capable de la disposer par degré à la recevoir avec moins de violence; mais, à peine eut-il embrassé sa sœur, qu'un torrent de larmes lui coupa la voix. Caroline, effrayée de son état, mêle ses larmes aux siennes, et le conjure de lui en apprendre le sujet.

— Hélas! ma chère Caroline, il te rendra, comme moi, inconsolable.... Tous nos malheurs passés n'étaient rien au prix de celui-ci.... Chère sœur, prépare tes esprits, rappelle tout ton courage, et, pour l'amour de moi, ne va pas succomber à tes chagrins....

— Joseph, explique-toi de grâce.... Quelque chose que tu me dises, l'attente est cent fois plus cruelle.

Joseph, n'ayant pas le courage de prononcer ces funestes paroles: Léon est mort, lui donna la lettre de Zampiéri, et alla pleurer dans un coin de la chambre pendant que Caroline lisait. Sa surprise fut extrême de ne remarquer en elle qu'un léger attendrissement, à la lecture d'un récit qu'il croyait devoir la mettre au désespoir. Lorsqu'elle eut achevé, elle se rapprocha de Joseph, et paraissant plus touchée de son affliction que de ce qu'elle ressentait elle-même : — Mon frère, lui dit-elle, au nom du ciel ne t'abandonne point à une si vive douleur. On s'est trop hâté de te porter ce cruel coup : je ne vois rien dans cette lettre qui confirme véritablement la mort de Léon, et quelque chose m'assure qu'il est vivant. N'entends-tu plus cette voix consolante dont tu me parlais sur le chemin de Tivoli? La Providence a tant de moyens de sauver ceux qu'elle protége!

— Est-ce bien toi, Caroline, qui me parles ainsi? reprit Joseph tout stupéfait; toi qui m'adresses des consolations?... Est-ce courage? est-ce indifférence?

— Tu ne saurais m'en accuser, lorsqu'il s'agit de l'un de mes frères, répliqua tendrement Caroline. Ma seule confiance en Dieu me fait repousser les tristes conclusions de cette lettre, et je voudrais ardemment te faire partager ma sécurité.

— Ah! Caroline, je ne t'écoute qu'en tremblant; cette espérance déçue ne peut que redoubler la vivacité de nos regrets. Si Léon n'est point mort, il faut qu'il languisse dans une dure captivité, puisque nous sommes incertains de son sort.

— Que savons-nous si nous ne sommes point à la veille de le revoir? ajouta Caroline. Le jour de demain est aussi obscur pour nous que le jour qui arrivera dans mille ans.

L'espérance qui flattait Caroline pénétra insensiblement dans le cœur de Joseph. Ils relurent ensemble attentivement la lettre de Zampiéri, et Joseph convint qu'elle ne contenait rien de positif; que l'aveu de Paolo pouvait n'être qu'un odieux mensonge, Léon étant incapable de l'action criminelle qu'il lui attribuait ; qu'il n'était pas non plus probable qu'Aurélia, au lit de la mort, eût trompé Lorenzo par un indigne mensonge; mais que plutôt Léon pouvait s'être sauvé du château, et que Paolo, n'osant en convenir, aimait mieux l'accuser d'avoir lui-même attenté à ses jours.

Le lendemain, Joseph ayant reçu une lettre et de l'argent de M. Angelmann, revenait en toute hâte en faire part à sa sœur, lorsqu'il apprit avec étonnement qu'elle était sortie. — Sortie seule ? eh ! pour aller où ? Pendant qu'il s'adressait ces questions, l'hôtesse s'approcha de lui :

— Vous me paraissez, lui dit-elle, un jeune homme bien né, et je crois faire mon devoir en vous avertissant que vous ne surveillez pas assez votre sœur. Elle est jeune, jolie, et cette ville renferme une foule de personnes sans mœurs, qui ne s'occupent qu'à séduire l'innocence. Depuis quatre ou cinq jours, cette jeune demoiselle a fait la connaissance d'un esclave grec avec lequel elle va se promener pendant votre absence. Vous feriez bien de vous opposer à une semblable indiscrétion.

Joseph ne put entendre ces paroles sans un mortel chagrin; mais, pour l'honneur de sa sœur, il s'efforça de dissimuler; et, après avoir remercié l'hôtesse de sa bonne intention, il l'assura qu'il était instruit des démarches de Caroline, et qu'elles n'avaient rien de répréhensible. Cependant la plus vive inquiétude s'empara de son esprit. Il ne pouvait comprendre comment une fille sage et timide avait trouvé tout à coup la hardiesse de se lier avec un étranger, un vil esclave. Il comprenait encore moins la dissimulation de Caroline, et rapprochant cette conduite de l'espèce d'indifférence avec laquelle elle avait reçu la triste nouvelle du jour précédent, il se sentit enflammé contre elle d'une violente colère. Il lui tardait de la revoir pour lui reprocher son imprudente conduite. Comme il regardait par la fenêtre, il la vit s'approcher de l'hôtel, appuyée familièrement sur le bras de l'esclave grec, dont l'hôtesse lui avait parlé. Ils montèrent ensemble dans la chambre qu'occupaient Joseph et Caroline. Joseph, furieux, s'avança à leur rencontre, prêt à maltraiter l'audacieux esclave,

2e Vol. P. 207.

Lorsque celui-ci se jetta tendrement à son cou .... c'etait Léon.

lorsque celui-ci se jeta tendrement à son cou... C'était Léon.

Qu'on se peigne la surprise, le saisissement, les transports de Joseph. Il baigna de ses larmes le visage de son frère chéri; il ne pouvait assez le presser contre son cœur, et ce ne fut longtemps entre eux qu'une tendre confusion de pleurs, de caresses et de paroles entrecoupées.

Cruels, dit enfin Joseph, pourquoi me priviez-vous d'un si grand bonheur? Pourquoi la seule Caroline a-t-elle joui jusqu'ici des embrassemens de son frère?.... Mais, Léon, que dois-je penser de cet habit? Est-ce un déguisement?

— C'est celui de ma condition, répondit Léon; je suis esclave.

— O désespoir! s'écria Joseph; ô comble de l'opprobre! Quoi! la fortune impitoyable ne nous épargnera aucun de ses coups!

En disant ces paroles, il se frappait le front avec une sorte de rage, ne voyant aucun moyen de tirer son frère d'une si déplorable situation; Léon le supplia de se calmer.

— C'était, lui dit-il, pour t'éviter cette dernière affliction que nous te faisions un mystère de mon séjour à Venise. Le hasard m'ayant fait apercevoir Caroline à sa fenêtre, j'ai su par elle, aujourd'hui, que tu pleurais ma mort, je n'ai pu souffrir que tu te livrasses à des regrets imaginaires, et je suis venu. Je ne suis pas sans espérance de recouvrer ma liberté; tu en jugeras toi-même par le récit de mes aventures.

Il leur raconta alors une partie des choses qu'on va lire dans le chapitre suivant.

CHAPITRE XXX.

Où la main de la Providence se montre merveilleusement.

Nous avons vu de quelle manière Léon fut enlevé aux portes de Rome, et entraîné dans une voiture, malgré les efforts du peintre Zampiéri. Son propre danger l'inquiétait beaucoup moins que le sort de son frère et de sa sœur, abandonnés à eux-mêmes. Il ne doutait point que cet enlèvement ne fût une vengeance d'Aurélia, et il craignait qu'elle n'enveloppât dans sa disgrâce Joseph et Caroline. Deux des brigands qui s'étaient emparés de lui, assis à ses côtés, dans la voiture, le menaçaient de la mort au moindre cri qu'il laisserait échapper.

Arrivé dans l'île de Pianosa, Léon fut conduit à Paolo, qui commença d'abord par s'emparer de tout l'argent qu'il avait sur lui; ensuite il lui lut un ordre de la princesse qui l'autorisait à le garder prisonnier dans ce château.

— Je n'ai point mérité ce traitement, répondit Léon, et la princesse me fait payer chèrement ses bontés passées; mais je me résignerai à mon sort, pourvu que je sois seul à le supporter, et que ma famille en soit à l'abri.

— Je ne suis instruit que de ce qui vous concerne, répliqua le gouverneur. Vous voyez que vous êtes entièrement en mon pouvoir, et qu'il ne vous servirait de rien de vous révolter.

— C'est à quoi je ne pense nullement, repartit Léon. J'ai au fond du cœur de quoi me consoler de ma disgrâce; et j'aime mieux dépendre de vous que de servir, comme vous le faites, les injustes passions d'une femme vindicative.

Paolo, tout-à-fait étranger aux nobles sentimens de la vertu, ne comprit rien à ces paroles, et le fit enfermer dans un des donjons du château. Deux ou trois jours après, comme Léon s'abandonnait à ses tristes réflexions, il aperçut un billet qu'on lui glissait par le trou de la serrure. Il l'ouvrit avec empressement, et y lut ce peu de mots :

« Paolo a résolu de vous faire périr ; mais pre-
» nez courage, quelqu'un veille sur vous. »

Léon leva les yeux au ciel; cette écriture lui était parfaitement inconnue; il ne savait sur qui arrêter son espérance. Vers les dix heures du soir, deux hommes pénètrent dans sa prison. Léon, persuadé qu'on lui apportait la mort, s'écria dans le plus grand trouble :

— Dieu, reçois l'âme de ton serviteur !

— Souvenez-vous du billet, lui dit-on à voix basse, et suivez-nous.

Ils descendent en silence sur le rivage. Le tonnerre grondait dans le lointain, de pâles éclairs brillaient par intervalles, tout annonçait une prochaine tempête. Léon, troublé, ne sachant s'il suivait ses bourreaux ou ses libérateurs, arrive au bord de la mer, et aussitôt il se sent saisir avec violence. On le terrasse d'un bras vigoureux ; un fer homicide brille entre les mains de son assassin, mais, au moment qu'il allait le plonger dans le sein de Léon, il tombe lui-même frappé d'un coup mortel.

— Fuyons à l'instant même, dit celui qui venait de sauver la vie à Léon ; affrontons les hasards d'une mer agitée ; une petite barque qui est près d'ici va favoriser notre fuite.

Ils se hâtent d'y entrer. Un éclair qui frappa le visage de son libérateur, fit naître dans l'esprit de Léon un souvenir confus.

— Qui êtes-vous ? lui demanda-t-il.

— Avez-vous entièrement oublié les deux jeunes gens conduits avec vous dans la prison de Bœningen, et que vous avez si généreusement secourus pendant leur captivité ? Je suis Daniel.

— O Providence ! s'écria Léon ; par quelles voies admirables tu conduis tes enfans !.... Mais cet homme à qui vous venez d'arracher la vie....

— Je n'avais que ce moyen de sauver la vôtre ; je n'ai pas dû hésiter entre un assassin et mon bienfaiteur. Engagé comme pirate au service de Paolo, j'ai appris que son avarice lui avait inspiré l'infâme projet de vous faire mourir, pour s'emparer de la pension qu'Aurélia destinait à votre entretien. Alors, dans le dessein de vous sauver, j'ai brigué, de concert avec un autre pirate, la faveur d'être votre bourreau, et je vous ai prévenu par un billet du sort qui vous était préparé, et des secours que vous deviez attendre.

L'orage augmentait considérablement, la mer était déjà si agitée qu'ils pouvaient à peine diriger la faible barque. Chaque vague paraissait devoir l'engloutir. Léon et Daniel, inondés par la sueur et par l'eau de la mer, travaillaient avec une ardeur infatigable, soit à conduire la chaloupe, soit à la vider de l'eau que chaque lame y apportait en abondance. Tous leurs efforts ne purent résister à la violence du vent qui les poussait dans le détroit de Boniface, entre l'île de Corse et l'île de Sardaigne.

— Nous sommes perdus ! s'écria Daniel, ce détroit est semé d'îles et d'écueils contre lesquels nous devons nécessairement échouer. Il n'y a plus d'espoir; le vent et la mer nous entraînent... voici l'instant de la mort.... Hélas! comment paraîtrai-je devant Dieu avec une conscience souillée de tant de crimes?... Pourquoi me reste-t-il si peu de temps pour me repentir!...

Le malheureux versait des larmes brûlantes, et se livrait au plus violent désespoir.

— Reprenez courage, lui disait Léon, les crimes des hommes sont encore moins grands que la miséricorde de Dieu.

— Ah! reprenait Daniel, ce Dieu qui lit au fond de mon cœur, découvre que c'est moins l'amour de la vie que le désir d'effacer mes péchés qui me porte à l'implorer dans le grand péril où nous sommes... je voudrais emporter, avant de mourir, la bénédiction de mon père... Mais vain espoir! repentance tardive!... la mort est prête à s'emparer de sa proie, et la profondeur des ténèbres nous dérobe seule les abîmes dont nous sommes entourés.

En effet, le mugissement des vagues, plus furieuses que jamais, annonçait qu'ils se trouvaient engagés dans le détroit et environnés d'écueils. Ils continuaient de vider l'eau de la barque; mais ils ne songeaient plus à la diriger, et s'attendaient à la voir échouer à chaque instant. De temps en temps, ils priaient Dieu à haute voix, non dans aucun espoir de salut, mais pour se préparer à la mort. Au milieu de cette terrible attente, ils s'aperçurent que l'orage diminuait, que le vent et la mer devenaient plus calmes et l'obscurité moins profonde. Daniel commença à soupçonner que ses craintes avaient été au-delà du danger, et que la barque n'était point entrée dans le détroit; mais quelle fut sa surprise de se trouver au point du jour sur les côtes de Sardaigne, dans ce vaste golfe qui précède à l'ouest le détroit de Boniface, qu'ils avaient franchi pendant cette nuit orageuse. Léon et Daniel tombèrent à genoux, pénétrés d'amour et de reconnaissance pour ce Dieu qui venait de les sauver si miraculeusement. Daniel, en mettant le pied sur le rivage, promit solennellement de retourner au plus tôt dans sa patrie, d'obtenir le pardon de son père, et de vivre désormais en bon chrétien.

Pressés par la fatigue et la faim, ils allèrent demander des secours à la porte d'une maison d'assez simple apparence, agréablement située à quelques milles de Castel-Aragonèse. Une dame d'environ cinquante ans, vêtue d'un habit de veuve, y demeurait seule avec son fils encore enfant. Elle accueillit généreusement les naufragés, quoique son revenu fût médiocre, et ne tarda point à reconnaître, malgré le mauvais équipage de Léon, qu'il ne se trouvait ainsi que par l'effet de quelque circonstance extraordinaire. Les personnes bien élevées se devinent au premier coup d'œil, l'excellence de l'âme imprimant sur la physionomie quelque chose de noble et de distingué, qui se laisse facilement apercevoir. Léon confia à cette dame, qui se nommait Stéphanie, tout ce qu'il pouvait, sans indiscrétion, lui révéler de ses malheurs. Cet aveu ayant fait connaître à Stéphanie que Léon se trouvait entièrement sans ressource, et hors d'état de rejoindre ses amis, elle s'excusa sur sa mauvaise fortune de n'avoir point d'argent à lui offrir, mais le pria de demeurer librement dans sa maison jusqu'à ce qu'il eût eu le temps d'en recevoir. Daniel, impatient de revoir sa famille, s'embarqua comme matelot sur le premier navire qui mit à la voile pour le Piémont. Léon le chargea d'une lettre pour M. Angelmann. Il ne voulut point hasarder d'écrire à Rome, de peur de commettre une imprudence.

Stéphanie, pour répondre à la confiance de Léon, lui raconta à son tour qu'elle avait un frère, nommé le comte Sébastiani, qui s'était marié, depuis quelques années, à une veuve française puissamment riche; qu'il vivait froidement avec sa sœur à cause du mariage qu'elle avait fait elle-même autrefois, en épousant un homme de lettres plus estimé que riche. Elle ajouta, en versant quelques larmes, que la mort de cet époux l'avait réduite elle et son fils à une vie obscure et misérable.

— Nous étions au moment, dit-elle, de jouir du fruit de ses travaux. Il s'occupait avec ardeur d'une histoire de Sardaigne, que le duc de Savoie lui avait demandée; et nous espérions, avec quelque apparence, que ce prince récompenserait le mérite du père en protégeant l'éducation du fils; mais le trépas de mon époux a fait évanouir de si belles espérances. Sans amis, sans protecteur, nous ne pouvons rien attendre désormais.

Léon ayant demandé à voir les manuscrits dont on lui parlait, Stéphanie le conduisit dans un cabinet isolé, qui était autrefois celui de son époux. Il était rempli d'une multitude de livres. Tout s'y trouvait conservé avec un respect religieux. Léon fut frappé de la manière à la fois élégante et instructive avec laquelle cette histoire de Sardaigne était traitée. De chaque fait, raconté clairement, naissaient des réflexions pleines de sagesse et de sagacité. L'ouvrage était presque fini; il ne s'agissait plus que de réunir quelques notes éparses, de lier ensemble quelques parties, et de mettre au net le manuscrit chargé de corrections et de variantes. Un homme instruit pouvait seul venir honorablement à bout de ce travail. Léon, ayant consulté ses forces, proposa à Stéphanie de lui confier cette entreprise.

— Si mes efforts ne répondent point à mes désirs, ajouta-t-il, ces manuscrits resteront dans leur première obscurité ; si, au contraire, il sont jugés dignes de paraître, je m'applaudirai d'avoir reconnu ainsi votre généreuse hospitalité.

Stéphanie, qui avait déjà deviné que Léon n'était point un jeune homme ordinaire, et qu'il était rempli d'une solide instruction, accepta avec joie son offre généreuse. Dès ce moment, il se mit au travail avec une constance infatigable, écrivant jour et nuit. De temps à autre il consultait Stéphanie, qui prenait chaque jour une plus favorable opinion de son entreprise. Déjà tous les matériaux étaient réunis et disposés convenablement ; il ne restait plus à mettre au net que la dernière partie de l'ouvrage achevée par Léon, lorsque le comte de Sébastiani, chassé de Turin par les guerres de religion, vint se réfugier auprès de sa sœur, avec son épouse et un fils de cette dernière, né d'un premier mariage. Il avait quatorze ans, et portait le nom d'Hyacinthe de Saint-Florent. Quel que fût le motif de cette visite, Stéphanie ne revit point son frère sans une tendre émotion, et lui-même parut lui rendre toute son amitié.

Léon s'était retiré dans le jardin pour ne point troubler, par sa présence, la réunion de cette famille, lorsqu'Hyacinthe, étranger aussi aux nouveaux parens de sa mère, le rencontra, en se promenant. Il lui demanda s'il n'était point un des maîtres de cette maison.

— L'estime et la reconnaissance sont les liens qui m'unissent à Stéphanie, répondit Léon; je m'éloigne par discrétion; mais vous, n'êtes-vous pas dans le sein de votre famille?

— Toutes ces personnes-là ne me sont rien; je n'ai que ma mère. Elle a pris un second époux en Italie; mais moi, je suis né Français.

— Vous êtes Français! reprit vivement Léon; la France est aussi ma patrie; je ne puis me défendre d'être ému....

— Ah! que je suis satisfait de cette rencontre! s'écria Hyacinthe. Vous avez quelque chose de gracieux qui me rend tout glorieux de vous avoir pour compatriote. Vous devez aussi vous en réjouir par rapport à moi. Quoique je sois fort jeune, j'ai reçu une solide instruction, et l'on trouve ma raison formée. Sans cette maudite guerre, le roi de Sardaigne, Victor-Amédée, m'aurait placé parmi ses pages, et dans deux ans je serais en état de fair parler de moi.

— C'est aller bien vite, répondit Léon en souriant.

— Oh! j'ai de grands projets. On parle beaucoup du prince Eugène, du duc de Vendôme, du maréchal de Villars; je prétends les surpasser tous.

— Trop de présomption nous trompe quelquefois, repartit Léon; et la mesure de nos prétentions n'est pas toujours celle de nos talens.

— Les gens destinés aux grandes choses ne raisonnent point ainsi, répliqua Hyacinthe. Si l'époux de ma mère avait pensé comme moi, au lieu de fuir le théâtre de la guerre, il aurait représenté au roi, d'une manière grande et hardie, le tort qu'il se fait à lui-même en persécutant une partie de ses sujets. Cette noble fermeté l'eût certainement contraint de réfléchir.

— Vous ne savez point encore ce qu'il en coûte de déclarer aux princes la vérité, répondit Léon en soupirant. Puissiez-vous ne l'apprendre jamais!

— Vous parlez là comme un homme qui en aurait fait lui-même l'expérience, reprit Hyacinthe. Vous seriez-vous quelquefois approché des princes?

— Que trop, pour mon malheur! s'écria Léon. J'ai osé résister à un ordre injuste: je ne respire que par le plus grand des hasards.

— Il est pourtant beau de résister à l'injustice, poursuivit Hyacinthe; mais je gage que vous n'avez point employé le ton convenable. Il faut étonner ceux qu'on n'a pas le droit de confondre. Vous verrez de quelle façon je m'y prendrai dans la suite ; car je ne doute pas que vous n'entendiez parler un jour d'Hyacinthe de Saint-Florent. Quel est votre nom ?

— Je m'appelle Léon ; ma sûreté m'oblige de taire le reste.

— Vous avez tort d'être discret avec moi. Je ne vous interroge que parce que vous m'intéressez ; car je ne suis nullement curieux, c'est le défaut des jeunes filles. Je me sens une véritable inclination pour vous.

Malgré la ridicule présomption de ce jeune homme, il avait dans toute sa personne quelque chose de vif et d'animé qui plaisait singulièrement. En le connaissant mieux, on découvrait même en lui un fort bon cœur. Il alla raconter à sa mère qu'il venait de trouver dans le jardin un jeune Français, nommé Léon, qu'elle ferait bien de protéger. La signora Sébastiani rougit considérablement à ces paroles, et répondit impatiemment qu'elle ne savait ce qu'il voulait dire. Alors Stéphanie leur parla de la manière dont elle avait connu Léon, du mérite de ce jeune homme, et du service qu'il lui rendait en continuant l'histoire de Sardaigne. Pendant ce récit, que Sébastiani écoutait avec intérêt, la signora se promenait dans la chambre avec beaucoup d'agitation. Elle répliqua vivement que le monde était plein d'une foule d'aventuriers qui profitaient des circonstances pour usurper une compassion qui ne leur était pas due.

— Je le crois, ma sœur, repartit Stéphanie; cependant vous conviendrez vous-même, en le voyant, que le ton et les manières de ce jeune homme le distinguent de ceux....

— C'est précisément de cette belle apparence que je me défierais le plus, répondit la signora. Un grand nom qu'on emprunte, un vernis agréable, suffisent pour faire accueillir un homme qu'on rougirait de connaître sous son véritable nom.

— Les malheureux, ajouta Stéphanie, seraient bien à plaindre, si cette cruelle défiance régnait dans les cœurs.

— Pour moi, dit son frère, je conçois très-bien qu'un homme vil et obscur parvienne à masquer sa bassesse par des manières étudiées; mais je ne comprends pas aussi bien qu'il puisse faire preuve d'une bonne éducation, s'il ne l'a pas réellement reçue. Je conclus donc que celui qui joint à un ton noble une instruction solide, ne peut être considéré comme un de ces aventuriers qui parcourent le monde pour faire des dupes.

Léon entra dans ce moment, et salua gracieusement les étrangers.

— Dieu! s'écria la signora, l'air de ce salon m'étouffe; je n'en puis plus.

— Ma chère maman, dit Hyacinthe alarmé, vous vous trouvez mal; certainement.... Asseyez-vous dans ce fauteuil.... O mon Dieu, un flacon!

La signora devint en effet d'une pâleur alarmante, à laquelle succéda tout à coup une vive rougeur.

— Je suis sujette à ces maux passagers, reprit-elle avec un peu de trouble; l'air me remettra tout-à-fait; sortons, ma sœur.

Pendant que les dames se promenaient, Léon et Sébastiani s'entretenaient de l'histoire de Sardaigne; le premier alla chercher les manuscrits, en lut au comte plusieurs passages qui le charmèrent. Les morceaux composés par Léon imitaient si parfaitement le style de l'auteur original, qu'on ne pouvait les distinguer du reste, sans une extrême finesse de discernement. Sébastiani en était encore tout enthousiasmé quand les dames revinrent, et il promit vivement à sa sœur de l'aider dans la publication de cet ouvrage. En effet, quoique les circonstances ne permissent point à Léon de l'achever de transcrire de sa propre main, il lui fut facile de le mettre en état de paraître. On l'offrit à Victor-Amédée, qui récompensa dignement la veuve de l'auteur; et Léon put se flatter d'avoir contribué puissamment au bonheur de cette famille.

Cependant la signora conserva, depuis ce moment, une humeur inquiète, inégale, dont personne ne devinait la raison. Elle brusquait Hyacinthe, elle boudait son mari, et ne daignait pas adresser la parole à Léon. Un jour, néanmoins, qu'elle se trouvait seule avec lui, elle lui demanda en français dans qnelle province il était né?

— Dans la vallée de Montmorenci, madame, à quelques lieues de Paris.

— Comment se nomme votre père?

— Ma position m'ordonne de le cacher.

— Vous reste-t-il de la famille?

— Je l'ignore.

— Depuis quel temps avez-vous quitté la France?

— Depuis six ans.

— Où avez-vous vécu depuis?

— En Suisse, en Italie, partout où la Providence nous a conduits.

— Nous a conduits; vous avez donc un frère, une sœur; votre père peut-être?....

— Madame, lui dit-il, quel intérêt puis-je

vous inspirer? Née dans le même pays que moi, auriez-vous connu ma famille? Mon père avait une sœur, Honorine Léonard, qui a fait longtemps notre unique espérance.... Si vous pouviez m'apprendre ce qu'elle est devenue.... si j'allais vous devoir....

— Rien, monsieur, absolument rien; je vous prie de ne me plus parler de cela. Je ne sais qui vous êtes; je ne veux pas même le savoir.

Elle prit un livre en achevant ces mots, et Léon consterné alla se promener au bord de la mer. Il trouva Hyacinthe qui se jeta à son cou, tout transporté de joie.

— Mon ami, voilà des gens qui partent pour la pêche du corail; il faut absolument que nous allions avec eux.

— Avez-vous consulté là-dessus votre mère? demanda Léon.

— J'y cours, répondit Hyacinthe.

La signora, encore tout occupée de l'entretien qu'elle venait d'avoir avec Léon, consentit à tout, pourvu qu'on la laissât tranquille. Léon et Hyacinthe s'embarquèrent avec les pêcheurs. Au bout d'une demi-heure, ce dernier ayant aperçu à l'ouest une petite presqu'île couverte de bois, et dans une position charmante, demanda instamment aux pêcheurs à y être conduit; et comme ceux-ci refusaient de le satisfaire, il leur ouvrit sa bourse. La vue de l'or les tenta; ils consultèrent entre eux un moment. Le plus vieux, prenant la parole, dit à Hyacinthe qu'ils ne pouvaient en conscience accepter son argent, parce qu'ils s'exposaient tous, ainsi que lui-même, à tomber dans l'esclavage. Que cette côte boisée servait souvent de repaire à des pirates tunisiens, qui enlevaient, pour les vendre, tous ceux que la fortune livrait entre leurs mains. Hyacinthe se moqua de cet avertissement, et traita la prudence des pêcheurs de faiblesse et de crédulité. Il soutint que les corsaires n'oseraient exercer leurs brigandages si près de Sassari, l'une des villes les plus considérables de Sardaigne. Léon s'unit vainement aux pêcheurs pour lui représenter que l'expérience devait l'emporter ici sur le raisonnement; il s'obstina à vouloir descendre dans la presqu'île. Un des pêcheurs, plus ambitieux que les autres, se jeta avec lui dans une chaloupe qui suivait la grande barque, et le conduisit à bord, en lui recommandant toutefois de ne pas s'éloigner; mais l'imprudent Hyacinthe, ne tenant pas plus de compte de cet avertissement que des autres, s'en allait çà et là d'un air audacieux, lorsque des corsaires, cachés dans le bois, se jetèrent sur lui à la vue des pêcheurs, pendant que celui qui était dans la petite chaloupe fuyait à force de rames.

Léon, désespéré, faisait tous ses efforts pour retenir les pêcheurs qui voulaient gagner la pleine mer. Il cria aux Tunisiens de ne point faire de mal à ce jeune homme; qu'il appartenait à une famille riche qui le rachèterait par une grosse rançon, et qu'avant deux heures ils seraient satisfaits. Les corsaires, parmi lesquels plusieurs entendaient l'italien, lui jurèrent de l'attendre. A force de prières et de promesses, Léon obtint de l'un des pêcheurs qu'il le reconduisît à la maison de Stéphanie. Son retour y jeta la consternation. Sébastiani était à la ville. La signora, livrée au plus violent désespoir, rassembla à la hâte tout ce qu'elle avait d'argent et de bijoux. Elle voulait aller elle-même délivrer son fils; mais sa belle-sœur lui représenta que c'était exposer inutilement sa santé; que Léon remplirait convenablement cette importante affaire, et que sa vue n'était propre qu'à rendre les corsaires plus exigeans. Il fallut payer fort cher le batelier pour le faire consentir à retourner seulement à la vue de la presqu'île, car rien ne put le déterminer à l'abordage. Les corsaires attendaient, suivant leur promesse, le retour de Léon; celui-ci leur ayant fait jurer de nouveau qu'ils relâcheraient Hyacinthe aussitôt qu'ils auraient reçu sa rançon, plia l'argent et les bijoux dans une ceinture qu'il attacha autour de son corps, et se jeta à la nage pour gagner le bord de la presqu'île. Hyacinthe, debout au milieu des corsaires, lui tendait les bras, en le nommant son libérateur. Léon, parvenu heureusement au rivage, se hâta de payer les corsaires, et Hyacinthe, déclaré libre, s'élança avec joie dans les flots. Mais à peine fut il entré dans la chaloupe, qu'il s'aperçut que Léon ne l'avait pas suivi. Les Tunisiens l'avaient entouré et chargé de chaînes, en s'écriant qu'aucun serment ne les engageait à son égard. Hyacinthe, après avoir reproché à ces brigands leur affreuse perfidie, jura au malheureux Léon de tout tenter pour l'arracher de leurs mains; mais les corsaires ne jugèrent pas à propos d'attendre plus long-temps, et s'embarquèrent avec leur captif, en présence même du jeune Hyacinthe qui versait des larmes de rage et de douleur.

Léon se voyant en mer, au pouvoir d'une nation infidèle et barbare, leva les yeux au ciel avec une parfaite résignation à sa volonté, bien certain que celui qui l'avait préservé des écueils de la Méditerranée, le garantirait aussi de la méchanceté des hommes. Il fut traité, dans le cours de la navigation, avec toute la barbarie qu'on reproche à ces brigands maritimes. On le jeta sans pitié à fond de cale avec d'autres captifs enlevés comme lui ; de sorte qu'il désirait le terme de son voyage, qui devait être la servitude, comme un adoucissement à ses maux. Arrivé à Tunis, il fut exposé en vente et acheté, dès le premier jour, par un Grec de l'île de Candie, appelé Lysander, qui cherchait un esclave italien. La bonne mine de Léon le frappa tellement, qu'il l'acheta sans balancer, et l'emmena avec lui à Candie.

Lysander, enrichi par un commerce considérable, et favori du gouverneur de l'île qui appartenait alors aux Vénitiens, n'en était pas moins dévoré par une profonde tristesse, dont le motif échappait à la pénétration de Léon. Il ne tarda point à s'embarquer pour Venise avec son esclave ; et arrivé dans cette ville, il confia à Léon, qu'avec de puissantes raisons d'y demeurer inconnu, il importait extrêmement à son repos de découvrir une personne qu'il lui nomma.

— Je vous charge, lui dit-il, de prendre avec prudence les informations que je n'oserais recueillir moi-même, et si cette affaire se termine, par vos soins, selon que je le désire, vous pouvez tout espérer de ma reconnaissance.

C'est en parcourant la ville, où il n'était encore que depuis cinq jours, que Léon aperçut sa sœur à la fenêtre de l'hôtel du Léopard. Il n'avait rien découvert jusqu'alors au sujet de l'affaire dont il était chargé mais il espérait en venir à bout par sa grande constance, et recouvrer ainsi sa liberté.

Pendant ce récit, Joseph et Caroline avaient béni plusieurs fois la Providence, et versé des larmes de tendresse sur les chagrins de leur aimable frère. Tant d'événemens miraculeux, tant de secours au milieu des plus cruelles peines, les portèrent à espérer, ainsi que Léon, que tout se terminerait au gré de leurs désirs. Léon, impatient de connaître le frère de Meldorf, dont Caroline lui avait déjà parlé, pria Joseph de le conduire chez lui. Caroline voulut les accompagner; ils traversaient tous les trois la place Saint-Marc, lorsqu'une jeune personne, conduite par sa gouvernante, vint se jeter au cou de Caroline. Elle reconnut Paolina.

— Vous n'êtes donc point partie, ma chère Caroline? lui dit-elle. Que j'ai de joie de vous revoir! Oh! à présent je suis heureuse. Le signor Alberti est devenu goutteux; il ne s'occupe plus d'affaires; mais son cœur n'en est que plus sensible et mieux disposé pour sa famille. Il m'a aimée tout de suite. D'abord je me tenais timidement à l'écart; son seul regard me faisait trembler : « Rassurez-vous, me disait-il, je » vous donnerai toute mon affection, si j'obtiens

» exclusivement la vôtre. » Mais je lui répondais toujours : « Ah ! si vous aimez ma chère maman, » si vous lui pardonnez, je n'aurai d'autre désir » que celui de vous consacrer le reste de ma » vie. » A force de lui répéter ces paroles, je les ai gravées dans son cœur ; il ne me refuse plus rien. Il rappelle auprès de lui ma mère et mes frères ; il embrasserait, je crois, Rinaldo.... Que je suis heureuse ! demain, ce soir peut-être, j'embrasserai mon aimable mère ! Adieu, je vais au port savoir si elle est arrivée.... Vous viendrez la voir, Caroline ; elle vous connaît, je lui ai parlé de vous dans mes lettres... Cette maison, avec de grands balcons dorés, c'est la maison de mon aïeul.

— Quelle est donc cette jeune enfant ? demanda Léon, lorsque Paolina les eut quittés. Elle a nommé des personnes qu'il m'importe extrêmement de connaître ; mais la rapidité de son discours m'a empêché d'en suivre le fil, et les noms d'Alberti et de Rinaldo sont les seuls mots qui aient frappé distinctement mon oreille.

— C'est le nom de son aïeul et celui de son père, répondit Caroline ; et elle lui raconta brièvement ce qu'elle savait de l'histoire de Lucrèce.

— Fut-il jamais un plus heureux hasard ! s'écria Léon. Partagez ma joie, mes chers amis,

Lucrèce est précisément la personne qui fait l'objet de mes recherches, et tout me porte à croire que Lysander n'est autre que Rinaldo repentant.

Plein de cette idée, au lieu d'aller chez Balthasar, il se rendit auprès de Lysander.

— Seigneur, lui dit-il, je vous apporte des nouvelles satisfaisantes. Si, comme vous me l'avez dit plusieurs fois, votre repos dépend du succès de mes démarches, j'ose espérer de vous l'avoir rendu; mais en recouvrant le bonheur, n'adoucirez-vous point aussi ma triste situation?

— Sois tranquille sur ton sort, répliqua Lysander; je m'attacherai à toi comme à un véritable ami, et la douceur de ta condition te la fera chérir.

—Ne l'espérez point, reprit Léon; sans la liberté, il n'est point pour moi de situation tolérable. Ne soyez point généreux à demi, rendez-moi à une famille qui m'est chère.

— Eh bien! tu seras libre, si moi-même je me réunis à la mienne. Hâte-toi de m'apprendre ce que tu sais de Lucrèce.

Lysander n'eut pas plus tôt entendu que cette malheureuse mère, après une longue suite d'infortunes, revenait enfin habiter la maison paternelle, où sa fille se trouvait déjà, qu'il fondit en larmes, et s'abandonnant aux transports de sa douleur :

— C'en est fait ! s'écria-t-il, tout espoir m'est ravi sans retour. Alberti n'a pu pardonner à Lucrèce sans qu'elle renonce à son époux.... au coupable Rinaldo;.... car enfin je ne saurais plus te dissimuler que je suis le père de Paolina. C'est moi qui ai précipité ma famille dans l'infortune. Hélas! je venais, plein de repentir, partager avec elle mes richesses, et lui consacrer le reste de mes jours ; mais le sévère Alberti me repousse de son sein.

Léon le consola en lui faisant part du changement que la présence de Paolina avait opéré sur le cœur du vieux sénateur ; mais Lysander n'osa se fier à un espoir aussi frivole, donné par un enfant. Il savait que la jeunesse se flatte et se désole avec une égale facilité.

Caroline, instruite de tous ces détails, pria Joseph de la conduire chez Alberti. Elle trouva Paolina entre les bras de sa mère : mais le bonheur dont jouissait cette aimable fille ne l'empêcha point de recevoir agréablement Caroline, qu'elle présenta à Lucrèce. Caroline, n'osant s'expliquer devant cette dame, saisit un moment favorable pour confier à Paolina le vrai motif de sa visite.

— Nos intérêts, nos affections les plus tendres

sont tellement unis, ajouta-t-elle, que l'instant qui vous rendra un père va ramener aussi entre nos bras un frère que nous avons craint de ne plus revoir. Ne perdez point de temps, ma chère Paolina; chaque minute les fait languir, l'un sous le poids des remords, l'autre sous celui de l'esclavage.

Cet entretien, si propre à émouvoir la sensibilité, remuait si puissamment le cœur de ces jeunes personnes, qu'elles avaient l'une et l'autre le visage baigné de larmes, lorsque Lucrèce, qui ne pouvait se passer long-temps de sa fille, les surprit dans cette situation. Il fallut tout avouer; Lucrèce partagea bientôt elle-même l'émotion qu'elles ressentaient.

— Mes chers amies! s'écria-t-elle, à Dieu ne plaise que je veuille me montrer inexorable envers le père de mes enfans! Dès ce moment j'ai tout oublié, et il n'entendra jamais sortir de ma bouche aucun reproche; mais je n'ose espérer que mon père lui pardonne, et, à peine ai-je recouvré sa tendresse, que je me vois à la veille de la perdre encore. Voilà ce qui me trouble et fait couler mes larmes. Cependant ne perdons pas courage; viens, ma fille, allons tomber aux genoux de ton aïeul, et frappons en même temps son cœur de nos prières.

Alberti lisait, paisiblement assis dans son fauteuil. Lucrèce se présente devant lui, entourée de ses trois enfans qui répandent aussi des larmes. Elle le supplie d'accorder ensemble des devoirs si doux à remplir, de rendre à son époux ses droits de citoyen, et à ses enfans un père qu'ils connaissaient à peine. Le vieillard veut résister; mais son cœur paternel a goûté des douceurs qu'il ne saurait perdre maintenant sans mourir. Les illusions de la gloire, en s'évanouissant pour jamais, l'ont livré sans défense aux sentimens de la nature. Une ancienne rigueur lutte faiblement contre eux dans son âme. Alberti a pardonné, presque sans s'en apercevoir, et les transports de sa famille l'empêchent de s'en défendre. Rinaldo, dont ils obtinrent facilement le rappel, vint bientôt lui-même lui rendre grâce de ses bienfaits.

Le bonheur de ces personnes fut pour Léon le signal de la liberté. Il reprit un habit plus conforme à sa naissance, et, après avoir passé quelques jours dans le sein de cette famille, dont la réunion était en partie leur ouvrage, les orphelins partirent pour l'Helvétie, impatiens de retrouver les mœurs douces et pures qui règnent dans ces rustiques vallées.

CHAPITRE XXXI.

Le chemin du repentir est quelquefois pénible.

M. Angelmann revenait de porter des consolations à une famille en deuil, conformément à ces paroles de l'Ecclésiaste, qui dit que le cœur du sage est dans la maison de deuil. Il traversait la belle plaine couverte de noyers qui sépare les lacs de Thoun et de Brientz, en s'abandonnant au cours de ses tristes pensées. Il ignorait le sort de Léon, qu'il savait seulement tombé dans la disgrâce d'Aurélia, et exposé à la vengeance de cette princesse. Il se rappelait avec attendrissement la jeunesse de ces orphelins, qu'il avait vus tant de fois se jouer autour de lui sous ces mêmes noyers; et ce souvenir, se confondant avec celui de Zaccharie, condamné à une démence éternelle, arrachait de son cœur les soupirs les plus douloureux. Il rencontra M. Anatole, qui s'en allait aux bains de Leuck, dans le Valais. Attaqué, depuis plusieurs mois, d'une maladie dangereuse, celui-ci descendit de sa litière, avec l'aide de ses domestiques, et s'assit au pied d'un noyer pour causer un moment avec le pasteur. M. Angelmann remarqua tristement l'effrayant changement de son visage, sur lequel la maladie avait laissé la trace de ses progrès. M. Anatole l'ayant prié de s'asseoir près de lui :

— Je me décide enfin, lui dit-il, à suivre vos conseils. Je vais prendre les bains de Leuck; j'espère qu'ils me rétabliront. C'est une triste chose de n'avoir point de santé, de ne pouvoir ni se promener, ni dormir. Qu'est devenu le temps où mon plus grand mal était l'ennui?

— La vie est une école d'adversités, répondit le pasteur, et l'homme est tellement créé pour elles, qu'il en imagine lorsqu'il n'en a pas de véritables. « Nous consumons nos années » comme une pensée, dit le psalmiste, et le plus » beau de nos jours n'est que fâcherie et tour» mens. »

— Je vous ai cependant connu heureux, répliqua M. Anatole. Votre vie domestique était pleine de douceurs. L'étude, la promenade, les devoirs de votre état occupaient utilement vos jours : j'ai envié votre bonheur.

— Il est pourtant détruit, continua M. Angelmann; son obscurité n'a pu le garantir des coups de la fortune. Tout ce qui s'appuie sur de faibles soutiens est sujet à s'écrouler. Heureux celui qui a placé son trésor dans le ciel!

— Eh! mon cher pasteur, est-il possible de

se détacher si entièrement de la terre, que rien de ce qui s'y passe ne puisse nous ébranler.

— Non sans doute, je ne crois pas que cela soit possible; notre cœur y tient par des liens trop forts, et de ces liens naissent d'ailleurs des vertus agréables à l'Éternel. Heureux, dis-je, celui qui a placé son trésor dans le ciel, non pour s'abandonner à une égoïste indifférence, mais pour chercher entre les bras de son Dieu un refuge et des consolations contre les peines de la vie!

— Pourquoi cette vie, toute misérable qu'elle est, nous tient-elle si fort au cœur, qu'on ne puisse se résoudre à l'abandonner? reprit en soupirant M. Anatole; pourquoi pleurons-nous nos amis avec tant d'amertume? pourquoi vous-même ne pouvez-vous penser, sans répandre des larmes, que Léon est peut-être mort à cette heure?

— C'est que je suis faible comme les autres, répondit M. Angelmann; mes regrets se rapportent plus à moi qu'à lui. Orphelin et pauvre dans ce monde, il trouvera dans l'autre son véritable père, et recevra de ses mains un héritage qu'on ne pourra lui ravir; mais moi qui l'élevai, je regrette le jeune arbre, prêt à se couvrir de fruits, qu'une avalanche impétueuse vient de renverser à mes pieds.

— Le souvenir de ces orphelins me trouble

aussi, reprit M. Anatole. Je me reproche de les avoir abandonnés. Devais-je faire un crime à Léon de son amitié pour son frère? La jeunesse de Joseph ne méritait-elle pas de l'indulgence?

Le pasteur soupira, et répondit par cette réflexion du sage:

« Qui est-ce qui peut dire : j'ai purifié mon » cœur; je suis né de tout péché? »

— Ce n'est pas moi, répliqua M. Anatole; mais je dirai plutôt au Seigneur: « J'ai fait le » compte de mes voies; j'ai rebroussé chemin » vers tes témoignages. » Car telle est en effet ma résolution. A mon retour de Leuck, je veux adopter de nouveau les jeunes de Norbert, et leur assurer un sort pour l'avenir.

—Dieu vous maintienne dans ces bienfaisantes dispositions, et vous accorde pour cela le temps nécessaire. Souvenez-vous, avec le poète anglais[1], « que les fils dont l'industrieuse araignée ourdit sa toile sont des câbles, auprès des liens qui attachent l'homme à la vie. »

Le dessein de M. Angelmann, en s'exprimant ainsi, était de prévenir la dangereuse sécurité dans laquelle il voyait se plonger M. Anatole. Ce dernier était loin de se croire si près de la mort; son dépérissement frappait tous les yeux; ex-

[1] Young, première nuit.

— Ne perdez point courage, mon enfant; si votre père se montre sévère à votre égard, c'est que vous l'avez sans doute beaucoup offensé, car le cœur d'un père est naturellement porté à l'indulgence. Jacob pardonna à ses enfans l'esclavage de son bien aimé Joseph; David ordonna de respecter les jours d'Absalon, qui s'était révolté contre lui.

En discourant ainsi, ils arrivèrent au bourg de Bœningen, où l'étranger pria le pasteur de lui indiquer le presbytère.

— Vous y êtes, répondit M. Angelmann en le faisant entrer dans sa maison; est-ce moi que vous cherchez? Le jeune homme, qui était Daniel, lui remit la lettre dont Léon l'avait chargé en Sardaigne, et le digne pasteur fut tellement saisi de surprise et de joie, qu'il devint pâle et tremblant comme une personne qui est sur le point de s'évanouir. Séphora et Noémi s'empressèrent de le secourir, ne sachant qu'augurer de la joie qui brillait dans ses yeux malgré son état de faiblesse.

— Voici des nouvelles de Léon! s'écria-t-il enfin; ce cher enfant n'est point mort comme nous le redoutions.

— Mon père, mon mari, hâtez-vous de nous apprendre le reste! s'écrièrent à leur tour la mère et la fille. Est-il prisonnier? Est-il loin d'ici? Le reverrons-nous bientôt?

Ces questions, dictées par un tendre intérêt, se succédaient avec tant de rapidité, que M. Angelmann n'avait pas le loisir d'y répondre. Il leur donna la lettre de Léon, qui racontait à son vieil ami de quelle manière il avait été sauvé par Daniel, et par la Providence avant tout. Pendant qu'elles dévoraient avidement cette intéressante lettre, M. Angelmann songeait au moyen de faire parvenir à Léon les secours dont il avait besoin pour revenir en Suisse. La somme que le généreux pasteur venait d'envoyer à Venise, à Joseph et à Caroline, avait épuisé tout d'un coup ses faibles ressources, et il se trouvait réduit à emprunter. Dans l'absence de M. Anatole, il s'adressa au juge de Bœningen, qui lui promit non seulement de le contenter sous une huitaine de jours, mais encore de lui procurer une occasion pour faire parvenir cet argent en Piémont, et de là en Sardaigne.

M. Angelmann, tranquille de ce côté, s'occupa de Daniel, qui ne paraissait point vouloir s'en retourner, et qui, dès le lendemain de son arrivée au presbytère, s'était mis de lui-même à travailler comme les autres domestiques. Le pasteur lui fit observer qu'il ne pouvait souffrir qu'il employât ainsi à son service un travail qui serait utile à sa propre maison.

Daniel l'interrompit à ces mots :

— Gardez-moi pour votre serviteur, lui dit-il; je ne vous demande point d'argent; je vous promets d'être laborieux et fidèle... Mais je vois bien que je vous le demande inutilement; vous craignez de recéler un malfaiteur; vous avez horreur de vivre auprès de moi.

— N'ayez point cette pensée, répliqua le pasteur, j'ai une parfaite confiance dans votre repentir; mais ma fortune ne me permet pas d'augmenter le nombre de mes serviteurs, et aucun n'a encouru ma disgrâce. Vous avez votre père....

— Mon père!... je n'en ai plus. Il me rejette de ses bras; il me ferme sa maison.... En vous quittant, j'irai me noyer dans quelque précipice.

Daniel pleurait; M. Angelmann continua:

— N'allez point vous livrer à un coupable désespoir; calmez-vous, mon enfant, et racontez-moi comment vous avez été reçu dans la maison de votre père.

Daniel reprit ainsi:

— La fortune s'est déclarée contre moi dès mon arrivée en Piémont. J'y trouvai la guerre civile vivement allumée entre les réformés et les catholiques romains. Ces derniers, soutenus par le roi Victor-Amédée, persécutaient nos frères du pays de Vaud. Alarmé pour ma famille, qui demeurait autrefois à Villeneuve, je me hâtais de prendre la route de cette ville, lorsqu'un parti savoyard me fit prisonnier, et me contraignit de marcher avec lui sur Copet. Je fus mis en prison dans cette ville; j'y demeurai deux mois. Au bout de ce temps, les réformés, qui s'en emparèrent, me rendirent la liberté. J'en profitai pour me rendre à Villeneuve; mais, au moment d'atteindre enfin le but de mon voyage, je retombai de nouveau entre les mains de nos ennemis. Ceux-ci exerçaient des cruautés si inouïes, que je ne trouvai d'autre moyen d'échapper à la mort qu'en leur cachant ma véritable religion. Obligé de marcher avec eux contre nos frères, quelque horreur que j'en ressentisse, il me fallut obéir; mais je n'attendais qu'une occasion favorable pour les abandonner. Nous remontâmes le long du Rhône, jusqu'au village de Monthey, dont les habitans s'étaient retirés à Aigle, de l'autre côté du fleuve. Ils se présentèrent en armes pour s'opposer à notre passage. Pendant tout le combat, je cherchai vainement à me jeter du côté de mes frères; trompés par l'apparence, ils me repoussaient comme un cruel ennemi. Les Vaudois, vaincus par le nombre, cherchèrent leur salut dans la fuite, et je fus entraîné par les vainqueurs jusque dans le bourg d'Aigle, dont ils venaient de se rendre maîtres. Les femmes, les vieillards abandonnaient leurs maisons en traînant après eux leurs malheureuses familles. Au milieu des cris des mourans, de la joie brutale des vainqueurs, de l'horrible confusion qui régnait dans les rues, deux femmes passent près de moi et s'écrient : « Grand Dieu ! c'est Daniel ! » Je détourne la tête ; je crois reconnaître mes sœurs ; je les appelle, elles fuient sans me répondre, et je les perds de vue dans la foule... Je les cherchai long-temps de tous côtés, jusqu'à ce que, la nuit étant venue, j'en profitai pour abandonner les Savoyards. Je suivis le torrent de la Grionne, jusqu'au pied de la colline de Saint-Triphon. Cette colline est surmontée d'une grosse tour carrée, qu'on regarde comme les restes d'un château fort ancien. Je me retirai dans ces ruines, accablé de fatigue, et j'y dormis quelques heures malgré mes inquiétudes. En m'éveillant, je crus entendre parler de l'autre côté de la tour. Je demeurai tapi dans ma retraite, dans la crainte que ce ne fussent des Savoyards, et je ne me hasardai à en sortir que lorsqu'un profond silence eut remplacé le murmure confus que j'avais entendu. Tout à coup j'aperçois un vieillard à genoux ; éclairé par le soleil levant, il adressait au ciel sa prière du matin ; je reconnus mon père. Il était seul, abandonné au pied de cette tour en ruines.

— Dois-je en croire mes yeux ? m'écriai-je ;

est-ce vous, mon père, que je revois? Je voulus le serrer dans mes bras.

— Qui êtes-vous? me demanda-t-il d'un ton sévère. Je n'ai que deux filles, absentes en ce moment; je n'en connais point d'autres qui aient le droit de m'appeler leur père.

— Eh quoi! repris-je fort ému, avez-vous oublié votre fils Daniel?

— Daniel! s'écria-t-il, j'eus un fils de ce nom; il m'a abandonné pour se livrer à tous les vices; je ne le connais plus; je ne veux plus en entendre parler.

Il s'était levé en prononçant vivement ces paroles; je crus qu'il voulait me fuir; j'embrassai ses genoux pour l'arrêter.

— Éloigne-toi, misérable, reprit le vieillard irrité; ne porte pas l'audace jusqu'à me retenir par violence.... Je rends grâce au ciel d'être privé de la lumière, puisque cette infirmité m'épargne au moins l'horreur de te voir. Éloigne-toi, te dis-je, ô honte de mes cheveux blancs! je ne t'ai pas encore maudit; mais prends garde que la violence que tu me fais ne m'y oblige malgré moi.

Je me retirai tout tremblant, et j'allai m'asseoir à terre à quelque distance, pour y pleurer en liberté. Le bruit d'une personne qui s'approchait attira mon attention: je vis Agnès, la plus jeune de mes sœurs; elle parut effrayée à mon aspect.

— Je te conseille de me fuir aussi, Agnès! m'écriai-je. Tu m'aimais autrefois.... Je suis devenu en horreur à toute ma famille; mais je saurai me délivrer de tant de chagrins ; puisqu'on m'a déjà oublié, autant vaut que je périsse; adieu.

— Où vas-tu? me dit Agnès en m'arrêtant.

— Dans le torrent que j'entends bouillonner au pied de cette colline.

— Ne cours-tu pas plutôt te réunir à nos ennemis?

— Agnès, lui répondis-je, ils m'ont enlevé malgré moi, dans le temps que je me rendais à Villeneuve, et conduit dans ce pays, où, contre mon attente, j'ai rencontré ma famille pour augmenter mon désespoir. Tombé d'hier en leur pouvoir, je me suis échappé cette nuit même.

— As-tu vu notre père?

— Hélas! ce n'est plus le mien ; il me déteste, il me menace de sa malédiction.

— Daniel, j'ai pitié de ta douleur; je ne puis m'empêcher de la supposer sincère; mais je crains bien que les autres ne soient pas si faciles que moi à persnader. Rachel, surtout, t'envisage sous les couleurs les plus odieuses.

— Elle m'a toujours haï, répliquai-je; que m'importent ses sentimens? ta protection et celle de mon père me suffisent.

— La mienne n'est rien, reprit Agnès ; c'est Rachel qui possède toute la confiance de mon père; c'est elle qui l'a irrité à ce point contre toi. Rachel s'est mariée à Aigle; elle a eu deux enfans. Devenue veuve, elle a obtenu de notre père qu'il abandonnât Villeneuve pour se fixer dans ce pays. Elle ménage pour ses enfans la meilleure portion de notre héritage : voilà pourquoi elle t'éloignera toujours du sein paternel.

— Agnès, si tu profitais de son absence pour me justifier auprès de notre père.

— Son absence sera de courte durée, continua Agnès. Elle est allée chercher ses enfans qu'elle avait mis à l'abri des dangers de la guerre ; je l'ai accompagnée jusqu'au torrent de la Grionne. Cependant, pour te prouver ma bonne volonté, je vais tâcher de fléchir notre père.

Elle s'avança alors auprès du vieillard, qui s'informa aussitôt de Rachel.

— Elle est en sûreté, lui répondit Agnès, et ce n'est pas la plus à plaindre de la famille. J'ai rencontré, non loin d'ici, un malheureux beaucoup plus digne de compassion, Désespéré de votre rigueur, il parlait de se noyer dans la Grionne.

— Voilà bien le langage des scélérats! repartit mon père. Après une vie scandaleuse et souillée de forfaits, ils s'irritent d'en supporter la punition.

— Ses fautes ne sont point aussi énormes que vous les supposez, reprit Agnès; fidèle à sa croyance, le hasard seul l'a fait tomber, pour quelques heures, entre les mains de nos ennemis, et déjà il s'est séparé d'eux.

—Il vous l'a dit, au moins, continua le vieillard; mais quelle confiance peuvent inspirer les paroles d'un fourbe? Que de fois ne m'a-t-il pas trompé? Cessez de m'entretenir de lui, Agnès; souvenez-vous que c'est votre indulgence qui l'a perdu, et si vous lui rendez compte de cette conversation, déclarez-lui que, s'il ose jamais se présenter devant moi, ma malédiction sera le prix de son audace.

J'écoutais ces cruelles paroles avec une douleur inexprimable. En ce moment, une jeune fille qui traversait la colline cria à ma sœur qu'elle eût à conduire le vieillard du côté des Diablerets, où Rachel leur avait trouvé un asile dans un châlet valaisin. Agnès et le vieillard partirent à l'instant même. Je les suivis de loin pour protéger leur fuite. Quand mon père se reposait pour prendre un peu de nourriture, je m'asseyais aussi à quelques pas, et je recevais de la main d'Agnès une légère part de leurs provisions. Au bout de trois heures de marche, nous aperçûmes les châlets; mais le chemin devenait de plus en plus montueux et difficile. Les eaux bruyantes de la Liserne embarrassaient à chaque instant le passage. Mon père était très-fatigué; je me sentais plein de force et de vigueur. Dans l'espoir de le soulager, je priai ma sœur de seconder une ruse innocente que la piété filiale m'inspirait. Elle plaça sur ma tête son chapeau de paille, et, me couvrant les épaules de son tablier, elle feignit de vouloir porter le vieillard de l'autre côté d'un ruisseau qui coupait le chemin. Je me glissai adroitement à la place d'Agnès, et je continuai de marcher avec mon précieux fardeau. De temps en temps, mon père, qui croyait être sur les épaules de sa fille, la pressait avec instance de ne pas prolonger un exercice aussi pénible; mais Agnès se penchait vers mon visage pour lui répondre et le rassurer. Rachel vint à notre rencontre à quelque distance du châlet. Une rougeur subite couvrit son visage en m'apercevant; ses yeux étincelaient de colère. Je déposai doucement le vieillard sur le gazon, et je m'avançai vers elle d'un air suppliant, pour l'engager à garder le silence; mais elle cria à mon père sans m'écouter :

— Qu'avais-je besoin de vous chercher un

asile, puisque vous y conduisez vous-même nos ennemis, et que vous souffrez qu'ils vous portent entre leurs bras?

— Que dites-vous, Rachel? demanda mon père.

— Je dis qu'il ne sert de rien qu'on vous ait chéri et respecté dès l'enfance. Une feinte soumission, un léger service ont déjà replacé Daniel dans votre cœur.

— Daniel!... quoi! il aurait osé... Ah! malheureux vieillard, on abuse de ton infirmité pour te trahir.

— Mon père, m'écriai-je en embrassant encore ses genoux, mon père, pardonnez-moi....

— Retire-toi, misérable, ou je vais appeler sur ta tête....

Je m'enfuis, pour ne point entendre ces désolantes menaces, et, perdant tout espoir de fléchir jamais le cœur de mon père, je partis pour vous apporter la lettre de M. de Norbert, que je n'avais trouvé aucune occasion de vous faire parvenir plus tôt.

— Mon enfant, dit alors M. Angelmann, je conviens que votre sort est malheureux; mais, au lieu de vous livrer au désespoir, offrez à à Dieu vos peines comme une juste expiation de tant de péchés. Songez aux longues amertumes dont vous avez abreuvé le cœur de votre père,

2e Vol. P. 151.

Mon Père, mon Père, venez vite, ils sont chez Meldorf... Caroline, Léon, Joseph.

à l'abus que vous avez fait de son indulgence, et soyez moins étonné de son indignation.

— Mais ma sœur, que lui ai-je fait pour qu'elle irrite sans cesse contre moi un vieillard offensé ?

— Je suis loin de justifier sa conduite, quoiqu'elle ne soit peut-être qu'une suite de vos premiers torts. Les frères et les sœurs se préparent souvent dès l'enfance un sort infortuné. Le manque de confiance, la jalousie, la malice deviennent, avec le temps, des racines de haine et de discorde. Le bonheur et la vertu des familles reposent sur leur union. Ne perdez point courage, mon cher Daniel ; je vous reconduirai moi-même chez votre père ; peut-être parviendrons-nous ensemble à l'adoucir.

Cette promesse consola Daniel, et ranima son âme abattue. Cette conversation se passait dans une petite prairie, autour de laquelle Daniel relevait la terre d'un fossé. Noémi parut tout à coup au bout de la prairie ; elle courait comme une jeune folle, en agitant son mouchoir en signe d'allégresse.

— Mon père, mon père, venez vite ! ils sont à Kanderstœg ! ils sont chez Meldorf... Caroline, Léon, Joseph....

Le bon pasteur sentit des larmes de joie couler sur son visage. Il embrassa sa fille, et retourna avec elle au presbytère, où il trouva Ludger, qui racontait à Séphora l'arrivée des orphelins dans la chaumière de Meldorf. Ludger, ayant passé le reste du jour à Bœningen, en partit le lendemain avec M. Angelmann et Noémi, qui brûlait de revoir sa chère Caroline.

CHAPITRE XXXII.

Projet d'un nouveau genre de vie.

Meldorf, à peine délivré d'une douleur de rhumatisme qui le tourmentait depuis quelques jours, était assis dans le coin de sa cheminée, son gros bonnet de laine sur la tête, et le visage tourné du côté de la porte de la chaumière. Il faisait un temps gris et sombre, assez semblable à celui par lequel les orphelins arrivèrent chez lui pour la première fois, sept ans auparavant. De l'autre côté de la cheminée, Bernina faisait lire dans la Bible le jeune Erni, son fils. L'enfant lisait la fin de l'histoire de Joseph, lorsqu'il dit à ses frères :

« Maintenant ne vous affligez point et n'ayez » point de regret de ce que vous m'avez vendu. . . » . . . . . Ce n'est pas vous qui m'avez en» voyé ici ; c'est Dieu qui m'a établi pour père

»à Pharaon, et pour commander dans tout le »pays d'Égypte.»

Meldorf fit signe à Bernina de fermer le livre, et il demanda à l'enfant s'il comprenait bien ces paroles?

— Non, répondit Erni; car il me semble que ce n'était point Dieu, mais les frères de Joseph, qui l'avaient vendu aux marchands qui le conduisirent en Égypte.

— Cela est vrai, mon enfant, reprit Meldorf; mais les frères de Joseph ne lui auraient pas fait ce mal, si Dieu ne l'avait permis. Dieu n'aime ni n'autorise le péché; cependant il le souffre, et sa providence en tire mille occasions de s'exercer d'une manière admirable. Il fait que les pensées des méchans se tournent en gloire et en prospérité pour les justes. Siméon et ses frères voulaient perdre Joseph, parce qu'ils craignaient de lui être soumis un jour, et le moyen qu'ils employèrent le rendit presque aussi puissant que Pharaon. Il devint lui-même l'arbitre de leur sort.

— Les méchans ne savent donc point cela? demanda Erni.

— Ils l'oublient ordinairement, répliqua Meldorf. C'est pourquoi Dieu nous déclare, par la bouche du roi Salomon, que le méchant fait une œuvre qui le trompe.

— Je suis bien aise de n'avoir point de frères, reprit l'enfant, personne ne me vendra, et je resterai toujours auprès de vous.

Meldorf soupira en pensant à Balthasar. Bernina poursuivit :

— Tous les frères ne sont point comme ceux de Joseph. Il y en a qui s'aiment tendrement. Ne te souvient-il plus de Léon, de Joseph et de Caroline ? Ne t'ai-je pas raconté plusieurs fois combien ils prenaient plaisir à s'aider mutuellement, à se donner mille petites satisfactions ?

— Il est vrai, reprit Meldorf, que leur union était le plus touchant spectacle qu'on puisse désirer. Aussi Dieu les a bénis. Non seulement il les a protégés dans leur abandon, mais il les a comblés d'honneurs et de richesses.

Erni se leva et vint poser la Bible sur une tablette.

— Ces chers enfans, continua Meldorf, les reverrai-je jamais ? M. Angelmann m'a fait part de toutes leurs aventures. Il m'a dit comment Léon et Joseph avaient pensé mourir sur les bords du lac Majeur, et comment une grande princesse les avait emmenés avec elle à Rome, où Léon se trouve honoré du titre de son secrétaire.

Meldorf ignorait les revers dont une si grande prospérité avait été suivie. Bernina, qui travaillait à son métier à dentelle, répliqua en sou-

[illegible]

2.e Vol **FRONTISPICE.** P. 155.

Soyez béni, vous qui avez si bien connu nos cœurs, s'écria Léon lui-même en se précipitant dans les bras de Meldorf.

riant qu'une si haute fortune leur avait sans doute fait perdre le souvenir de la vallée de Kander.

— Je leur rends plus de justice, répondit Meldorf; l'ingratitude est le défaut des âmes viles, et les enfans de M. de Norbert ne sauraient en être tachés. Où trouveront-ils un meilleur ami que Meldorf? ils savent bien que mes bras et ma maison leur seront toujours ouverts. Eh! quand ils pourraient l'oublier, perdront-il jamais de vue le petit vallon où reposent les ossemens de leur père?

— Soyez béni, vous qui avez si bien connu nos cœurs! s'écria Léon lui-même en se précipitant dans les bras de Meldorf.

Joseph et Caroline le suivaient; ils avaient quitté leurs guides et leurs montures, pour venir surprendre le bon Meldorf. Ce digne vieillard voulut parler, ses pleurs lui coupaient la voix; il fut contraint d'appuyer sa tête sur l'épaule de Léon pour leur donner un libre cours. Ce ne fut bientôt plus dans la chaumière qu'une tendre confusion de larmes, de questions et de caresses. Les voisins, les domestiques accouraient curieusement pour voir les orphelins, qu'on avait perdus de vue encore enfans, et qui étaient devenus des hommes. On ne se lassait point d'admirer la bonne mine des deux frères, à peu près de même taille. A un peu de maigreur près, cette taille était parfaite, pleine d'élégance et de noblesse; elle s'accordait à merveille avec les agrémens de leur figure. Caroline, à l'âge de quatorze ans, ne le cédait en rien à ses frères du côté de la beauté. Quoiqu'un peu petite, toute sa personne était remplie de grâces; on croyait voir une rose qui fleurissait. La nature semblait avoir pris plaisir à former cette aimable famille, et à l'embellir de ses dons les plus séduisans.

Les guides, qui arrivèrent avec les montures, augmentèrent le trouble et l'embarras des habitans de la chaumière; mais aucun d'eux ne songeait à s'en plaindre. Léon paya les frais de leur voyage, congédia les guides; et, se retirant avec Meldorf et sa famille dans une chambre écartée, il leur raconta ses nombreuses infortunes. Tous les sentimens qu'il exprimait passaient dans l'âme de ses auditeurs. Tantôt ils frémissaient de crainte, au récit de ses dangers, tantôt ils bénissaient les personnes généreuses qui l'avaient accueilli dans ses disgrâces; mais toujours ils admiraient les voies de la Providence, dont la main maternelle conduit attentivement ses enfans à travers les écueils de la vie.

« L'enfant chéri de sa tendre mère, et douce-» ment secoué sur ses genoux, n'est pas mieux

» soigné que les créatures par les soins du Tout-
» puissant [1]. »

Léon, ayant achevé son récit, ajouta en s'adressant à Meldorf :

— Vous voyez, ô notre bienfaiteur! que nous revenons à vous aussi pauvres et aussi abandonnés que la première fois ; mais notre raison s'est mûrie, notre force s'est développée : puisque le ciel l'ordonne, nous mettrons à profit ces deux trésors, les seuls qu'il nous ait laissés. Vous avez sur les pâturages de Geschen un châlet qui tombe en ruines ; permettez-nous d'en relever les murs et d'y chercher un asile dans le voisinage du tombeau de notre père. Nous y éleverons un troupeau de chèvres, nous défricherons les bords du petit lac de la vallée ; cette terre, mêlée des cendres paternelles, ne sera point rebelle à nos efforts, et, après avoir reçu dans son sein les dépouilles d'un vertueux père, elle nourrira encore les enfans.

— Eh quoi! reprit Meldorf attendri, malgré les avantages d'une éducation brillante, après des jours d'opulence et de grandeur, les fils de M. le comte de Norbert consentiraient à devenir de simples pâtres sur les pâturages des Alpes!

— Le temps n'est plus où un orgueil mal en-

[1] Méditations d'Hervey.

tendu nous faisait mépriser de semblables travaux, repartit Léon. Des malheurs de toute espèce nous ont appris à envisager sainement les choses; et notre âme, ballottée par la fortune, considère cette fin comme un doux et agréable repos. Là, dans ce châlet solitaire, nous pourrons pratiquer la vertu sans offenser personne. Là, nous ne craindrons ni le despotisme des grands, ni la perfidie de leurs créatures, ni les mépris des riches, ni la friponnerie des pauvres.

— Mais cet endroit est si solitaire! continua Meldorf; aucune habitation ne l'avoisine, et c'est pour cela que nous l'avions abandonné. Tous les bergers que j'y ai placés s'ennuyaient de vivre seuls.

— N'y serons-nous pas ensemble? reprit vivement Joseph. Trois frères qui se chérissent forment entre eux une société dont l'union est aussi délicieuse qu'inaltérable. Quelques mois de séparation ont encore resserré nos liens.

— Et vous, ma chère Caroline, poursuivit Meldorf, serez-vous reléguée à votre âge sur des rochers inconnus? Ces mains délicates s'endurciront-elles dans les travaux rustiques? fleurirez-vous comme la rose des Alpes, loin des regards et de l'approbation des hommes?

— Je vivrai heureuse partout où j'accompagnerai mes frères, répondit Caroline.

Meldorf, les voyant tous trois si bien disposés, cessa de leur faire aucune observation, et leur promit de s'occuper de leur nouvel établissement. Comme il était encore de bonne heure, il fit partir Ludger pour le presbytère de Bœningen, afin d'avertir la famille Angelmann de l'arrivée des orphelins. Il tardait à ces jeunes infortunés de revoir la tombe de leur généreux père. Dès le lendemain matin, ils partirent ensemble pour la vallée de Geschen, située à peu près à une lieue de Kanderstœg. Ils saluèrent avec attendrissement son lac solitaire, entouré de prairies et de bosquets d'aunes. Placé au centre du vallon, il réfléchissait dans ses ondes limpides les flancs glacés du Dolden, et le châlet ruiné qui s'élevait alors sur un coteau couronné de verdure, au milieu d'un gras pâturage. Un profond silence régnait dans la vallée, que les bergers dédaignent, toute charmante qu'elle est. Le bruit des cascades éloignées y retentit seul comme un bourdonnement agréable, et mille petits ruisseaux y serpentent paisiblement, n'osant troubler par leur murmure les tranquilles beautés de ces lieux. Les orphelins s'avancent eux-mêmes en silence sous les sombres mélèzes, à l'entrée de la voûte humide. La végétation, plus tardive dans cet endroit de la vallée, moins exposée aux rayons du soleil, retenait encore en boutons les feuilles et les fleurs. Un lierre, chargé de grappes noirâtres, tapissait seul les parois de la voûte, et s'était tellement épaissi, qu'il cachait presque entièrement le tombeau sous sa sombre verdure. Léon et Joseph furent obligés d'en arracher une partie pour jouir de cette triste vue. Ils se précipitèrent tous trois à genoux sur cette petite tombe verdoyante; leurs bras se croisaient pour l'embrasser, et leurs yeux l'arrosaient d'un torrent de larmes. Ils semblaient revoir un ami après une longue absence.

— « Pourquoi cherchez-vous parmi les morts » celui qui est vivant [1] ? » s'écria une voix qui les fit tressaillir. C'était celle de M. Angelmann. O mes chers amis! ajouta-t-il, après les avoir serrés contre son cœur, cessez d'arroser de vos larmes un morceau de terre qui n'a pu retenir la meilleure partie de celui que vous regrettez. Tout en respectant cet asile funéraire, élevez vos regards au ciel, et rendez grâce à Dieu, qui a mis ce bon père à l'abri des misères de ce monde pour le couronner de gloire et d'honneur.

Noémi se tenait timidement à l'écart, n'osant troubler, par ses transports, les larmes pieuses qui coulaient des yeux de Caroline. Cette der-

[1] Evangile selon saint Luc.

nière l'aperçut et vola dans ses bras. Ces deux jeunes personnes allèrent se promener ensemble au bord du lac, pour s'entretenir de mille choses, pendant que Léon et Joseph montaient avec le pasteur au châlet abandonné.

— C'est donc ici que vous voulez vivre, leur dit M. Angelmann, en jetant un triste regard sur les murs du châlet.

— Ce sera notre pâturage d'été, répondit Joseph. Nous y éleverons des chèvres; nous ferons des fromages, et leur vente nous procurera les autres nécessités de la vie.

— Mais quand l'hiver l'aura couvert de neige? reprit M. Angelmann.

— D'ici à cette époque, répliqua Léon, nous éleverons une cabane dans la vallée. Il faut si peu de chose pour loger des pâtres.

— Hélas! je crains que ce genre d'existence ne vous rebute bientôt. Il ne convient guère qu'à celui qui n'en a point connu d'autres.

— Eh! mon ami, continua Léon, quel autre choix pourrions-nous faire? Orphelins, étrangers et pauvres, à quoi nous serviraient dans le monde les connaissances que nous y avons acquises? Vous le savez comme moi, l'ignorant protégé y réussit mieux que le mérite sans appui. Peut-être à force de patience et d'affronts, parviendrons-nous à obtenir séparément un emploi de précepteur; état laborieux, pénible et injustement méprisé. Que deviendrait alors la pauvre Caroline? Ici nous coulerons des jours obscurs, mais libres, dans le voisinage de nos bienfaiteurs.

— La vie pastorale, ajouta Joseph, a quelque chose d'antique et d'innocent qui flatte mon imagination. Les patriarches vivaient aussi du produit de leurs troupeaux. Quoi de plus gracieux, d'ailleurs, que la position de ce châlet, doucement incliné sur ces verts pâturages! la vue des hautes Alpes qui s'élèvent par degrés, les glaciers descendant de leurs flancs avec leurs vagues immobiles et leurs bizarres pyramides, les torrens impétueux, les voûtes de neige débordant les parois des rochers, et cette charmante vallée de Geschen, toujours calme, toujours verte, toujours solitaire, ne forment-ils pas un spectacle tour à tour majestueux et enchanteur?

— O jeunesse! s'écria M. Angelmann, de quelles couleurs brillantes tu peins tous les objets!

On retourna à Kanderstœg. Un dîner champêtre, mais plus recherché qu'à l'ordinaire, attendait le pasteur et ses élèves. Au bout de deux jours passés avec eux dans la chaumière de Meldorf, M. Angelmann les emmena au presbytère, où Séphora les attendait avec impatience. Ils trouvèrent Zaccharie toujours occupé des mêmes chimères, et déplorant avec amertume des malheurs qui n'étaient pas les siens.

Cependant M. Angelmann nourrissait en lui-même un dessein qui pouvait améliorer le sort de ses jeunes amis. Il se souvenait encore des dernières paroles de M. Anatole, et, craignant que la mort ne vînt rendre inutiles les intentions favorables où il l'avait laissé à l'égard des orphelins, il résolut de l'aller visiter à Leuck avec Léon; mais, cachant avec soin le vrai motif d'une démarche qui pouvait alarmer la délicatesse de ce jeune homme, M. Angelmann la lui proposa sous un autre point de vue.

— M. Anatole a été votre bienfaiteur, lui dit-il; sa santé, totalement détruite, ne lui permet pas d'espérer de longs jours; auriez-vous quelque répugnance à l'aller visiter dans ses maux? à lui offrir vos soins et vos consolations?

— Je serais indigne de vivre, repartit vivement Léon, si de pareils sentimens coûtaient quelque chose à mon cœur. Quand je ne devrais à M. Anatole que l'asile et la nourriture qu'il a procurés à notre enfance, une juste reconnaissance m'appellerait auprès de lui; mais puis-je oublier jamais que je lui dois en vous un second père?

— Je n'attendais pas moins de mon cher Léon,

reprit affectueusement le pasteur. Nous ferons ensemble ce voyage; aussi bien Daniel attend-il tous les jours l'exécution d'une promesse qu'il est temps que je remplisse.

Le projet de cette tournée, qui devait durer quelques semaines, jeta un peu de tristesse parmi les habitans de Bœningen. Joseph et Caroline auraient bien désiré en être; mais ils eurent la discrétion de cacher ce désir, auquel des raisons d'économie s'opposaient justement. Caroline ne laissait pas de s'inquiéter du fameux passage du Gemmi, que les voyageurs devaient traverser pour se rendre à Leuck, et elle répéta plus de dix fois à son frère, d'être prudent pour l'amour d'elle.

CHAPITRE XXXIII.

Voyage dans le Valais.

Léon et M. Angelmann, résolus de faire leur route à pied, prirent toutes les précautions nécessaires dans ces hautes montagnes. Ils se munirent d'abord de souliers extrêmement épais, parsemés de clous, qui laissaient entre eux un espace propre à en recevoir d'autres, en vis, avec des têtes saillantes, pour marcher sur les glaciers, les rochers graniteux et les rochers revêtus d'un gazon fin et court, plus agréables à l'œil, mais aussi dangereux que les précédens. Un grand chapeau de paille garantissait leur tête des ardeurs du soleil, souvent insupportables le long des murs des rochers qu'on est obligé de côtoyer. Habillés l'un et l'autre d'une veste et d'un pantalon de coutil, dont le tissu serré devait les préserver de la pluie, ils portaient, plié autour de leur corps, un surtout de drap fin pour se défendre du froid ; car, dans l'espace de quelques heures, ceux qui parcourent les Alpes sont exposés aux températures les plus contraires. Daniel s'était chargé d'une gibecière qui contenait du linge et quelques provisions. M. Angelmann, au lieu de se diriger par les vallées de Fronttingen et de la Kander, qui étaient le chemin le plus direct, fut obligé, pour accorder son devoir avec son voyage, d'aller d'abord dans le Simenthal, où il avait une affaire importante à terminer. De là, il passa par Adelboden, et prit un guide pour les conduire sur les hauteurs du mont Gemmi par des sentiers extrêmement périlleux. Cette route est semée d'abîmes, au bord desquels passent des sentiers que l'œil ne peut ni suivre ni reconnaître, et qu'une longue habitude peut seule faire retrouver aux guides. Les voyageurs marchaient en silence à travers ce désert, où la nature se montre sous des dehors terribles, inquiets les uns pour les autres, et suivant avec docilité les conseils de leur conducteur ; car la moindre opiniâtreté pouvait avoir des suites funestes. Dans ce paysage dangereux, l'homme le plus instruit s'abandonne modestement aux lumières d'un simple pâtre ; et l'expérience, ce fruit des siècles si lent à mûrir, l'emporte glorieusement sur les systèmes les mieux établis.

Les voyageurs se reposaient à l'entrée d'une forêt de sapins, et réparaient leurs forces en buvant quelques gouttes d'eau de cerises, avec lesquelles on compose une liqueur cordiale, estimée dans lès Alpes, quand tout à coup l'air, ébranlé par une violente secousse, les saisit et les renverse. Une poussière fine et blanche couvre la terre et se répand sur leurs habits : deux châlets, qui heureusement n'étaient pas habités, s'écroulèrent à leur vue; un bruit sourd, effrayant, se mêle à ces signes extraordinaires.

— La terre va-t-elle s'entr'ouvrir ? s'écria Léon avec terreur.

— Rassurez-vous, répond M. Angelmann c'est une chute d'avalanche ; nous ne courons aucun risque : fasse le ciel que tout le monde en soit également à l'abri !

— Le bruit a été faible, reprit le guide; il

faut qu'elle soit tombée à plus d'une lieue de distance.

— Une lieue! s'écria Léon; est-il possible qu'elle ait renversé de si loin ces châlets et nous-mêmes?

— Les effets que leur chute occasione dans l'air, répliqua M. Angelmann, se font quelquefois ressentir à une distance plus considérable. Cela dépend de leur volume et de leur pesanteur. Elles entraînent avec elles des rochers dont les immenses débris comblent jusqu'à des vallées de deux lieues de longueur. En un moment, les terres soigneusement cultivées, les meilleurs pâturages, les lacs, les forêts, disparaissent pour n'offrir aux regards désolés du cultivateur que l'image effrayante du chaos; heureux encore quand sa cabane et lui-même échappent à la destruction! Que de fois le voyageur affligé a-t-il cherché vainement à son retour le hameau hospitalier qui l'avait recueilli à son passage!

En approchant des hauteurs de Gemmi, ils trouvèrent des traces récentes de l'avalanche dont ils venaient de ressentir la chute. Ils perdirent ces traces un peu au dessous de Swarbach, hôtellerie fort élevée, où ils s'arrêtèrent pour passer la nuit. Tout en soupant avec leur guide, ils le félicitèrent de la manière ferme et prudente avec laquelle il conduisait les voyageurs.

— Il y a trente ans qu'à l'exemple de mon père et de mon aïeul, je fais profession de conduire les étrangers, répondit-il, et je vous assure que Michel-Joachim est fort connu dans le Simenthal. Pendant tout ce temps, je n'ai vu arriver qu'un seul malheur, et le voici : J'avais conduit deux Génevois au glacier de Gelthen. Le torrent s'en échappait à travers une caverne de glace de cinquante pieds de largeur.

— Voyons, dit un des étrangers, si l'écho de cette caverne est sonore. En même temps il chargeait un pistolet dans le dessein de le tirer dans la caverne. Je l'engageai vivement à ne point tenter cette dangereuse expérience. Je lui représentais que ces glaces, amollies chaque jour par la chaleur du soleil, étaient peut-être sur le point de s'écrouler, et n'attendaient pour cela qu'une secousse légère. Je lui citai même plusieurs exemples qui effrayèrent tellement son compagnon de voyage, qu'il joignit ses prières aux miennes pour le détourner de son dessein; mais il se moqua de nous, et tira son coup de pistolet. Ce que j'avais prévu arriva. La caverne s'écroula; le torrent, délivré de tout obstacle, sortit impétueusement, entraînant, parmi des blocs de glace, le corps déjà blessé de l'imprudent Génevois. Nous l'en retirâmes avec beaucoup de peine et de dangers, et j'exposai plus d'une fois ma vie pour conserver la sienne. Après trois mois de souffrances, il se releva borgne et boiteux, et retourna à Genève. Il avait passé tout ce temps dans ma propre chaumière, soigné par ma femme, par moi, et par un jeune enfant, notre filleul, que nous avions adopté. Cet étranger, ne sachant comment nous récompenser de nos soins, car nous avions refusé son argent, emmena avec lui Mikéli notre filleul, pour l'élever dans sa maison. Je m'en réjouissais alors, à cause de cet orphelin ; mais l'avenir a bien trompé mon espérance, et j'ai souhaité mille fois, depuis ce temps, que cette aventure ne me fût jamais arrivée.

Daniel pencha sa tête sur ses mains, comme un homme qui réfléchit, et le pasteur, continuant d'entretenir Joachim, lui demanda pourquoi il avait formé ce souhait.

— Hélas ! monsieur, repartit le guide, c'est une chose à laquelle je ne songe jamais sans chagrin. Lorsque Mikéli nous quitta, il était d'une sagesse et d'une innocence parfaites. Aucun enfant n'était plus assidu à son devoir. On admirait à l'église sa contenance modeste, et tout le monde l'aimait, parce qu'il rendait service à tout le monde. Un vieillard portait-il un fardeau, Mikéli courait à sa rencontre, et s'en chargeait lui-même. Je m'imaginais qu'il vaudrait encore mieux en devenant plus instruit ; mais il est arrivé tout le contraire. Une mauvaise connaissance a suffi pour gâter son bon naturel. Après avoir volé son bienfaiteur, il s'est enfui de chez lui, et je n'en ai plus entendu parler depuis cette époque. Quelqu'un m'assura cependant l'avoir vu dans la prison de Bœningen, il y a quatre ou cinq ans, avec celui dont les conseils l'avaient perdu ; mais quand je l'eusse appris à temps, je ne sais si j'aurais trouvé le courage de l'aller chercher dans un pareil lieu, tant je me serais senti humilié de retrouver là mon filleul.

Léon, devinant que ce Mikéli était le compagnon de débauche de Daniel, regarda celui-ci, qui rougit considérablement et sortit de la chambre. M. Angelmann, sans s'en apercevoir, répondit à Joachim que la honte que pouvait nous causer la vue d'un criminel ne devait jamais arrêter nos efforts pour le sauver.

Un voyageur, qui arrivait dans l'hôtellerie, raconta qu'une avalanche venait d'ensevelir un petit hameau avec ses dépendances, à une lieue de Swarbach, et qu'on ne pouvait voir sans compassion le spectacle que présentaient les environs du village enseveli. Ce même jour, une noce considérable était rassemblée ; cet affreux événement les avait surpris à table, au milieu des chants et de la joie. Les parens, les amis de ces infortunés, accourus sur les lieux, se lamentaient en faisant de vains efforts pour les secourir. On se demandait avec effroi les noms et le nombre des victimes; chacun craignait et désirait d'être éclairci. Ce rapport troubla le sommeil de Léon et de M. Angelmann; ils ne pouvaient ôter de leur imagination cette joie et cette mort, si voisines l'une de l'autre.

Ils remontèrent le lendemain le petit lac de la Daube, situé au col du Gemmi, à près de sept cents pieds au dessus de la mer. Il reste glacé les trois quarts de l'année, et ne réfléchit que des rochers nus, d'une forme repoussante et bizarre. Dans les hivers rigoureux, il tombe dix-huit pieds de neige sur ces hauteurs. Le vaste glacier de Lammern, qu'on aperçoit à l'orient du lac, étend ses froides collines jusque dans le Simmenthal, au dessus d'Ander-Lenk. En quittant cette région désolée, on trouve les châlets du Gemmi, où de nombreux troupeaux se rassemblent pendant la belle saison. Les belles vaches de Simmenthal et du pays de Gessenai, si recherchées dans toute la Suisse, s'égarent dans ces parages aériens, et les animent par le son de la petite clochette suspendue à leur cou. Au-delà des châlets, une étroite corniche, semblable à un escalier vertical, bordée d'un côté par les plus affreux précipices, et de l'autre, par le rocher dans lequel même il est taillé, se présente pour tout chemin aux voyageurs, et fait reculer d'effroi le plus intrépide. Tel fut aussi le premier mouvement de Léon et de Daniel. M. Angelmann, qui connaissait le passage, avait prévu leur épouvante. Avant de l'entreprendre, il les invita à mesurer des yeux le précipice, afin de s'accoutumer peu à peu à le regarder sans effroi. L'habitude nous familiarise avec les objets les plus terribles. Léon, qui avait d'abord eu des vertiges à l'aspect de cet abîme, parvint à y plonger hardiment ses regards sans éprouver la moindre émotion. Ils commencèrent alors à descendre en zigzag le long du rocher jusqu'à un sapin isolé, penché sur un précipice plus profond encore que le précédent. Ici le courage de Daniel pensa l'abandonner. M. Angelmann le fit arrêter un instant pour rassurer son imagination troublée ; mais une nouvelle terreur le saisit, à l'endroit du passage nommé la grande Galerie, où les rochers supérieurs, formant une voûte énorme au dessus de la corniche, menacent de l'écraser de leur chute. Daniel, incapable d'aller plus loin, s'assit à terre, le visage caché entre ses mains, sans vouloir écouter M. Angelmann, qui le pressait de regarder au contraire les objets, afin de s'y habituer une seconde fois. Il fallut remonter aux châlets pour y attendre le passage de quelques mules. L'occasion ne tarda point à se présenter. Daniel se laissa bander les yeux et mettre sur une mule, à l'instinct de laquelle il s'abandonna. Léon ne cessait de s'en étonner. Il ne concevait pas qu'on eût plus de confiance dans une bête que dans ses propres lumières ; mais M. Angelmann lui répliqua en souriant, qu'il valait beaucoup mieux s'abandonner au naturel machinal de celle-ci que de se mettre à la merci d'un homme sans raison et sans courage ; que les chevaux et les mulets, toujours calmes, toujours mesurés, se tiraient admirablement des passages les plus dangereux, pourvu qu'on les laissât marcher à leur fantaisie ; qu'ils ne savaient ce que c'était que se troubler et d'avoir des vertiges à la vue d'un précipice qu'ils pouvaient éviter. Léon, continuant de parler à Daniel, ajouta qu'il était d'autant plus surpris de sa frayeur, qu'ayant exercé quelque temps le métier de pirate, il avait dû s'aguerrir contre toute espèce de danger.

— Vous vous en étonneriez davantage, reprit le pasteur, si vous l'eussiez vu comme moi descendre les hauteurs du Breitlani, près de Bœningen ; mais alors il était conduit par une sorte de désespoir qui l'empêchait de remarquer le danger, comme l'espoir du pillage le soutenait dans son métier de pirate. Le vice donne de la hardiesse et de l'effronterie; mais il n'affermit point l'âme; la vertu seule inspire le vrai courage, elle seule rend l'homme toujours égal à lui-même.

Arrivé au pied du Gemmi, Léon jeta un cri de surprise, en considérant le passage qu'il venait de franchir. Qu'on se figure un mur vertical de seize cents pieds de hauteur sur lequel il ne paraît aucune trace de chemin : c'est cependant la route que des hommes intrépides ont osé frayer aux voyageurs sur le mont Gemmi. Les malades s'y font porter en brancard, par quatre porteurs vigoureux qui descendent en chantant le long des abîmes [1].

Léon et M. Angelmann trouvèrent M. Anatole dans le bain, où, malgré son extrême faiblesse, il se faisait plonger tous les jours par ses domestiques. La grande source d'eau chaude, appelée la source de Saint-Laurent, alimente ce bain avec abondance. On s'y baigne, on la boit malgré sa chaleur, qui est telle qu'elle fait durcir les œufs. Quelque fréquentés que soient ces bains,

[1] Le passage du Gemmi ne fut construit par les Tyroliens qu'en 1736; mais ce léger anachronisme m'a paru de trop peu d'importance pour que j'aie dû lui sacrifier une description intéressante. Ce passage est, dit-on, le plus curieux de toute la Suisse.

ils n'offrent à ceux qui les visitent ni élégance ni commodité. Un misérable hangard, mal couvert et séparé en quatre compartimens, qui peuvent contenir chacun une vingtaine de personnes, est le seul asile qu'y trouvent les baigneurs. Là, les hommes et les femmes, revêtus d'une longue chemise de toile et d'un manteau de flanelle, se baignent ensemble, afin de diminuer, par les secours de la conversation, l'ennui d'un bain qui dure quelquefois quatre et cinq heures de suite. Chaque baigneur a devant lui une tablette flottante pour poser un livre, ou d'autres objets d'un usage habituel. Quelques jeunes Valaisanes les couvrent de fleurs flétries, auxquelles la vapeur des eaux thermales rend leur première fraîcheur. Les amis et les parens des malades se promènent librement dans de petites allées ménagées autour des bains. Léon, n'osant se montrer inopinément aux regards de M. Anatole, dans la crainte de lui occasioner quelque révolution funeste, attendait à l'entrée du hangard que le pasteur l'eût prévenu de sa visite, lorsqu'il vit M. Angelmann sortir presque aussitôt avec un visage consterné, et sur ses pas, le malheureux Anatole, que ses domestiques emportaient expirant. Il mourut le même jour sans reconnaître ses amis, sans se douter même qu'il mourait.

— Ohommes ! s'écria M. Angelmann, jusques

à quand vous lasserez-vous de *vivre parmi ce qui n'a que de l'apparence?* Jusques à quand vous ferez-vous illusion? Vous pensez être sages au milieu des plus étranges folies; vous croyez être vivans quand la mort vous enveloppe déjà de tous les côtés.

M. Angelmann fit déposer respectueusement dans le sein de la terre les dépouilles mortelles d'Anatole, dont la vie capricieuse avait été un mélange continuel d'injustices et de bonnes actions, de fautes et de repentir. Possédé, pendant un temps, du criminel désir de s'ôter la vie, il n'avait pu se résigner à la perdre lorsque le terme en fut arrivé; toutes ses actions décelèrent une âme faible et irrésolue. Dépourvue de force et d'appui, sa vertu n'eut qu'une marche irrégulière. Le pasteur renonça, en gémissant, à l'espoir d'améliorer la fortune de ses jeunes amis, et cet événement lui fit encore mieux reconnaître combien le secours des hommes est incertain et périssable.

Léon et M. Angelmann ne quittèrent point les bains de Leuck sans faire quelques incursions dans les montagnes, d'où l'on découvre plusieurs pics remarquables, situés sur les confins du Piémont et de la Savoie. On y voit le mont Rose, dont les aiguilles, régulièrement disposées en cercle, se rattachent comme les pétales d'une rose autour d'un centre commun, et le font nommer par les Piémontais la *Rosa della Italia*; le Vélans, la plus haute sommité du grand Saint-Bernard, où la charité chrétienne se sert si ingénieusement de l'instinct des chiens pour être utile aux hommes; et l'inaccessible Mont-Blanc, dont la cime brillante et arrondie se laisse apercevoir à la distance de soixante - cinq lieues [1]. L'œil, fatigué de suivre dans les cieux ces colosses bizarres, se repose agréablement sur la vallée du Rhône étendue à leurs pieds. Le fleuve, enflé des eaux de quatre-vingts torrens qu'il reçoit dans son cours, la fertilise ou l'inonde, suivant son orgueilleux caprice.

La route des bains au village de Siders offre des sites d'une variété infinie. Gracieux à Inden, situé au milieu des prairies, ils sont épouvantables au précipice de la Dala, qu'on entend mugir faiblement à une immense profondeur. Le chemin passe au bord de ce précipice, sur une corniche tellement exposée à la chute des pierres, qu'on l'a couverte d'un toit pour en préserver les voyageurs. De l'autre côté de l'hor-

[1] Tout le monde sait que les religieux du grand Saint-Bernard élèvent des chiens, qu'ils dressent à chercher les voyageurs égarés et surpris par les neiges. Le Mont-Blanc se découvre de Langres en Champagne. C'est la plus haute montagne de l'ancien continent.

rible gorge d'où sort le torrent de la Dala, on aperçoit le petit village d'Albinen, dont les cabanes décorent agréablement une montagne de verdure environnée de précipices. Les habitans de ce hameau les franchissent hardiment avec le secours d'une échelle. Hommes, femmes, enfans, tous traversent, gravissent sans émotion ces abîmes dangereux, chargés souvent d'un fardeau, au milieu de la nuit, ou plongés dans l'ivresse, sans qu'il en résulte jamais aucun accident. Tel est l'empire de l'habitude.

Depuis le beau village de Siders, dont les vins sont si délicieux et les eaux si malsaines, une route agréable et fleurie sur la rive droite du Rhône conduisit nos voyageurs à Sion, la capitale du Valais. Le cours du fleuve, contrarié par de petites collines pyramidales qui s'élèvent au fond de la vallée, formait entre elles une multitude de canaux mille fois confondus, mille fois divisés tour à tour. Sur la rive opposée sont les belles vallées d'Anniviers et de Hérens; les villages de Gradetz, de Respi, et, sur les rochers, ceux de Miésa et de Ventona.

Sion est adossée à des collines, sur la rive droite du Rhône, dans l'endroit le plus spacieux de la vallée. Trois châteaux surmontent ces collines. Plusieurs inscriptions gravées sur ces édifices, et dont la plupart, effacées par la main du temps, sont devenues illisibles, attestent l'ancienneté de la ville. Ses environs pittoresques offrent des promenades intéressantes. On proposa à M. Angelmann de visiter le château de Turbeln, où se trouvent les portraits de tous les évêques de Sion; mais ni lui ni Léon ne se soucièrent de cette vue, qui ne leur promettait aucun plaisir. Il faut avoir fait beaucoup de bien ou beaucoup de mal pour inspirer aux hommes une véritable curiosité.

Deux chemins conduisent de Sion à Bex, dans le pays de Vaud. M. Angelmann choisit le plus facile, et suivit le cours de l'Avenson pour éviter les sentiers pénibles des Diablerets. Une grande tristesse s'emparait de Daniel à mesure qu'il approchait du terme de son voyage. Léon et le pasteur essayaient vainement de le rassurer; il croyait toujours entendre la voix de son père le menacer de sa malédiction. Comme ils arrivaient à Aigle, en suivant le bord de la grande eau, un enfant qui jouait avec des joncs à côté d'une laveuse, se laissa tomber dans l'endroit le plus profond de la rivière. Sa mère se lève et jette des cris perçans; c'était Rachel. Plusieurs personnes, accourues à ses cris, s'efforçaient d'attraper l'enfant avec de longues perches, mais aucune d'elles n'osait entrer dans la rivière, de peur d'être entraînée sur les rochers au milieu desquels elle se précipite non loin de là. Daniel, malgré la sueur dont il était couvert, ne balance point à braver le péril; et cet homme qui n'osait descendre le Gemmi, enflammé tout à coup par l'espoir de regagner l'affection de sa sœur, s'élance dans le torrent avant qu'on ait pu soupçonner son dessein.

— Hélas! il va chercher la mort, s'écria le pasteur.

Daniel, qui avait d'abord disparu, s'avance en nageant vers le rivage avec l'enfant qu'il venait de retrouver. Chacun le bénissait à haute voix, admirait son courage et demandait son nom.

— Courage! lui criait Léon, sans s'occuper de ce qui se passait autour de lui, souviens-toi du détroit de Boniface, et que le même secours te conduise.

Daniel avait grand besoin de ces encouragemens; la rapidité de l'eau et le poids de l'enfant épuisaient visiblement ses forces. Léon voulait aller à son aide; mais M. Angelmann, le retenant absolument, excitait la générosité des spectateurs et promettait une récompense à celui qui sauverait ces deux infortunés. Rachel, qui avait reconnu son frère, touchée de son dévouement, et plus tremblante encore pour les jours de son fils, secondait les efforts du pasteur par ses prières et ses larmes. Un jeune garçon se décida enfin à gagner l'argent qu'on lui offrait ; il débarrassa Daniel du poids de l'enfant, et tous trois abordèrent vivans au rivage ; mais Daniel, pâle et défait, n'eut que le temps de dire à sa sœur :

— Rachel, quelque injuste que tu sois à mon égard, je meurs content si j'ai sauvé ton fils, et si mon père...

Il ne put achever, et s'évanouit aux pieds de sa sœur. Son neveu avait aussi perdu connaissance. Rachel, toute en larmes, les fit porter l'un et l'autre dans sa maison, en invitant Léon et le pasteur à la suivre. Elle ne cessait de se lamenter et de s'accuser d'avoir été sans pitié pour son malheureux frère. M. Angelmann, fort affligé de l'état de Daniel, trouvait ce repentir bien tardif ; mais il se taisait pour ne point ajouter aux douleurs maternelles. Cependant le petit enfant revint à la vie. Rachel, délivrée de l'horrible inquiétude de le perdre, tourna toute sa sollicitude du côté de son frère. Agnès vint la partager d'autant plus vivement qu'elle avait toujours aimé Daniel. Dans l'incertitude où l'on était d'abord de la guérison de ce dernier, on avait tout caché au vieillard, afin de lui épargner au moins un regret inutile ; mais, au bout de quelques jours, Daniel ayant recouvré la santé, Rachel lui dit avec tendresse :

— J'ai été bien coupable envers toi, mon cher frère. C'était bien moins l'amour de la vertu que le sentiment de l'avarice qui me rendait impitoyable. Je voulais tout envahir pour ce fils que tu m'as conservé; Dieu m'en a punie en me livrant à de cruelles angoisses; heureuse encore de n'avoir pas subi un plus sévère châtiment! Je connais l'espoir qui t'amène, il ne sera point trompé; et désormais je ne veux plus vivre que pour réparer le tort que je t'ai fait dans l'esprit de notre père.

Dès qu'elle jugea Daniel assez bien rétabli pour soutenir cette scène touchante, et dans le moment où personne ne s'y attendait, elle amena son père entre les bras de Daniel.

— Où est-il? s'écriait le vieillard; où est-il cet enfant que j'ai pensé maudire, et qui vient de s'exposer si généreusement à la mort?

Il lui tendait les bras; Daniel pleurait à ses genoux, saisi de surprise et de joie d'entendre ces agréables paroles sortir de la même bouche qui en avait prononcé de si rigoureuses. O pouvoir d'un enfant chéri! ô faiblesse paternelle! c'est vous qui donniez tant de persuasion aux discours de Rachel; c'est vous qui rendiez l'âme de ce vieillard si accessible aux impressions qu'elle souhaitait de lui inspirer. Le père de Daniel, après avoir satisfait aux premiers sentimens de la nature, reprit un air grave et imposant.

— Daniel, tu as été bien coupable, je n'en saurais douter; mais ta persévérance à demander le pardon de ton père, la protection d'un pasteur vénérable et l'action généreuse que tu as faite, m'obligent de croire enfin à ton repentir, et je te rends toute ma tendresse.

— Mes chers amis, ajouta M. Angelmann, ne nous séparons point sans bénir Dieu tous ensemble de ce qu'il a daigné tendre une main secourable à ce pauvre pécheur.

Ils se tinrent tous debout dans un silence religieux, et l'homme de Dieu élevant vers lui ses mains pures :

— O Eternel! s'écria-t-il, sois béni pour un si grand bienfait! Comment les hommes ne se réjouiraient-ils pas d'une œuvre qui remplit les anges d'allégresse? Comme un malade suit avec intérêt la guérison d'un autre malade, ainsi le pécheur doit espérer pour lui-même quand ta grâce se répand sur l'un de ses frères. Le pardon des hommes est toujours mêlé d'orgueil et d'amertume; le tien produit le calme et la consolation. Cependant tu es inaccessible au péché, et le bien que tu nous fais ne saurait ajouter à ton bonheur, tandis que nous avons besoin pour nous-mêmes de l'indulgence qu'on réclame de nous. Dieu de bonté, purifie donc tous les cœurs; ôte des uns la funeste habitude du vice, des autres l'intérêt qui enfante la dureté, des autres encore la faiblesse qui conduit au mal par une pente obscure et tortueuse, de tous enfin, les dispositions contraires à la sainteté de tes lois.

Cette prière, où M. Angelmann signalait adroitement les fautes de chacun, fut vivement sentie dans le secret des cœurs, et ils en profitèrent d'autant mieux que leur amour-propre n'en avait point à souffrir. Ce n'était ni par faiblesse ni par crainte que le pasteur en usait ainsi. Il savait, quand l'occasion l'exigeait, reprocher ouvertement aux hommes leurs défauts; mais il évitait soigneusement de faire rougir, en présence de sa famille, le front majestueux d'un père; il craignait d'accabler qui que ce fût du poids insupportable de l'humiliation. La honte ne produit pas toujours des fruits salutaires.

Léon et son ami retournèrent dans l'Oberland par la vallée d'Œx et le pays de Gessenai, nommé aussi Sâanen, où Léon eut occasion de connaître une peuplade intéressante par la simplicité de ses mœurs et l'amour de la liberté qui la caractérise. Adonnés uniquement aux soins de leurs troupeaux, là les bergers nomades se promènent tout l'été de pâturages en pâturages. Daniel, au moment de se séparer de M. Angelmann, lui dit les larmes aux yeux :

— Je vous dois mon repos et le bonheur du reste de ma vie. Vous m'avez préservé du désespoir, vous m'avez affermi dans les sentiers épineux de la repentance; votre souvenir restera à jamais gravé dans mon cœur.

— « *L'homme fait des projets*, répondit le pas» teur, *mais c'est l'Eternel qui exécute.* » A la place des efforts peut-être superflus que je voulais tenter auprès de votre père, il vous a généreusement offert une brillante occasion de le fléchir. Il a voulu que le feu de l'amour maternel fondît les glaces dont l'intérêt avait entouré pour vous le cœur de Rachel. Or : « c'est ici la jour» née que l'Éternel a faite, réjouissons-nous en l'Eternel [1] ».

CHAPITRE XXXIV.

Le châlet.

Meldorf, en recevant les adieux des orphelins, lorsqu'ils partirent pour Bœningen avec M. Angelmann, avait promis de les envoyer chercher

[1] Psaume 118.

au bout d'un certain temps. Cependant Léon, à son retour, apprit avec surprise qu'on n'avait point entendu parler de Meldorf au presbytère. Cette apparente indifférence, qu'il ne savait à quoi attribuer, commençait à jeter de l'inquiétude dans son esprit. Il sentait qu'un plus long séjour chez le pasteur pouvait devenir gênant pour cette respectable famille, dont les moyens étaient loin de répondre à sa générosité. Il était temps d'ailleurs qu'ils s'occupassent de réparer leur habitation, et la saison devenait favorable aux petits défrichemens qu'ils se proposaient de faire dans la vallée de Geschen.

Joseph, à qui Léon fit part de ces différentes pensées, forma le projet d'aller à Kanderstœg, pour s'assurer des dispositions de Meldorf; mais la veille même de son départ, Ludger arriva à Bœningen avec une mule pour Caroline. Cette jeune personne pleura amèrement en quittant Séphora et Noémi, qui avaient aussi le visage baigné de larmes. Le genre de vie qui l'attendait entrait pour beaucoup dans la douleur de Caroline, quoiqu'elle ne s'en plaignît point; elle ne pouvait oublier le palais d'Aurélia.

Ludger, au lieu de conduire les orphelins par la route qu'ils avaient habitude de suivre, les fit passer par des sentiers de montagnes, entre les vallées de Lauterbroun et de Fronttingen, sous prétexte que cette route était la plus directe. Léon et Joseph tâchaient inutilement de s'orienter et de reconnaître les pics qui s'offraient à leurs yeux; ils confondaient aisément dans leur souvenir ces montagnes perdues de vue depuis plusieurs années.

— N'est-ce pas là le Pic fendu? demandait Joseph; et cette pyramide, à l'est, n'est-elle pas le Pic de la Vierge?

— Si je ne me trompe, nous traversons en ce moment les glaciers du Dolden, répliquait Léon.

Ludger, souriant en tapinois, les écoutait sans rien dire. Quelques momens après, Léon et Joseph aperçoivent tout à coup une région de verdure et un châlet neuf au milieu de ce pâturage, puis des rochers entremêlés d'arbrisseaux qui descendent jusqu'au bord d'une petite vallée, au milieu de laquelle se trouve un lac, des bocages, des prairies, et sous l'ombrage de quelques cytises agréablement groupés, une cabane nouvellement bâtie. Les orphelins se regardent, ils se consultent, ils hésitent à reconnaître cette vallée. Léon fait encore quelques pas et découvre d'antiques mélèzes :

— Ah! c'est bien elle! s'écria-t-il; c'est la vallée de Geschen!.... Mais cette cabane... ce châlet réparé....

Déjà ils n'en étaient plus qu'à une très-petite

distance, lorsque Meldorf sort du châlet et vient les recevoir.

— Vous l'avez voulu, leur dit-il, ce châlet et cette cabane sont à vous; prenez-en possession dès aujourd'hui.

— Quoi! généreux Meldorf, vous avez devancé nos projets, vous avez fait vous-même notre ouvrage!

— Cette légère construction ne m'a presque rien coûté, reprit Meldorf; un peu de bois et de terre en ont fourni les matériaux. Les meubles sont grossiers et en petit nombre.

— J'entends des clochettes de ce côté, dit Caroline.

Ils s'avancèrent et découvrirent quelques chèvres qui broutaient, sur le penchant de la montagne, des feuilles de lierre et de cytise. C'était le troupeau qu'ils avaient désiré. Cette attention charmante du vieux Meldorf les comblait à la fois de surprise et de reconnaissance. Léon devina pourquoi il ne les avait pas rappelés plus tôt, et se reprocha secrètement d'avoir pu en concevoir quelque inquiétude. L'intérieur du châlet était garni des ustensiles nécessaires à la fabrication du fromage, et de quelques meubles de première nécessité, qui devaient être transportés dans la cabane, quand la saison des neiges ne permettrait plus d'habiter le châlet. Cet asile n'avait rien de séduisant. Joseph, dont l'imagination riante s'était plu à l'embellir de mille agrémens chimériques, n'y voyait rien de ce qu'il avait rêvé; et Caroline, sans s'être fait aucune illusion, le trouvait encore plus triste qu'elle ne s'y attendait. Léon fut le seul que cette vue n'étonna ni ne troubla, parce qu'il l'avait envisagée dès le commencement sous sa véritable forme, sans l'enlaidir ni la flatter. Il devina aisément ce qui se passait dans l'âme de son frère et de sa sœur; mais un coup d'œil jeté sur Meldorf les avertit que la reconnaissance devait seule les occuper en ce moment.

Du châlet on descendit dans la cabane, autour de laquelle un carré de terre, traversé par un ruisseau qui courait se perdre dans le lac, paraissait défriché en forme de jardin. Une table se trouvait dressée devant la porte, et autour de cette table Bernina préparait le dîner, aidée de deux personnes, parmi lesquelles Léon reconnut Antony. Le paysan prit par la main une jeune et belle femme qu'il présenta aux orphelins comme sa nouvelle épouse. Elle était de la vallée de Hasli, où les bergers sont les plus beaux de toute la Suisse, et ne démentait point la réputation de son pays. De grands yeux noirs relevaient l'éclat de ses joues plus fraîches que la rose. Elle se nommait Sabine. Léon et Joseph félicitèrent Antony du choix qu'il avait fait. Meldorf ajouta que Sabine ne se contentait pas d'être belle, qu'elle possédait encore des vertus bien autrement précieuses que la beauté. Il vanta sa douceur, son amour pour le travail, sa sagesse et l'avantage qu'elle avait de sortir d'une famille justement honorée.

On se promena alors dans la vallée pour reconnaître les endroits susceptibles de culture, en examinant attentivement les plantes qui y croissaient d'elles-mêmes. Les réseaux dorés de la potentille rampante, les fleurs bleuâtres de la chicorée, annoncent une terre argileuse, pénible à cultiver. L'euphorbe, la scabieuse, l'amer polygala, se plaisent volontiers sur un sol calcaire, favorable aux grains nourriciers, mais sur lequel ne prospèrent jamais les arbres dont les racines s'enfoncent profondément. Une terre sablonneuse suffit à quelques espèces de saules, au peuplier, au pin, au bouleau; le ciste, l'armoise, l'odorant serpolet y fleurissent, et peu d'efforts en obtiennent d'heureux succès.

— Ici, disait Meldorf, en observant le sol de la vallée, le froment serait répandu en vain sur la terre, si l'on ne détourne auparavant le cours de ces eaux qui l'inondent. La vigne mûrira sur ce coteau bien exposé; cette lisière sablonneuse produira de beau seigle; mais confiez-lui surtout les racines nourrissantes et sucrées de la betterave, de la carotte, du navet et de la pomme-de-terre; mélangez habilement le sable avec l'argile: la fertilité naît toujours d'une juste proportion entre eux, et, sans épuiser votre terrain, ni l'abandonner à un repos inutile, variez ingénieusement son genre de culture, afin que l'une le délasse de l'autre.

Ces préceptes rappelèrent à Léon ce passage des Géorgiques, si agréablement traduit de nos jours :

Toutefois, dans le sein d'une terre inconnue
Ne va pas vainement enfoncer la charrue;
Observe le climat, connais l'aspect des cieux,
L'influence des vents, la nature des lieux;
Des anciens laboureurs l'usage héréditaire,
Et les biens que prodigue ou refuse la terre [1].

Le repas étant prêt, on alla se mettre à table, et savourer les mets rustiques que Bernina et Sabine avaient accommodés de leur mieux. Le feuillage des cytises, orné de longues grappes de fleurs, qui pendaient, comme autant de lustres, de ce dôme de verdure, répandait une ombre légère sur la tête des convives; un riche tapis de verdure s'étendait mollement sous leurs pieds, et, pour peu qu'ils promenassent

[1] Traduction de Delille.

leurs regards, les eaux du lac, encadrées dans une enceinte verdoyante, s'offraient à eux comme un miroir tranquille, où toute une partie de la vallée se réfléchissait nettement.

Meldorf et sa famille quittèrent les nouveaux habitans de Geschen un peu avant le coucher du soleil. Les chèvres avaient été traites par Bernina et le lait déposé dans les vases. Sabine, fort exercée dans la fabrication du fromage, s'offrit d'en donner aux nouveaux bergers la première leçon. Elle prit d'abord la présure, qu'elle délaya dans un peu de lait avec une cuiller de bois, et qu'elle mêla ensuite exactement avec la masse destinée à faire le fromage; le tout fut déposé dans un lieu frais jusqu'à la journée suivante, dans le cours de laquelle Sabine promit de revenir.

Les orphelins, demeurés seuls dans le châlet, restèrent quelques momens en silence. Les premières impressions de Joseph et de Caroline se renouvelèrent d'autant plus vivement, que la clarté mourante du jour, et la solitude dans laquelle ils se trouvaient tout à coup plongés, augmentaient encore à leurs yeux l'aspect mélancolique de cet asile. La vue de ces murs noirs et grossiers, de la terre brute du sol, de cet ameublement rustique, saisit tellement le cœur de Caroline, que ses larmes coulèrent malgré

Chère Caroline, lui dit-il la tenant contre son cœur, que ne puis-je te donner un autre azile

elle. Elle comparait douloureusement ce séjour à la magnificence qui l'entourait à Rome et dans l'Isola-Bella, ou à la maison simple, mais riante, de M. Angelmann, et ces souvenirs lui rendaient tout le châlet plus affreux. La chaumière même de Meldorf, plus vaste, mieux meublée, située à l'entrée d'un beau village, au milieu d'un terrain cultivé, lui paraissait beaucoup moins repoussante. Léon ne vit point sa douleur sans en être vivement affligé.

— Chère Caroline, lui dit-il en la tenant contre son cœur, que n'est-il en mon pouvoir de te procurer un autre asile ! Hélas ! je sens combien ces tristes lieux sont peu faits pour ton âge, pour tes goûts ; mais que devenir ? tout désagréables qu'ils sont, nous les devons à la plus admirable bienfaisance ; Meldorf nous y reçoit comme ses enfans.... Au milieu de la reconnaissance qu'il m'inspire, je rougis de nous voir encore à la charge de ce vertueux vieillard ; je crains d'exciter dans l'âme de ses neveux une secrète jalousie, un mécontentement peut-être légitime.... Quel droit avons-nous à la fortune de Meldorf, pour qu'il en détourne une partie en notre faveur ? Ces réflexions m'ont fait souhaiter de devenir indépendant, et nous ne pouvons l'être que par le travail ; avec du courage et de l'économie, ce petit établissement nous fera subsister, mais il faut nous résoudre à de dures privations; il faut oublier entièrement et les douceurs du passé, et les flatteuses promesses de l'avenir; n'envisager, au contraire, que les chagrins qui nous ont accablés, que l'abaissement de notre situation, que le noble et ardent désir de nous en relever par nous-mêmes.

— Mon frère, reprit Joseph, la sagesse de ton raisonnement me fait rougir de la faiblesse du mien, et, dès ce moment, j'embrasse tes vues avec chaleur. Je conçois maintenant quels sentimens doivent seuls nous animer à la vue de ce châlet; mais conviens à ton tour que ce n'était guère la peine d'étudier, comme nous l'avons fait, et d'acquérir une foule de connaissances, pour devenir de simples pâtres.

— N'y ayons point de regret, répliqua Léon; en quelque état que l'on soit, une bonne éducation n'est jamais inutile. L'homme pauvre et instruit peut acquérir de la fortune; mais la fortune n'empêche pas un ignorant de l'être toujours. Nous aurions tort, à notre âge, de perdre entièrement l'espérance de sortir de cette obscurité, et nous ne devons travailler, au contraire, que dans ce noble but.

— Plus je t'écoute, continua Joseph, plus je sens mon courage se ranimer. J'avouerai que, séduit par mon imagination, je croyais rencontrer ici cette élégance champêtre dont les poètes et les peintres embellissent leurs tableaux mensongers; je n'avais devant les yeux que des cabanes ornées de fleurs; et la douce nonchalance des bergers de Virgile; mais j'abandonne ces agréables erreurs, pour suivre désormais les conseils de la vérité.

— L'imagination est un peintre peu fidèle, répondit Léon, et la raison doit toujours l'éclairer de fort près, si l'on ne veut s'exposer à d'étranges illusions. Soit qu'elle flatte les objets, soit qu'elle les enlaidisse, elle ne les place jamais dans leur véritable jour; de sorte qu'en les voyant de plus près, on ne les reconnaît plus: c'est ce qui vient de t'arriver ici. Je l'avais deviné; mais je ne m'en alarmais pas, certain que la raison reprendrait bientôt son empire, et qu'une juste fierté te donnerait le courage dont nous avons besoin. Caroline, beaucoup plus jeune et plus faible que nous, a aussi bien moins de ressources contre le malheur; c'est elle que je plains, c'est sa douleur qui m'est difficile à supporter. Chère sœur, ne saurais-tu reprendre un peu de courage?

— J'ai résisté tant que je l'ai pu, s'écria Caroline à travers mille sanglots; j'ai renfermé long-temps des plaintes inutiles. Mon cœur, qui se révoltait à la seule pensée de ce misérable réduit, ne s'est point épanché dans celui de Noémi : je dévorais mes larmes pour n'affliger personne...... Mais, aujourd'hui, je n'ai pu triompher de ma douleur.... Cette solitude me paraît affreuse !.... insupportable !.... j'y mourrai.....

C'était la première fois que Caroline se montrait si peu résignée ; Léon en fut profondément ému. Cependant il espéra que ce moment de désespoir ne serait pas durable, et, s'efforçant de tranquilliser sa sœur :

— Notre repos dépend du tien, continua-t-il ; nous ne saurions tolérer notre situation, tant que tu ne seras pas résignée à la tienne. Ne t'abandonne pas, de grâce, à une si grande douleur. Puisque tu ne peux t'accoutumer à partager notre disgrâce, dès demain je te remenerai au presbytère ; je réclamerai pour toi la généreuse amitié de ses habitans ; ils te donneront un asile préférable au rustique châlet de tes malheureux frères.

— Ah ! reprit Caroline en redoublant ses pleurs, et se jetant dans les bras de Léon, je vois bien que tu veux me punir de mon peu de courage. Est-il quelque endroit que je veuille habiter sans vous ? Pardonnez-moi cette faiblesse dont je n'ai pu triompher ; ne me renvoyez point ; dès ce moment, je redeviens docile et raisonnable. Je supporterai tout, pourvu que nous ne soyons point séparés.

— Aimable enfant, dit Joseph, qui pourrait te connaître sans t'aimer? tu trouves dans ton âme tendre la force et le courage que les autres puisent dans une pénible vertu!

Léon, trop attendri pour répondre, mêlait ses larmes à celles de Caroline, et demandait au ciel qu'il daignât jeter sur cette sœur chérie un regard plus doux et plus favorable.

Le lendemain, après avoir fait ensemble leur prière habituelle, ils furent assez surpris d'entendre les clochettes des chèvres et de les voir elles-mêmes qui paissaient déjà autour du châlet. En même temps, ils aperçurent Antony et Sabine, occupés à semer des légumes dans le jardin de la cabane. Les orphelins les rejoignirent avec empressement.

— Que faites-vous, mes amis? leur dit Léon; pourquoi consacrer à notre travail le temps et les forces dont vous avez besoin pour le vôtre?

— Laissez-nous faire, répondit Antony; nous prenons grand plaisir à vous éviter de la fatigue; nous sommes faits à ce travail, mais vous....

— Nous nous y accoutumerons, répondit Joseph; quand on est jeune et fort, cela ne doit pas être difficile.

— Il est plus pénible que vous ne pensez de rester tout un jour courbé sur la terre, poursuivit Antony, et, quelque habitués que nous y soyons dès l'enfance, nous avons quelquefois bien de la peine à y résister.

— J'en veux faire l'essai tout à l'heure, répliqua Joseph en quittant son habit.

— Et moi aussi, ajouta Léon; que je sache si j'ai oublié mon ancien métier, car j'ai travaillé à la terre chez Meldorf.

Armés d'une tranche, ils se mirent l'un et l'autre à défricher une lisière sablonneuse, où ils se proposaient de semer des raves.

— Vous vous pressez trop, leur disait Antony, en observant l'ardeur avec laquelle ils se livraient à cette occupation; vous ne sauriez soutenir long-temps une si grande activité. Le travail de la terre, naturellement pénible, demande une action lente et mesurée à laquelle on puisse résister pendant plusieurs heures de suite. Examinez-nous dans le cours de nos travaux: nos mouvemens n'ont rien de précipité; mais leur égalité se soutient depuis le lever jusqu'au coucher du soleil, et la patience nous conduit insensiblement à bout de toutes nos entreprises.

Après le déjeuner, Sabine resta dans le châlet, pour continuer la fabrication du fromage. La présure avait décomposé le lait, qui se trouvait alors séparé de sa partie la plus limpide, connue sous le nom de sérum ou de petit-lait. Le reste s'était caillé, et devait seul composer le fromage. On le laissa suffisamment reposer, puis, en penchant doucement le vase qui le contenait, on fit tomber le sérum, que les bergers des Alpes recueillent comme une boisson rafraîchissante. Les Grecs la préféraient à toute autre, et la médecine en conseille fréquemment l'usage. Sabine prit, avec une cuiller de bois percée à jour, le caillé ainsi séparé du petit-lait, et le déposa dans des éclisses d'osier, qui servent en même temps de moules et d'égouttoirs. Il demeura dans ces premières éclisses jusqu'à ce qu'il eût acquis, en s'égouttant, assez de consistance pour être renversé dans d'autres éclisses, où il passa encore plusieurs jours. Sabine, voyant des fromages également raffermis de tous les côtés, les plaça à la file sur un clayon à jour, garni de paille de seigle, et enveloppa le tout d'une toile dont le tissu lâche devait les garantir de la voracité des mouches, sans empêcher l'air d'y pénétrer. Cette dernière opération dura jusqu'à ce que le caillé eût atteint le degré de consistance nécessaire; alors on s'occupa de le saler, sans quoi il se serait gâté en fort peu de temps. On râcla la surface du fromage, on y répandit avec modération du sel parfaitement sec; et lorsqu'il se trouva suffisamment assaisonné, ce que Sabine reconnut en le goûtant, et en remarquant qu'il n'absorbait plus le sel qu'elle répandait sur la surface, on le remit sur des tablettes avec de la paille dessus et dessous.

Sabine recommanda aux habitans du châlet de retourner les fromages tous les deux jours, pendant une couple de mois, de manière que la paille de dessous, se trouvant alternativement celle de dessus, perdît entièrement son humidité. Les fromages, ainsi préparés, peuvent encore recevoir, par ce qu'on appelle l'affinage, une dernière perfection. Elle consiste à les tenir fraîchement dans un état de fermentation, dont le terme décide du plus ou du moins de qualité du fromage. On emploie pour cela plusieurs moyens, dont le but est de prévenir une trop prompte dessiccation. Quelques personnes les enveloppent de lie de vin; d'autres de linges imbibés de vinaigre, de foin tendre souvent humecté d'eau tiède, et, lorsqu'ils sont peu considérables, de feuilles d'ortie ou de cresson qu'on a soin de renouveler. Aussitôt après l'affinage, on expose les fromages à une température modérée qui les entretient, jusqu'à l'époque de la vente, dans un état permanent [1].

Les détails qu'on vient de lire feront supposer aisément que les habitans de Geschen trouvèrent bientôt, dans cette fabrication, de quoi occuper une grande partie de leur temps. Ils s'y livraient avec d'autant plus d'activité, que l'hiver y est beaucoup moins favorable, et qu'ils avaient besoin de se précautionner contre cette longue et rigoureuse saison. Aussi ne se perdait-il pas une goutte de lait dans leur petit ménage. Ils se levaient de grand matin, et, lorsque Séphora vint le visiter avec Noémi, elle ne pouvait se lasser d'admirer leur courage et leur industrie. Caroline, qui avait si long-temps négligé de s'instruire, et dont l'indolence naturelle paraissait insurmontable, la pria d'elle-même de lui enseigner mille petites choses utiles dans un ménage. Vêtue d'une courte jupe noire, d'un corset rouge sans manches, coiffée d'un large chapeau de paille sans ornement, elle ne différait des autres paysannes bernoises que par la délicatesse de ses traits et la douceur de son organe. Ses frères portaient aussi, comme Ludger et Antony, de larges haut-

[1] Cette description, sans être copiée, est parfaitement exacte à celle qu'on donne d'un châlet suisse dans le Cours complet d'Agriculture théorique et pratique, d'après l'abbé Rosier.

de-chausses bouffans de coutil, avec une longue veste de drap sans manches.

Avant la fin de l'été, malgré les occupations du châlet, le jardin de la cabane s'était couvert de légumes; et plusieurs morceaux de terre, diversement exposés, promettaient une récolte ou invitaient déjà à la recueillir. Touchés d'une constance si admirable, leurs amis de Kanderstœg et de Bœningen ne laissaient échapper aucune occasion de jeter quelques douceurs sur la triste uniformité de leur vie. Léon, en se promenant un jour avec le pasteur, aperçut un essaim d'abeilles entre les fentes d'un rocher. Curieux de posséder cette intéressante colonie, il tenta vainement de s'en emparer. Quelque temps après, en passant au bord du lac, il entend un doux bourdonnement; il s'avance; il découvre trois ruches que M. Angelmann venait d'y faire placer pendant son absence. Ce présent d'un ami devint pour Léon la source des récréations les plus agréables. Il multiplia les fleurs autour de ses chères abeilles; il veilla attentivement à leur sûreté, en les délivrant de leurs ennemis; il étudia l'exposition qui leur était la plus favorable, et n'avait pas de plus grand plaisir que de s'asseoir dans le voisinage de leurs ruches, pour observer leurs travaux et leurs mœurs.

Joseph le surnommait en riant Léon-Aristée[1]. Pour lui, il préférait la chasse à tout autre divertissement, et donnait à cet exercice, auquel il était fort adroit, tout le temps que leurs travaux lui permettaient d'y employer. Mais ni le travail ni le plaisir n'occupaient si exclusivement les deux frères, qu'ils ne songeassent toujours, avant tout, à la satisfaction de Caroline, soit en lui épargnant quelque fatigue, soit en prévenant ses innocens désirs. Joseph s'était procuré des graines de fleurs dont il avait formé pour elle un fort joli parterre, et Léon avait arrondi en berceau des branches d'aunes sur le bord du lac, afin qu'elle pût s'y mettre à l'abri du soleil, lorsqu'elle venait laver du linge en cet endroit. Il la comparait alors à la belle Nausicaa, fille d'Alcinoüs, et lui racontait comment Minerve inspira à cette jeune princesse le dessein d'aller avec ses femmes laver à la rivière ses robes magnifiques, et comment elle y rencontra Ulysse échappé du naufrage, et le présenta à son père, qui était roi de l'île des Phéaciens. Ces trois orphelins adoucissaient ainsi les rigueurs de la fortune par une foule d'attentions délicates qui changeaient quelquefois leurs peines en plaisirs.

[1] Aristée, fils d'Apollon et de la nymphe Cyrène, avait appris des nymphes l'art de faire cailler le lait et de soigner les abeilles.

CHAPITRE XXXV.

Changement de fortune inespéré.

Un jour que les jeunes solitaires de Geschen, assis au bord du lac, à l'ombre des arbres qui l'environnaient, prenaient ensemble une légère collation (leurs outils agricoles encore épars autour d'eux annonçaient qu'ils ne tarderaient point à les reprendre), ils aperçurent un étranger qui paraissait s'avancer furtivement dans la vallée. Caroline eut peur.

— Rassure-toi, lui dit Léon en souriant avec un peu de tristesse, grâce à la fortune, nous sommes à l'abri de la cupidité des hommes; qui ne possède rien, ne doit rien craindre aussi. Cet homme ne peut être qu'un voyageur égaré; offrons-lui notre assistance.

— Me trompé-je? s'écria Joseph, je crois le reconnaître.... C'est Balthasar....

Balthasar tressaillit en s'entendant nommer; mais, ayant reconnu à son tour Joseph et Caroline qui s'avançaient vers lui, ils retournèrent s'asseoir tous ensemble au bord du lac.

— Mes enfans, leur dit-il d'un air mystérieux, quelque danger que je coure ici, quelque honte dont j'y sois menacé, je n'ai pu résister au désir de revoir encore une fois mon frère et mon pays. Ce désir s'est violemment emparé de mon cœur après votre départ de Venise. Que vas-tu faire ? me disais-je à moi-même, l'arrêt de ta condamnation subsiste, ton nom est en horreur ; et si ton frère ne peut le prononcer sans rougir, combien plus il souffrira de ta présence !... Mais quoi ! mourrai-je sans revoir mon pays ? Lorsque j'en partis, j'étais jeune, vigoureux; qui reconnaîtra Balthasar avec ses cheveux blancs et ses épaules courbées ? Mais mon frère..... Eh bien, je n'irai point jusqu'à lui; je ne veux qu'apercevoir de loin le sommet du Niesen..... Après cela je retournerai, je reviendrai mourir dans mon exil.

C'est ainsi que je raisonnais. Oh ! que je me sentis léger et dispos en entreprenant ce voyage ! il me semblait que j'étais redevenu jeune. Les premières montagnes de la Suisse ont à peine frappé mes regards, qu'un déluge de larmes a inondé mes joues. J'étendais les bras vers ces montagnes en m'écriant :

« Si je t'oublie, Jérusalem, que ma droite » s'oublie elle-même! que ma langue soit attachée » à mon palais, si je ne me souviens pas de toi, » si je ne fais de Jérusalem le principal sujet de » ma joie [1] ! »

[1] Psaume 137.

Arrivé sur le mont Gemmi, je m'informai en tremblant du maire de Kanderstœg. Un homme qui arrivait de ce pays répondit à toutes mes questions, et m'apprit votre établissement dans le petit vallon de Geschen. J'osai lui parler de Balthasar; sa vive indignation me fit comprendre que le souvenir de mon crime n'était point effacé. Confus, désespéré, je me déterminai à retourner sur mes pas; mais, avant de fuir pour une seconde et dernière fois, je voulus jeter un regard sur la vallée de Meldorf. Mes yeux se plongeaient déjà dans l'abîme noirâtre du Gasternthal. Je m'enfonce dans une gorge étroite, à travers des rochers brisés et les parois verticales du Ghellihorn; tout à coup j'aperçois à mes pieds la vaste et délicieuse vallée de Kander.... Je cherchai des yeux la chaumière de Meldorf... le noyer fatal.. mon cœur se serre... je frémis... tout ce que je ressentis dans cette nuit funeste se retrace si vivement à mon imagination, qu'il me semble qu'elle n'est passée que de la veille. Je vois mon frère dans sa prison, haï, méprisé; je l'entends gémir et me dire d'une voix émue : « Si je te haïssais, je ne t'épargnerais pas. » Je me représente l'étonnement, l'indignation que l'aveu de mon crime a dû exciter... Au milieu du tumulte de mes pensées, je crois apercevoir un homme dans la vallée de Kander... Ah! fuyons! m'écriai-je, c'est peut-être mon frère... fuyons, un criminel n'a plus de patrie... tout ce qui est doux au juste lui tourne en amertume!... Je fuyais, j'allais rentrer dans l'obscur défilé du Ghellihorn; les sons d'une cornemuse arrêtent mes pas. Je reste immobile, j'écoute avec ravissement cet instrument rustique... je reconnais le *ranz des vaches* [1], que l'écho de nos montagnes répète si souvent. La mère endort son fils avec cet air pastoral, et le fils le porte de son berceau sur les pâturages des Alpes. Une sorte de passion me transporte en l'écoutant; des larmes abondantes ruissellent le long de mes joues... la fuite m'est devenue impossible.... je cherche le vallon de Geschen, je viens me remettre entre vos bras. Prenez pitié d'un malheureux vieillard qui ne saurait se résoudre à vivre loin de sa patrie.

Les orphelins pleuraient eux-mêmes en écoutant ces paroles.

— O douce puissance de la patrie! s'écria Léon, aimable souvenir des lieux qui nous ont vus naître! avec quel empire vous régnez dans nos

[1] « Cet air était si chéri des Suisses, dit Jean-Jacques » Rousseau, qu'il fut défendu, sous peine de mort, de le » jouer dans leurs troupes, parce qu'il faisait fondre en lar» mes, déserter ou mourir ceux qui l'entendaient, tant il ex» citait en eux l'ardent désir de revoir leur pays. »

(*Dictionnaire de Musique*, au mot MUSIQUE.)

cœurs ! « Ne pleurez point celui qui est mort, ne » faites point de condoléances à son sujet ; mais » pleurez celui qui va en exil et qui ne reverra » jamais le lieu de sa naissance [1]. »

— Hélas ! tel est notre destin, continua Joseph ; sans l'avoir mérité, nous finirons nos jours sur une terre étrangère. Nos yeux ne reverront plus ni la maison paternelle, ni la tombe paisible de notre mère, ni les lieux agréables où nos premiers ans s'écoulèrent avec tant de douceur. O riante vallée de Montmorency ! tu n'offres point aux voyageurs les aspects imposans des vallées des Alpes ; mais tes bocages, tes prairies, tes collines ombragées ont un charme qui ne s'effacera jamais de mon souvenir.

— Votre confiance en nous ne sera point déçue, Balthasar, reprit Caroline. De même que vous nous avez généreusement accueillis à Venise, nous partagerons ici avec vous le peu que nous possédons. Que dis-je ? hélas ! nous ne possédons rien. Ce châlet, cette cabane, le troupeau qui en dépend, le pain dont nous vivons, nous devons tout à Meldorf ; mais il nous permettra d'y accueillir notre bienfaiteur.

— Vertueux Meldorf ! continua Balthasar, la haine, le ressentiment pourraient-ils trouver place

[1] Jérémie, chap. 22.

dans ton âme insensible ! Joseph, lui avez vous quelquefois parlé de Balthasar ? Sait-il que je me repens, que je le chéris ?

Joseph baissa les yeux. Il n'avait jamais osé toucher avec Meldorf un sujet si délicat.

— Je le vois, reprit Balthasar, vous craignez de m'avouer que je lui suis odieux.... que mon nom seul est pour lui un sujet de chagrin et de confusion.

— Non, Balthasar, ce n'est pas là ce que veut dire mon silence. J'ai honte de vous avouer qu'une crainte peut-être chimérique m'a rendu ingrat envers vous. Lorsque je devais tout employer pour vous replacer en estime dans l'esprit de Meldorf; lorsque votre conduite généreuse m'ordonnait de la publier hautement, je me suis contenté de votre souvenir, j'ai craint de rappeler à Meldorf des souvenirs fâcheux. Voilà ce que signifient mon silence et ma confusion.

— Tout espoir ne m'est donc pas ravi, répliqua Balthasar. Si je puis trouver grâce aux yeux de Meldorf, s'il me permet de rester dans son voisinage, je changerai de nom, je me retirerai dans quelque vallée solitaire, et j'y travaillerai tant que mes forces me le permettront.

— Eh ! où trouverez-vous, reprit Léon, une vallée plus solitaire que la nôtre ? N'en sommes-nous pas les uniques habitans ? Vous resterez avec nous, Balthasar, et si des infirmités vous assiégent, vous recevrez les soins de vos enfans.

Balthasar pleurait de joie en écoutant ces douces consolations. Il fut décidé que, le lendemain, Joseph se rendrait à Kanderstœg pour prévenir Meldorf du retour de son frère. Déjà il était prêt à partir; Balthasar lui répétait les paroles qu'il souhaitait de faire entendre à ce frère si aimé et si redouté à la fois, quand tout à coup Meldorf se présenta lui-même à la porte du châlet. Il apportait à ses amis une lettre de M. Angelmann : mais la vue de Balthasar lui causa un étonnement mêlé d'inquiétude, quoiqu'il ne le reconnût point, et qui l'empêcha de s'acquitter tout de suite de son message. Il demanda quel était cet étranger. Léon, Joseph et Balthasar hésitaient à répondre. Caroline, moins troublée que les autres, répliqua que c'était le généreux tisserand de Venise dont ses frères lui avaient parlé.

— Quoi! reprit Meldorf en s'adressant à son frère, vous êtes de Venise, et vous abandonnez ainsi à votre âge....

— Je ne suis point de Venise, repartit Balthasar avec une grande émotion; eh! quand j'y serais né, devriez-vous être surpris de me voir? Il n'est pas donné à tout le monde de vivre et de mourir aux lieux de sa naissance.

— Il est vrai, continua Meldorf en soupirant; ce canton est plein d'exilés qui ne doivent plus revoir leur patrie. Si vous êtes dans le même cas, je vous plains de toute mon âme.

— Ah! reprit Balthasar, la Suisse, si généreuse envers toutes les nations, me repousse de son sein, moi qui suis l'un de ses enfans.

— Vous l'avez donc contrainte à cette rigueur? demanda Meldorf que les paroles de Balthasar commençaient à rendre soupçonneux.

— Oui, j'ai mérité ma peine... mais le repentir... l'âge... un long bannissement...

En prononçant ces mots entrecoupés, Balthasar pleurait et attachait sur son frère des regards dont l'expression éclaira Meldorf. Il se couvrit le visage de ses mains pour cacher l'excès de son émotion, et reprenant la parole après un moment de silence :

— Que viens-tu faire ici, Balthasar? Qu'espères-tu de tes compatriotes?

— Leur oubli.

— Eh! que veux tu de moi?

— Le pardon de mon crime.

Meldorf lui mit la main sur la bouche pour l'empêcher de s'accuser lui-même en présence des orphelins; mais, à leur contenance, il devina que ce n'était plus pour eux un mystère.

— Tu leur as tout dit, je le vois, reprit Meldorf.

— Celui qui craint d'avouer ses fautes n'en est pas entièrement corrigé, répondit Balthasar.

Alors il répéta à Meldorf le récit qu'il avait fait la veille aux orphelins, son trouble, ses combats, ses projets. Meldorf attendri le pressa dans ses bras.

— Tout ce que je possède t'appartient, lui dit-il, et ce m'est un cruel déplaisir de n'oser t'emmener avec moi dans ma chaumière; mais demeure ici avec ces aimables enfans, au fond de cette paisible vallée; cache à jamais le malheureux nom de Balthasar; et si mon amitié peut te consoler des avantages que tu as perdus, tu finiras en paix tes tristes jours.

Cette réconciliation entre leurs bienfaiteurs causa une véritable joie aux habitans du châlet. Caroline et ses frères s'occupèrent du déjeuner, qui se composait ordinairement de laitage, mais auquel, pour donner un air de fête, ils ajoutèrent du miel et des oiseaux que Joseph avait tués à la chasse. Meldorf, se souvenant alors de la lettre de M. Angelmann, la donna à Léon. Caroline, qui regardait son frère, s'aperçut qu'en la lisant il changeait de couleur, et paraissait extrêmement troublé.

— O mon Dieu ! s'écria-t-elle fort alarmée, il est arrivé quelque malheur au presbytère !

— Au contraire, répondit Léon, on y est rempli de joie à notre sujet... Nous-mêmes nous avons mille actions de grâces à rendre au Seigneur... Mes amis... ce bonheur est si grand que j'ose à peine en croire mes yeux... Tiens, Joseph, lis toi-même ; car, pour moi, mon trouble ne m'en laisse pas la liberté.

Chacun, fort étonné de ces paroles, attendait avec impatience la lecture de cette lettre, que Joseph commença ainsi :

Bœningen, ce......

« *Fais ce qui est juste, et confie-toi de tout » ton cœur à l'Éternel!* s'écrie le sage. Fidèles » à ce précepte, mes chers enfans, vous en » recevez aujourd'hui la juste récompense. *Le » Seigneur a dirigé vos sentiers.* Après de longues » et douloureuses épreuves, il vous replace » enfin au rang de votre père, dans cette heu- » reuse situation, également éloignée de l'impor- » tune grandeur et de la misère flétrissante, et » pour laquelle vous êtes nés. M. Anatole avait » fait un testament ; mais, par une de ces bizar- » reries inexplicables auxquelles il était fort sujet, » il avait ordonné qu'on ne l'ouvrirait que six

» mois après sa mort. Ce terme expiré, on a » voulu connaître ses dernières volonté; elles dé» clarent positivement Léon, Joseph et Caroline » de Norbert héritiers de toute sa fortune... »

Ici Caroline, ne pouvant contenir l'excès de sa joie, voulut lire elle-même ce passage de la lettre, et Joseph, aussi transporté qu'elle, la lui abandonna pour se livrer sans contrainte aux sentimens qu'il éprouvait. Léon, plus calme, plus recueilli dans son bonheur, élevait vers le ciel ses yeux reconnaissans. Caroline pleurait et riait tout à la fois; Joseph formait déjà mille projets; Meldorf et Balthasar applaudissaient à cet heureux événement. Léon reprit la lecture et continua :

« J'avais mal jugé M. Anatole. Quelque illu» sion qu'il se fût faite sur la durée de sa vie, on » doit lui savoir gré de la prudence avec laquelle » il en avait prévu la fin. Son erreur n'a été pré» judiciable à personne. Mes bons amis, vous al» lez devenir fort riches, et vous rapprocher de » nous. Hâtez-vous d'aller habiter la belle et » riante campagne de Rinkenberg. Il me tarde » de vous voir établis dans cette superbe maison. » Vous y trouverez tout dans un ordre parfait; les » biens de M. Anatole ont continué d'être régis

» comme avant sa mort, par une personne qu'il » en avait spécialement chargée. Puissiez-vous » soutenir la prospérité comme vous avez fait de » l'infortune! Ainsi que Job, vous avez perdu et » recouvré votre bonheur. Puisse le Seigneur qui » vous protége rendre aussi votre dernier état » beaucoup plus heureux que le premier!

» ANGELMANN. »

— Mes chers amis, dit Meldorf après avoir écouté cette lecture, le ciel est juste; il faut le bénir de cet événement. L'affection que vous m'inspirez m'empêche de voir ce que j'y perds; car enfin je ne pourrai plus dire comme auparavant : mes enfans de la vallée de Geschen. La fortune et le rang s'uniront pour mettre entre nous....

— N'achevez pas, reprit vivement Léon; ne mêlez point d'amertume à notre bonheur. Pourquoi cette injuste prévoyance? La fortune changera-t-elle nos cœurs? N'avons-nous pas déjà été riches? Le séjour de Rinkenberg est-il plus propre à nous pervertir que le palais de la princesse de Parme?

— J'ai tort, j'ai tort, continua Meldorf. Vous m'aimerez toujours : vous ne dédaignerez pas de venir me voir dans ma chaumière. Soyez heureux, mes chers enfans, personne ne le mérite plus que vous.

— C'est moi qui perds le plus à ce changement, poursuivit Balthasar; je vais demeurer seul dans cette vallée; mais je préfère ces rochers solitaires aux beaux quartiers de Venise. Je prendrai soin du châlet, je cultiverai doucement le jardin de la cabane; et lorsque cette profonde solitude aura jeté quelque tristesse dans mon esprit, je regarderai les hautes montagnes qui m'environnent, j'écouterai mugir les torrens, je me dirai avec transport : me voici encore dans ma patrie.

CHAPITRE XXXVI.

La vertu dans la prospérité.

Léon, à travers les sentimens agréables qu'il devait éprouver, ne pouvait se défendre d'une légère inquiétude, que la plus louable délicatesse faisait naître dans son esprit.

— M. Anatole devait avoir des héritiers légitimes, disait-il au pasteur. De quel droit venons-nous les dépouiller de leur bien? Qui sait si leurs besoins ne sont pas aussi urgens que les nôtres?

M. Angelmann le rassura en lui faisant lire le testament de M. Anatole, dans lequel se trouvaient ces paroles remarquables :

« Je ne pense point agir injustement en adoptant, au préjudice de ma propre famille, de » jeunes et infortunés compatriotes, que la Pro» vidence m'avait adressés. Je me le reproche» rais, cependant, si mes parens en recevaient le » moindre tort ; mais je n'ai qu'un frère, dont la » fortune est plus florissante que la mienne, et » qui, ayant toujours témoigné sur mon sort l'in» différence la plus parfaite, a justifié la mienne » à son égard. »

Cette connaissance bannit entièrement les scrupules de Léon, et il ne songea plus qu'à jouir dignement de son bonheur. La charmante habitation de Rinkenberg avait de quoi remplir des vœux moins modérés que ceux des orphelins. La vue s'étendait sur la belle nappe d'eau du lac de Brientz, auquel le mouvement continuel des barques donnait encore un nouvel agrément. Des hameaux ombragés bordaient la rive septentrionale, et contrastaient admirablement avec les montagnes du bord opposé, qui portaient jusqu'au Falhorn leurs sauvages forêts. A l'embouchure de la Lütschime, et au dessus des arbres qui environnent le presbytère, on découvrait la pointe du clocher de Bœningen, si agréable aux orphelins.

L'intérieur de la maison, commodément distribué, se trouvait orné, non avec faste, mais avec beaucoup d'élégance. Tout y flattait la vue sans l'éblouir. La fraîcheur des meubles et des étoffes, la largeur des croisées garnies de balcons donnaient à tous les appartemens une gaîté et une salubrité désirables. Des glaces fidèles, ingénieusement disposées, répétaient à l'envi une partie du lac et de ses environs. Au dehors, un vaste potager, une cour abondamment pourvue, des vergers remplis d'arbres, de nombreux troupeaux, pourvoyaient aux besoins de la vie. Plusieurs plantations de charmille, une riche collection de fleurs, quelques livres choisis, promettaient d'ajouter à ces agrémens. On évaluait à 200,000 francs ce beau domaine et les terres qui en dépendaient. Il fallut prendre des domestiques, établir une règle dans la maison, traiter de nouveau avec les fermiers. Léon et Joseph, aidés des conseils de M. Angelmann, placèrent dans leurs terres des pères de famille dont la vertu était généralement estimée.

— Quelque promesse que vous fasse un homme méprisable, leur disait le pasteur ; quelque avantage qu'il vous propose, gardez-vous de l'accueillir. Rien ne prospère entre les mains des méchans, parce qu'on a besoin avant tout de la bénédiction du ciel. Que la prospérité passagère de quelques uns ne vous séduise point : ne savons-nous pas que le *Seigneur est lent à la colère?* Sodome et Gomorrhe fleurirent long-temps avant d'être détruites, et les commencemens de Saül furent heureux. Vous aurez beau ensemencer vos champs, planter de la vigne et multiplier des troupeaux. « On équipe le cheval pour la bataille; mais c'est l'Éternel qui délivre, dit l'Ecclésiaste. » Sans cette divine protection, la pluie n'arrose qu'un terrain stérile. Accueillez donc les justes, si vous voulez plaire à celui qui est toute justice.

— Mais, répondait Joseph, tout le monde tâche de paraître vertueux; comment discerner le trompeur d'avec celui qui est sincère?

— L'estime n'est point une chose que le monde prodigue, répliqua le pasteur, et lorsqu'elle est générale, il est raisonnable de supposer qu'on la mérite; la vertu, n'étant autre chose que l'accomplissement de nos devoirs, se peut facilement reconnaître à cette marque. L'homme religieux, le bon fils, le bon père, le bon époux, le diligent au travail, le voisin paisible, ne saurait être ni un fermier dévastateur, ni un valet infidèle.

— Cependant, reprit Léon, si de deux fermiers qui se présentent, le plus honnête homme n'a pas de quoi me répondre du revenu que je lui confie, ne vaudrait-il pas mieux accepter l'autre en le surveillant attentivement ?

— Je vous répondrai par une autre question, répliqua le pasteur. S'il vous fallait traverser un torrent furieux sur une faible planche, ou à la nage, à quoi vous résoudriez-vous ?

— A passer sur la planche.

— Mais si cette planche n'offrait aucune apparence de solidité ?

— J'y passerais la même chose, continua Léon. Entre deux événemens à craindre, il faut choisir le plus douteux.

— Ne comprenez-vous pas maintenant, poursuivit M. Angelmann, que l'homme pauvre, mais vertueux, est la planche douteuse; et l'inique, le torrent qui doit nécessairement vous engloutir ! Il faut craindre de partager jusqu'à l'apparente félicité des méchans.

Dociles à ces sages et religieux conseils, les nouveaux héritiers s'entourèrent de personnes recommandables. Quatre familles des plus honorées de l'endroit se chargèrent de leurs intérêts à des conditions justes et modérées; car les orphelins ne voulaient augmenter leur aisance aux dépens de personne, et prétendaient, au contraire, que la prospérité de leurs fermiers autorisât la leur.

— Pourrions-nous jouir paisiblement de notre fortune, disait Léon, si ceux dont le travail nous la conserve ne ressentaient que la misère? Il est juste que chacun jouisse du prix de ses efforts.

Ils prirent également pour le service de leur maison les enfans de quelques paysans pauvres et honnêtes, qui ne savaient que devenir, et tandis que ses frères inspiraient à ces enfans le goût du travail et de la sagesse, Caroline allait adoucir secrètement la misère des pères et des mères. Le plus grand ordre régnait dans la maison. Il y avait une heure pour le lever et le coucher, pour le travail, pour prendre les repas; il y en avait une aussi consacrée à la prière. Les maîtres et les serviteurs, réunis en présence de l'Eternel, lui exposaient ensemble et leurs communs besoins et leurs communes faiblesses. Pour ce moment, une parfaite égalité régnait entre eux; prosternés aux pieds de leur créateur, ils n'étaient plus que les fils d'Adam, les rachetés du Christ.

Cette douceur de mœurs, cette véritable piété, cet aimable assemblage des plus touchantes vertus dans de riches propriétaires, dont le plus âgé n'avait pas vingt-deux ans, les rendirent bientôt chers à tout le voisinage. M. Angelmann, glorieux de son ouvrage, ne sortait jamais de Rinkenberg sans louer Dieu à haute voix. La sagesse de Léon acquérait chaque jour plus de solidité. Une gravité douce tempérait toutes ses actions, et sa seule contenance donnait l'idée de l'ordre, du calme, de la modération. Joseph, plus impétueux, moins susceptible de commander aux mouvemens de son cœur, de régler son imagination, n'en était pas moins aimable par sa franchise, sa docilité aux avis de son frère. Il reconnaissait ingénument la supériorité de Léon; mais, loin d'en éprouver une basse jalousie, il ne lui en portait que plus de tendresse et de vénération.

Caroline n'avait encore rien gagné à leur changement de fortune. Dès que le bonheur de ses frères lui parut assuré, et qu'il ne dépendit plus de son courage, elle retomba dans son indolence naturelle. Enfant chérie de Léon, elle ne se livra plus qu'à ses seules fantaisies, se contentant de donner ses ordres pour les détails de la maison, ou plutôt de les transmettre; car elle ne faisait rien sans consulter ses frères. Le courage, l'activité qu'elle avait montrés dans le châlet, s'étaient évanouis avec la situation qui les fit naître. Faire cultiver ses fleurs, soigner des oiseaux chéris, se livrer au plaisir de la musique, s'abandonner nonchalamment à un doux repos, telle était à Rinkenberg la vie de Caroline. Les habitans du presbytère faisaient observer à Léon que cette jeune personne prenait de mauvaises habitudes, qu'elle n'apprendrait jamais à gouverner sa maison, que le travail et l'activité devaient être le partage de la jeunesse. Léon convenait de la justesse de ces observations; mais il ajoutait d'un air attendri :

— Ah! laissons-la jouir de la portion de bonheur que la nature lui a départie. Elle a été malheureuse dans un âge si tendre! elle est si jeune encore! ses occupations sont si douces, si innocentes! enfin elle a montré tant de courage dans l'infortune, que je me ferais un crime de la tourmenter. J'aime mieux veiller quelques heures de plus et me réduire à des détails peu convenables à mon sexe, que d'affliger cette aimable sœur. Dieu me préserve de faire couler jamais ses précieuses larmes; je n'ai souhaité que pour elle le sort dont nous jouissons; irai-je le lui tourner en amertume?

— C'est la seule faiblesse que je vous connaisse, mon ami, lui répliquait le pasteur, et elle a quelque chose de si touchant, que je ne sais comment la combattre.

Craignez pourtant qu'elle ne vous possède à l'excès; car il n'y a plus de vertu au-delà d'un certain terme. Par exemple, si Caroline tombait dans quelques fautes et que vous ne l'en reprissiez pas, une pareille indulgence serait fort condamnable.

— Ne pensez pas, mon digne ami, reprenait vivement Léon, que mon affection pour elle soit si peu éclairée. Plus elle m'est chère, plus le soin de sa vertu me paraît précieux. Je n'ai pas craint, à Rome, d'exiger d'elle de petits sacrifices que la décence me semblait ordonner; mais vous le savez vous-même, la pensée du mal est étrangère à son âme pure. Enhardie par notre complaisance, elle s'abandonne sans réserve au penchant naturel qu'elle a pour la paresse, sans commettre jamais aucune action répréhensible.

Malgré ce que disait Léon, il ne laissait pas de donner de temps à autre de sages conseils à Caroline; mais il repoussait absolument toute mesure tant soit peu rigoureuse, préférant la reprendre vingt fois inutilement que de la punir une seule avec succès. C'était, comme le disait M. Angelmann, la seule faiblesse de cet aimable jeune homme.

Léon, en devenant riche, n'avait point perdu de vue le noble et légitime désir de s'acquitter envers ses bienfaiteurs; mais il fut impossible de déterminer Meldorf à recevoir aucun dédommagement. A cette proposition, la rougeur couvrit son front vénérable. Il s'écria qu'il l'avait bien prévu, qu'on voulait lui ravir le prix de sa tendresse, qu'il était dans l'aisance, et qu'une fois payé avec de l'argent, il ne pourrait plus les appeler ses enfans de la vallée de Geschen. Les orphelins, attendris, le serrèrent entre leurs bras, et Léon, foulant aux pieds cette bourse que Meldorf refusait :

— O métal si avidement recherché ! s'écria-t-il, idole des âmes vénales ! que tu es vain et méprisable, puisque tu ne saurais ni procurer un véritable ami, ni devenir le prix de ses services !

Il cessa donc de l'offrir au généreux paysan, mais il le donna secrètement à Ludger, qui se montra moins délicat que son oncle. M. Angelmann, sans être plus intéressé que Meldorf, moins aisé et père de famille, se fit un devoir d'accepter le remboursement que lui proposa Léon. L'intérêt de sa fille, l'état du malheureux Zaccharie, qui ne pouvait pourvoir lui-même à sa subsistance, lui faisaient une loi de cette conduite. C'est ainsi que chaque état a des nuances qui rendent louable dans les uns ce qui serait peu estimable dans les autres. En recevant cet argent, M. Angelmann n'en était pas moins digne d'éloges pour la manière généreuse dont il s'était conduit envers les orphelins dans un temps où il n'espérait aucun dédommagement. Il était prêt encore à les aider de tout son pouvoir, si quelque revers inattendu, mais peu vraisemblable, venait encore les accabler. Il fut même plus admirable en recevant le prix de ses bienfaits, que Meldorf en le refusant. L'action du maire de Kanderstœg avait quelque chose de noble et de satisfaisant pour son cœur ; celle de M. Angelmann alarmait sa délicatesse en lui donnant la crainte d'être mal apprécié par ses amis. C'est ainsi qu'un obscur devoir est mille fois plus difficile à remplir que le sacrifice le plus éclatant. Léon voulut acquitter une troisième dette envers Marco Lorenzo, et il lui écrivit une lettre affectueuse, que la reconnaissance dicta tout entière ; ce n'était point la première qu'il lui adressait depuis son retour ; une correspondance assez active régnait entre les orphelins, Lorenzo, Laurentino et Zampiéri ; mais le solitaire du lac Majeur, qui avait déjà refusé la bourse du secrétaire d'Aurélia, refusa encore celle des héritiers d'Anatole.

« Un vieillard n'a que faire de richesses, » répondit-il à Léon ; ce ne sont pas là les pro- » visions dont il a besoin pour son prochain » voyage. Le compte de ses vertus est beaucoup » plus important que celui de son or, et c'est » assez pour lui que ses besoins soient satis- » faits. »

Meldorf était au comble de la joie, en voyant la haute fortune de ses chers enfans ; il était surtout pénétré de l'accueil honorable qu'il en recevait constamment, en présence de tous les domestiques, malgré son habit de paysan et son grand chapeau de paille. Cette conduite n'avait rien que de fort naturel, et le contraire l'eût justement indigné ; mais l'ingratitude, ce vice odieux, accompagne si communément une prospérité inattendue, qu'on ne peut s'empêcher de se réjouir lorsqu'on ne la rencontre pas. Le bon vieillard pleurait de tendresse en voyant Caroline s'attacher à son bras, Joseph lui porter son bâton et Léon le consulter sur tout ce qui concernait l'agriculture, avec autant de candeur et de simplicité que dans la vallée de Geschen. Ils lui montraient, en détail, leur magnifique domaine, non avec l'orgueil de l'opulence, mais avec cette satisfaction franche et même enfantine que leur causait un état si différent de celui dans lequel ils avaient vécu. Un jour que Meldorf montait à cheval pour s'en retourner, Léon s'aperçut qu'il souffrait, et que cet exercice commençait à lui devenir pénible.

— Mon frère, dit-il à Joseph lorsqu'ils se trouvèrent seuls, Meldorf est éloigné, il devient vieux ; bientôt nous serons privés du plaisir de le recevoir chez nous ; faisons-lui présent d'un petit char de montagne, afin qu'il puisse se rendre ici commodément.

Joseph approuva cette idée ; le petit charriot fut commandé ; les orphelins l'essayèrent en allant rendre visite à Meldorf. Cette attention de leur part, et mille autres qu'ils ne cessaient d'imaginer, touchèrent tellement son cœur, qu'il ne pouvait plus les nommer sans répandre des larmes. Bernina, son époux et le jeune Erni, recevaient aussi fréquemment de nouvelles marques de leur souvenir. Balthasar, condamné à vivre dans la solitude, voyait la sienne s'embellir par leurs soins ; de nouvelles plantations, des meubles plus commodes, des animaux privés l'animaient, l'amélioraient de jour en jour. Antony, Sabine, Ludger et Bernina y secondaient le travail de Balthasar, et répondaient, de tous leurs efforts, aux vues bienfaisantes des héritiers d'Anatole.

La modeste tombe de M. de Norbert reçut aussi les ornemens dont elle était susceptible, mais Léon n'y voulut rien de fastueux. Une longue pierre blanche et polie, portant le nom d'Emmanuel de Norbert, marqua, d'une manière plus durable que le gazon, l'endroit où reposaient les cendres de ce père vertueux ; sur cette pierre, ombragée par de jeunes cyprès, on lisait au dessous des noms du décédé et de l'année de sa mort, ces paroles de la Genèse :

« Les jours des années de ma vie ont été courts

» et mauvais, et n'ont point atteint les jours de » la vie de mes pères... »

Sur le rocher, à l'entrée de la voûte, Léon avait gravé ces vers d'Horace [1] :

« Un jour il faudra quitter la terre, une mai» son, une épouse chérie, et tous ces arbres que » vous cultivez ; l'odieux cyprès accompagnera » seul au tombeau son maître, qui n'aura fait » que passer. »

Et plus bas, la main de Joseph, empruntant le génie du Tasse, avait ainsi déposé le tribut de ses regrets [2].

« Heureux au sein de Dieu qui couronne tes » travaux, nageant dans son immensité, tu t'eni» vres d'éternelles voluptés. C'est notre sort et » non le tien qui demande nos larmes. En te per» dant, nous avons perdu la plus belle partie de » nous-mêmes. »

CHAPITRE XXXVII.

Honorine est enfin retrouvée.

Un dimanche que les orphelins comptaient passer la journée au presbytère, ils y virent ar-

1 Ode 13.

2 Jérusalem délivrée.

river Antony. Un jeune étranger, qu'il avait conduit de la vallée de Geschen, les attendait à Rinkenberg. Antony leur raconta qu'étant à pêcher dans le lac avec le vieux Balthasar, ils avaient vu plusieurs voyageurs se répandre tout à coup dans la vallée; que le plus jeune, qui paraissait commander aux autres, ayant rencontré par hasard le tombeau de M. de Norbert, en avait témoigné beaucoup de surprise, et qu'ayant fait interroger, par son interprète, Balthasar et Antony, afin de connaître ceux qui avaient élevé là ce monument, il avait demandé, sur leur réponse, à être conduit de suite à Rinkenberg. Les orphelins, ne sachant que penser de cette aventure, y retournèrent avec empressement. Un jeune homme de seize à dix-sept ans, d'un abord noble et assuré, se présenta à leurs regards. Léon et ce jeune inconnu ne se furent pas plus tôt envisagés avec quelque attention, qu'ils se reconnurent en même temps. C'était Hyacinthe de Saint-Florent, que Léon avait délivré des mains des Tunisiens; Hyacinthe, saisi de joie et de surprise, se jeta à son cou.

— Est-ce vous, mon cher Léon, s'écria-t-il, vous, dont j'ai déploré si cruellement la perte? Le temps n'a point effacé de mon souvenir l'important service que vous m'avez rendu, et je bénis le ciel qui me permet de vous en témoigner ma juste reconnaissance ; mais j'espère qu'il ne bornera pas là ses bienfaits. J'ai les plus grandes raisons du monde de croire qu'en me rendant mon cher libérateur, il me réunit encore à des parens que je ne comptais plus retrouver.

— Expliquez-vous, de grâce, reprit vivement Léon.

— N'êtes-vous pas les enfans du comte Emmanuel de Norbert ? Votre père n'avait-il pas une sœur nommée Honorine, et mariée, dans la province de l'Angoumois, à Charles Léonard ?

— Tout ce que vous dites est vrai ; ne tenez pas plus long-temps notre âme dans l'incertitude.

— Eh bien ! cette sœur d'Emmanuel de Norbert, cette épouse de Léonard, c'est ma propre mère ; c'est la signora Sébastiani que vous avez connue en Sardaigne, et je suis votre cousin.

— Est-il possible ! s'écria Joseph ; un si grand bonheur n'est-il pas illusoire ?

— Mais, répliqua Léon, pourquoi portez-vous le nom de Saint-Florent ?

— Ma mère l'a voulu, répondit Hyacinthe ; notre fortune, qui s'est beaucoup agrandie depuis quelques années, a changé en même temps le train ordinaire de notre maison ; et ma mère, en épousant en secondes noces le comte Sébastiani, a désiré que je prisse le nom de Saint-Florent, comme plus honorable à porter que le nom modeste de Léonard.

— Le nom d'un père vertueux peut-il manquer d'honorer sa famille ? continua Léon. J'ai toujours entendu parler de M. Léonard comme d'un homme parfaitement estimable.

— J'en suis ravi, répliqua Hyacinthe ; pour moi, je m'en souviens à peine, et il m'eût été indifférent de m'appeler comme lui. Quelque nom que je porte, je compte l'élever si haut, que l'honneur ne pourra m'en être disputé. J'ai toujours présent à mon esprit ce beau précepte de Virgile : « Le véritable mérite est de travailler à » laisser après soi un long souvenir de ses belles » actions [1]. » Mais revenons à notre parenté. N'êtes-vous pas content que je sois votre cousin ?

— N'en doutez pas, reprit Léon ; depuis près de dix ans que nous sommes orphelins, nous ne soupirons qu'après le moment de retrouver notre famille ; les doux liens du sang resserreront dans nos cœurs les liens de l'amitié, et déjà il nous tarde de revoir et d'embrasser la sœur de notre père.

— J'espère, dès demain, vous conduire entre ses bras, répondit Hyacinthe ; je l'ai laissée au bourg d'Unterséen....

1 Énéide, liv. 10.

— Quoi! si près de nous? s'écria Caroline.

— Nous n'y sommes que depuis deux jours, poursuivit Hyacinthe, et nous en repartirons bientôt pour retourner à Genève, où ma mère s'est retirée après la mort de son second époux; car j'oubliais de vous dire que le comte Sébastiani est mort. J'ai engagé ma mère à voyager en Suisse pour se distraire des chagrins de ce second veuvage. Nous venons en effet de parcourir une grande partie de ce pays intéressant, où une foule de curiosités naturelles se trouvent répandues; mais ma mère, un peu fatiguée de la route, n'a pas voulu me suivre dans la nouvelle incursion que je viens de faire, et qui m'a procuré le bonheur de retrouver en vous mes parens.

Hyacinthe leur demanda ensuite par quelle funeste aventure ils avaient perdu leur père, et pourquoi il se trouvait enseveli si loin d'eux dans un vallon aussi retiré. Les orphelins répondirent à ces questions par un récit succinct de leurs malheurs, dont la connaissance attendrit extrêmement leur cousin, qui était bon et sensible.

— Vous avez éprouvé bien des traverses, leur dit-il, et je regrette sincèrement de ne vous avoir pas connus plus tôt, puisque j'aurais pu vous les épargner. Mais que sont donc devenues les grandes richesses de votre père? Ma mère en parlait autrefois avec admiration. Nous étions peu riches alors ; elle comparait tristement sa médiocrité à l'opulence de son frère.

— Nous ne savons encore à qui notre père a confié ce dépôt, repartit Léon, et nous espérions que votre mère nous en apprendrait quelque chose.... Mais si vous n'avez pas toujours été riche, d'où vous vient à vous-même votre fortune ?

— C'est tout au plus si j'en sais la moindre chose, répliqua Hyacinthe. Je crois pourtant qu'elle est le produit de quelque héritage. Au reste, je ne m'occupe que d'en jouir ; c'est ma mère qui règle tout.

Léon demeura pensif. Quelques soupçons vagues, peu honorables pour sa tante, lui passèrent dans l'esprit, quoiqu'il s'efforçât de les repousser. Comme il rêvait, un homme de la suite d'Hyacinthe se précipita dans le salon, et vint embrasser les genoux de Léon, en s'écriant en italien :

Ella disponga del suo servitore! disposez de votre serviteur !

— Que me voulez-vous ? lui demanda Léon.

— Êtes-vous fou, signor Léandre, ajouta Hyacinthe.

— Léandre ! s'écrièrent en même temps les orphelins.

— Oui, seigneur de Norbert, reprit Léandre, je suis ce pauvre musicien que la princesse de Parme....

— C'est assez, interrompit Léon ; l'emploi que j'ai rempli auprès de cette princesse ne me permet pas d'en écouter davantage.

— Mais ma vive reconnaissance....

— Je vous en sais gré, Léandre, ne parlons plus de cela. Si j'ai eu le bonheur de vous rendre quelque service, ma propre satisfaction m'en a récompensé ; mais par quel hasard vous rencontré-je ici ?

— Il est mon maître de musique, répondit Hyacinthe.

— Je vous croyais au service du duc de Savoie, ajouta Joseph.

— Y a-t-il quelque durée dans la faveur des princes ? répliqua le musicien. Dès qu'on a eu le malheur de déplaire à l'un d'eux, tous les autres font cause commune.

— Racontez-nous ce que vous devîntes après nous avoir quittés à quelques lieues d'Ortona, lui dit Caroline.

— Persuadé qu'on en voulait à mes jours, continua Léandre, je fuyais, saisi d'effroi, à travers la campagne, et j'allai me cacher dans un épais taillis en attendant que la nuit me permît d'aller plus loin. J'étais à peine tapi dans des broussailles que je vis paraître les deux sbires, fugitifs comme moi, et presque aussi effrayés. Leur vue ne laissa pas de me glacer de terreur, et tandis que je me tenais immobile, osant à peine respirer, ils s'assirent à quelques pas, et tinrent ensemble la conversation suivante :

— Reposons-nous ici, Mikéli; nous sommes en sûreté; le podestat ne viendra point nous y surprendre.

— Nous serons pendus quelque jour si nous continuons ce digne métier, répliqua Mikéli. N'était-ce pas assez d'exécuter à Rome les ordres de la princesse, sans poursuivre jusque dans ce royaume un pauvre musicien qui ne nous a fait aucun mal?

— Il ne nous a fait aucun mal; mais l'argent promis par Aurélia à celui qui l'arrêterait nous aurait fait beaucoup de bien, et puisque nous l'avions manqué à Rome....

— A quoi nous servirait la récompense, si nous étions arrêtés nous-mêmes? Penses-tu qu'Aurélia daignerait alors nous protéger?.... Non sans doute, elle se sert de nous, mais elle nous méprise.... Tiens, Bartolo, je ne sais quel dégoût s'empare de moi; je prends notre métier en haine.

— C'est que tu es un homme sans courage, répliqua Bartolo.

— C'est que je n'étais pas né pour le crime,

repartit Mikéli; on m'y a entraîné pour ainsi dire malgré moi.

— Tu n'en fais pas moins ton profit quand l'occasion s'en présente, et tes scrupules ne t'auraient point empêché de partager avec moi le prix de la liberté du musicien.

— Il est certain que si j'étais véritablement honnête homme, je ne resterais point parmi vous, répliqua Mikéli.

—Tu ne nous en cèdes guère, poursuivit Bartolo, et nous ne sommes pas obligés de savoir tout ce que tu as fait hors de notre compagnie.

— Je n'ai jamais trempé mes mains dans le sang de personne, continua Mikéli.

— A d'autres, dit Bartolo.

— Rien n'est plus vrai, reprit encore Mikéli, et je ne crains pas qu'à cet égard il s'élève personne contre moi.

— Tu n'es qu'un hypocrite et un imposteur, s'écria Bartolo.

— Les scélérats ne peuvent souffrir que ceux qui leur ressemblent, ajouta Mikéli; c'est pourquoi tu me dis des injures!

De propos en propos, ils s'animèrent tellement qu'ils en vinrent aux mains. Mikéli, percé de coups, fut abandonné par son complice, qui prit de nouveau la fuite. J'étais toujours dans ma cachette plus mort que vif, et n'osant porter des secours à ce malheureux dont les gémissemens me déchiraient le cœur. Quelque solitaire que fût ce lieu, il me semblait toujours entendre les pas du cruel Bartolo; de sorte que Mikéli aurait terminé là ses jours sans un jeune pâtre que le hasard y conduisit. La vue de ce dernier me rassura un peu, et comme il emportait Mikéli sur ses épaules, je le priai de me permettre de le suivre. Je lui dis que celui qui avait commis ce meurtre en voulait aussi à mes jours, et que j'avais pensé mourir de crainte et d'horreur à l'aspect de cette scène.

— Quoi! me répondit le pâtre, vous étiez là, et vous ne vous êtes point empressé de défendre cet homme? Vous eussiez été deux contre un.

— A quoi m'eût-il servi d'y essayer? répliquai-je; j'étais si faible et si tremblant que je n'aurais pu seulement me soutenir.

— Mais le courage....

— Mon Dieu, lui dis-je, le courage n'est pas donné à tout le monde, quoique beaucoup de gens se vantent d'en avoir. Pour moi, j'avoue franchement que j'en ai manqué dans plusieurs occasions, et je ne suis pas si fou d'exposer ma vie pour cacher cette faiblesse.

Les orphelins et le jeune Hyacinthe ne purent s'empêcher de sourire de la naïveté de Léandre.

— Tout en parlant ainsi, continua le musicien, nous arrivâmes à la chaumière du pâtre. Le blessé fut déposé sur un lit; on appliqua des simples sur ses plaies, et il donna bientôt quelques signes de vie; mais ces signes favorables ne furent pas de longue durée; il ne survécut que trois jours à ses blessures. Avant de mourir, il m'avertit de songer à ma sûreté, qu'Aurélia avait juré de me tenir mort ou vif, et qu'elle était assez puissante pour m'atteindre en quelque lieu que ce fût. Il nous déclara aussi qu'il était né en Suisse; qu'élevé à Genève par un citoyen de cette ville, il avait été d'abord vertueux jusqu'à ce qu'un jeune Vaudois, nommé Daniel, parvînt insensiblement à le pervertir en tournant en dérision sa candeur, sa religion et sa fidélité; que le premier essai qu'il fit des leçons de son maître ayant été de dépouiller son bienfaiteur, il s'était livré, depuis ce temps, à toutes sortes de vices; qu'il en demandait pardon à Dieu et aux hommes. Il ajouta qu'il souhaitait que son exemple pût préserver les jeunes gens des liaisons criminelles qui finissent tôt ou tard par corrompre leurs mœurs, et les pénétrât bien de cette vérité : que les méchans ne sauraient fréquenter les bons sans leur communiquer une partie de leurs vices.

Après la mort de Mikéli, je me déguisai en

paysan, et j'errai quelque temps dans le royaume de Naples jusqu'à ce que j'apprisse la mort d'Aurélia. Alors je me rendis en Savoie auprès de Victor-Amédée, dans l'espérance qu'il me dédommagerait de tout ce que j'avais souffert; mais on me répondit sèchement que j'arrivais trop tard. J'eus beau faire observer que ce n'était pas ma faute, et que j'avais couru risque de la vie; on ajouta que le respect qu'on avait pour la mémoire de la princesse ne permettait pas d'accueillir un homme tombé dans sa disgrâce. J'étais furieux, mais je me gardai bien de le faire paraître, de peur d'en être encore la dupe. On me refusa la liberté de donner des concerts à Turin, ce qui fit que je me rendis à Genève, où je ne réussis guère, parce que les événemens de la guerre y occupaient les esprits bien plus que la musique. Alors je pris le parti d'aller, de ville en ville, dans l'intérieur de la Suisse, où je m'imaginais que la musique italienne serait écoutée avec transport. Le premier endroit où je m'arrêtai fut Gruyère, dans le canton de Fribourg. La beauté des habitans de cette contrée, l'élégance de leur costume, la douce naïveté de leur langage, m'avaient favorablement prévenu. J'invitai les musiciens de la ville à se réunir avec moi pour former un concert; mais quel fut mon dépit en voyant arriver cinq à six vieillards, armés chacun d'un instrument incomplet! Aucun d'eux ne put seulement parvenir à déchiffrer ma musique. Je me déterminai à donner un concert dont ma voix et mon violon feraient seuls tous les frais; mais ces vieux musiciens, piqués de mon mépris, annoncèrent, pour le même jour, un concert en patois, qui, malgré leur méchante musique et leur parfaite ignorance, laissa le mien presque désert. C'est là que je connus M. de Saint-Florent et madame de Sébastiani, sa mère. Leur goût, plus délicat que celui des marchands de fromage, sut apprécier tous les charmes de notre admirable musique, que j'ai l'honneur de leur enseigner aujourd'hui.

CHAPITRE XXXVIII.

Relation d'un voyage à Fribourg et sur le mont Righi.

Léon, en écoutant le récit de Léandre, se rappela celui du guide d'Adelboden, et remercia Dieu intérieurement d'avoir préservé leur enfance de l'écueil si dangereux du mauvais exemple. Il frémit, en songeant à ce qu'ils auraient pu devenir entre les mains de ces brigands, auxquels M. de Norbert les arracha aux dépens même de sa vie.

M. Angelmann, que Léon avait envoyé chercher, embrassa affectueusement le jeune Hyacinthe, que les orphelins lui présentèrent à titre de parent; et, de son côté, Hyacinthe témoigna au pasteur toute l'estime que le récit des jeunes de Norbert lui avait inspiré pour son caractère. Un souper délicat, aussi agréable à l'œil que flatteur au goût, réunit la compagnie autour de la table. Entre autres mets, on remarquait l'excellent poisson nommé brietzling, qu'on pêche abondamment dans les eaux du lac, et qu'on envoie en divers lieux, préparé à la manière des harengs. Hyacinthe, qui aimait beaucoup à parler, et surtout à parler de lui-même, prenait à peine le temps de manger. Il entretenait ses cousins de son dernier voyage, et la relation qu'il en faisait était par elle-même tellement intéressante, que chacun l'écoutait volontiers.

— Quoique j'aie habité long-temps la ville de Turin, située au pied des Alpes, leur dit-il, les appréhensions de ma mère m'avaient toujours privé du spectacle sublime dont on jouit au sommet de ces hautes montagnes. Je ne connaissais les glaciers que de nom, lorsque je décidai enfin ma mère à voyager, après la mort du comte Sébastiani. Nous allâmes premièrement dans le canton de Fribourg, où l'on ne trouve point de glaciers, parce que les montagnes de ce pays perdent leurs neiges pendant l'été. Ce canton offre partout un agréable mélange de collines, de vallées, de prairies et de bois. Ses pâturages nourrissent des bêtes à cornes d'une grosseur remarquable. Je formai le projet d'en faire venir dans mes terres, lorsque je me livrerais aux travaux de l'agriculture; car on peut devenir célèbre dans tous les genres.

La Sarine traverse le canton et baigne la ville de Fribourg. Rien de plus bizarre que l'aspect de cette ville, bâtie en partie au bord de la rivière, en partie sur un rocher vertical. Les flancs du rocher se confondent avec les murs, les tours, les églises de la ville; et quelques maisons sont si étrangement disposées, que le pavé d'une rue leur sert de toit. La tour de l'église cathédrale est la plus haute qu'il y ait en Suisse. Quantité de jardins et de vergers, renfermés dans la ville, lui donnent l'air désert en certains endroits. Une de ses portes se trouve placée entre deux précipices, et l'on y remarque avec intérêt un beau et vénérable tilleul, planté en mémoire d'une bataille célèbre, qui assura la liberté du canton.

En quittant la ville de Berne, que je ne vous décrirai point, tout intéressante qu'elle est, parce vous en êtes trop voisins pour ne pas la connaître mieux que moi, nous entrâmes dans la riche et populeuse vallée d'Emmenthal, dont la rivière charrie de l'or comme le fleuve Hermus [1]. Cette vallée est parsemée de collines couvertes de beaux villages, et ses coteaux sont peuplés de châlets, dans lesquels on fabrique des fromages délicieux. Au bourg de Langneau, la pente des montagnes est si douce, que nous montâmes en petit char jusqu'aux châlets; c'est, dit-on, le seul endroit de la Suisse où l'on puisse faire une pareille promenade aussi commodément. La vallée de l'Entlibouch n'est ni aussi fertile ni aussi peuplée que l'Emmenthal; mais les usages de ses habitans présentent à l'observateur des singularités piquantes. Ils ont des poètes satiriques qui, à une certaine époque, chantent au peuple rassemblé l'histoire secrète des folies de l'année; et aux jeux gymnastiques, si en honneur dans toute l'Helvétie, on ne voit point de meilleurs athlètes que les habitans de cette vallée. Le torrent fougueux de l'Entle, après avoir parcouru des gorges affreuses, se jette, près du village de l'Entlibouch, dans la rivière d'Emme. Parmi les montagnes remarquables qui environnent cette vallée, on nous

[1] Virgile parle de ce fleuve, qui est aujourd'hui le Sarabat dans la Turquie d'Europe. Dans quelques géographies, il est nommé Hémus.

nomma le mont Pilate et le Scratten, qui est horriblement crevassé.

Lucerne, moins étendue que Berne, montre aux voyageurs des beautés différentes. Ses trois ponts couverts sur la Reuss sont ornés de peintures estimées; mais il n'est point de tableaux qui vaillent, selon moi, la vue agréable de l'eau, soit qu'elle paraisse agitée ou coule avec lenteur; et je n'aime point les ponts couverts qui m'en dérobent le spectacle. Tout respire à Lucerne l'amour de la patrie; on sent qu'on se rapproche du foyer de la liberté. Ce canton est l'un des trois qui secouèrent les premiers le joug despotique des Autrichiens. Ses habitans montrent, avec orgueil et reconnaissance, l'étendard taché du sang d'un de leurs héros, qui le portait à la bataille de Sempach, où ce héros mourut pour la patrie. La peinture et la sculpture rappellent de toutes parts ces glorieuses époques. Je me sentais tout enflammé au récit qu'on m'en faisait; je regrettais de n'être point né dans ces temps si favorables au courage, et l'amour de la gloire m'agitait avec une nouvelle passion.

Le lac de Lucerne, nommé aussi Wallstelle ou des quatre Cantons, est effectivement situé sur les frontières d'Uri, de Schwitz, d'Underwald et de Lucerne. Les hameaux sont rares sur ses rivages, où l'on ne découvre, comme sur les bords du lac de Genève, ni maisons de plaisance, ni coteaux cultivés. La nature y règne seule avec une indépendance parfaite, répandant à son gré des beautés terribles, gracieuses ou mélancoliques. L'enceinte de montagnes, qui semble sortir de ses ondes, commence au verdoyant Righi, et se termine au sombre Pilate. Une multitude de golfes, qui découpent bizarrement ses bords, rendent sa navigation dangereuse. Malheur à celui que l'orage surprend dans la baie de Brounnen, dans les environs de l'Obernase. Des rochers coupés à pic, qui descendent dans le lac comme un mur formidable, ne laissent à la barque fragile aucune espérance de salut. Les vagues furieuses découvrent, en s'entr'ouvrant, les abîmes creusés à leur pied; et, du sommet de ces hautes murailles, des pierres, roulant avec fracas, menacent d'un nouveau danger le pâle navigateur.

La prairie escarpée du Grütli, au pied du Sélisberg, devint le théâtre à jamais mémorable de la première confédération des Suisses. Là, au milieu de la nuit, trente-trois hommes de courage jurèrent d'affranchir leur patrie, et cette noble entreprise s'exécuta avec la modération la plus estimable. Les tyrans étrangers furent conduits hors du territoire des trois cantons sans recevoir aucune insulte, et l'on n'exigea d'eux que le serment de n'y jamais rentrer. Gessler fut la seule victime immolée à la vengeance. Guillaume Tell, si connu dans l'histoire, le tua d'un coup de flèche. Un rocher menaçant s'avance dans le lac, au pied du sauvage Aschenberg; c'est sur ce rocher que Guillaume Tell s'élança, en sortant du bateau qui le conduisait avec Gessler au château de ce farouche bailli, pour y finir ses jours dans les chaînes. Trente ans après sa mort, ses compatriotes lui élevèrent une chapelle sur ce même rocher.

Rien de plus délicieux que le trajet de Lucerne à Kussnat, lorsqu'on s'embarque sur le lac par un temps favorable. A gauche, les charmantes collines d'An-der-Halden; à droite, les longs coteaux de Piérek et de Schattenberg bordent agréablement le rivage jusqu'à l'île d'Alstad. De cet endroit, l'œil pénètre sans obstacles dans les golfes profonds de Kussnat au nord, et d'Alpnach au sud. La tour blanche et brillante de Stanzad, qui paraît sortir des eaux noirâtres du lac, contraste merveilleusement avec la teinte mélancolique des rochers d'Alpnach. Le mont Righi, avec ses contours gracieux, se présente à l'est dans toute sa magnificence. Le cap forestier de la Zinne étendu à ses pieds, le promontoire du Tantzenberg, les ruines du château de Neu-Habsbourg, les frontières de Schwitz et une foule de sites remarquables, achèvent de ravir le navigateur. J'étais dans un transport continuel d'admiration et de surprise. On me fit voir, à Kussnat, les ruines du château de Gessler, et le chemin creux dans lequel Guillaume Tell le tua. Il y a encore là une autre chapelle, consacrée à ce héros, à la place même où il délivra son pays de la tyrannie de Gessler.

Dans le dessein où nous étions de monter sur le Righi, nous partîmes à cheval d'un beau et grand village du canton de Schwitz, et nous gravîmes pendant trois quarts d'heure une pente rapide à travers des rochers, du haut desquels s'épanchent continuellement des sources d'eaux vives. Un bois de sapins nous conduisit à une cabane abandonnée, au milieu d'une agréable prairie. Nous nous reposâmes sur le banc qui est à la porte de cette cabane, et nous laissâmes nos yeux se récréer de la vue romantique du petit lac de Lowertz et de ses îles verdoyantes. La rose des Alpes y descend, comme au bord de votre lac de Brientz, à travers les fentes des rochers du Righi.

— Je voudrais avoir une maison à la place de cette cabane, disais-je à ma mère; je m'y livrerais aux charmes de la poésie. Cette vue délicieuse n'est-elle pas propre à enflammer l'imagination d'un poète?

— Attendez, me répondait ma mère en souriant, vous n'êtes pas au bout de votre voyage. Il s'offrira peut-être de nouveaux aspects qui feront naître en vous des impressions différentes. Vous vouliez être pasteur dans les vallées de Fribourg et soldat à Lucerne.

Après avoir déjeuné à l'auberge de Dœchli, nous nous enfonçâmes dans un chemin solitaire entre la montagne de Rotenflüe et la rivière de l'Aa. La monotonie de cette route nous rendit encore plus agréable la vue de l'hospice et des auberges qui l'environnent. C'était un jour de fête; nous y trouvâmes rassemblés devant la chapelle de Notre-Dame-des-Neiges tous les bergers des châlets du Righi, et beaucoup de campagnards qui habitent au pied de la montagne, et nous demeurâmes là quelque temps pour leur voir exécuter différens jeux gymnastiques, qui attirent en ce lieu un grand nombre de spectateurs.

Le Righi a plusieurs sommités, dont le Righi-Coulm est la plus haute; c'est vers celle-là que nous nous dirigeâmes. Nous avions quitté nos chevaux. Au bout de trois quarts d'heure, nous atteignîmes le Righistaffel, où l'on trouve une croix et un banc pour se reposer. Il nous fallait monter encore pendant trois autres quarts d'heure; ma mère commençait à perdre courage, mais les promesses de notre guide et mes pressantes sollicitations la déterminèrent à aller plus loin. Nous traversâmes des pâturages jusqu'à un escarpement vertical, qui forme au dessus du lac de Zug un mur de quatre mille trois cent cinquante-six pieds de hauteur. On ne peut regarder ce précipice qu'en se couchant à plat ventre sur la terre. Parvenus enfin au sommet du Righi-Coulm, nous ne pûmes d'abord exprimer notre surprise et notre admiration que par un cri de joie et des exclamations entrecoupées. Tout les points de vue dont nous avions joui jusque-là nous parurent en ce moment si bornés et si misérables, que j'avais honte de mon admiration passée. Le spectacle qu'on découvre du Righi nous parut d'autant plus ravissant que le guide nous avait conduits exprès par une route monotone et bornée qui n'y prépare nullement l'esprit; de sorte que nous nous trouvions livrés tout à coup, comme par enchantement, aux impressions les plus extraordinaires.

— Heureux Hyacinthe! m'écriai-je, plongé dans une espèce de délire, tu domines sur toute la terre!

— Non, me répliqua le guide en souriant de mon extase, ce n'en est qu'une très-petite partie; ce n'est même pas la Suisse tout entière, mais cette vue n'en est pas moins une des plus riches et des plus magnifiques qu'elle possède. Elle s'étend au nord et à l'est jusque dans la Souabe. Voilà le Jura et les environs de Bienne, les montagnes de l'Emmenthal et celles de l'Entlibouch. Cette chaîne de montagnes, qui commence au canton d'Appenzell et va rejoindre, dans celui de Berne, le pic de la Jungfrau, présente une riche variété de formes et de hauteurs. Les unes s'élèvent dans les nuages comme d'énormes pyramides, les autres s'étendent comme les murs crénelés d'une forteresse, d'autres s'arrondissent onduleusement; plusieurs se terminent d'une manière si bizarre, qu'on ne sait à quoi les comparer; presque toutes éblouissent les regards par l'éclat des neiges qui les couronnent, et renferment dans leurs froides vallées des glaciers de plusieurs lieues d'étendue. Regardez dans cette enceinte majestueuse les cantons de Lucerne, d'Underwald, de Zug, de Schwitz, de Zurich, d'Argovie, et ces quatorze lacs, parmi lesquels ceux de Zurich et de Constance sont les seuls qu'on n'aperçoive pas entièrement.

Le guide voulut nous faire remarquer aussi quelques cavernes percées dans les rochers du Righi; mais nous ne pouvions détacher nos regards de cette vue sublime. Nous nous faisions répéter mille fois les noms des lacs, des villes, des montagnes : jamais un pareil souvenir ne s'effacera de ma mémoire.

Le Righi forme une montagne isolée, dont la base peut avoir huit à dix lieues de circuit. Elle s'élève à cinq mille six cent soixante-seize pieds au dessus de la mer. Je m'imaginais d'abord que c'était la plus haute de la Suisse ; mais notre guide m'en montra beaucoup qui la surpassaient de plusieurs milliers de pied. Le Mont-Blanc seul la surpasse de plus de mille toises. Il ajouta que cette élévation ne leur donnait aucun avantage sur le Righi, sous le rapport de la vue, parce que leur sommet, environné de vapeurs, se trouvait comme enveloppé d'un voile que les regards ne pouvaient percer.

L'imagination encore toute remplie du beau spectacle dont nous venions de jouir, je jetai à peine un coup d'œil sur les fertiles coteaux qui couronnent le bourg de Schwitz. Les grâces champêtres de ce canton ne pouvaient me toucher que faiblement, après les sensations que j'avais éprouvées; et, dans mon enthousiasme, je craignais d'en altérer le souvenir, en m'accoutumant de nouveau à des beautés plus communes. Ma mère se moquait de cette délicatesse, et ne se faisait aucun scrupule d'admirer tout ce qui s'offrait d'agréable à ses yeux. Je ne pus cependant refuser mon attention à une place garnie d'arbres et de bancs que nous rencontrâmes à une demi-lieue de Schwitz. Les citoyens s'y rassemblent tous les ans, au mois de mai, pour traiter des intérêts du canton. Je trouvai quelque chose de touchant à ce lieu de réunion, que la nature avait seule décoré.

— Ici, dis-je à ma mère, où rien ne cache la vue du ciel, où la simplicité de la nature rappelle la simplicité des mœurs, les citoyens ne sauraient connaître la brigue et l'ambition. Leurs décisions doivent être pures, leurs opinions incorruptibles, et l'amour du bien public enflamme seule leurs cœurs généreux.

— Cela devrait être, me répondit ma mère; mais il y a beaucoup à craindre que cela ne soit pas. Partout où il y a des hommes, leurs faiblesses se trouvent avec eux. L'intérêt personnel, les haines particulières ont fort bien pu se glisser sous l'ombrage de ces arbres comme dans les palais des grandes villes.

Je ne remarquai à Altorf que la tour bâtie à la place du tilleul auquel l'enfant de Guillaume Tell était attaché, lorsqu'on obligea ce malheureux père d'abattre à coups de flèches une pomme placée sur la tête de cet enfant. Nous vîmes à Burglen les ruines de la maison qu'habita ce héros, et nous passâmes, pour nous y rendre, le fougueux torrent de Schéchen, dont les mugissemens ne paraissent plus qu'un simple murmure auprès du fracas étourdissant de la Reuss. Cette rivière se précipite avec fureur dans le bas de la vallée, malgré les nombreux obstacles que le sol et les rochers lui opposent. Les habitans nomment la partie supérieure, de cette vallée, la vallée bruyante; et plusieurs torrens qui se jettent du haut des rochers voisins, à travers des gorges sauvages, en augmentant encore le bruit de la Reuss, justifient suffisamment ce nom. Le pont, appelé le Saut du Moine, nous étonna un peu; mais il n'était rien auprès de ceux qui nous restaient à traverser. Les éternels détours de la Reuss, qui, pendant plus de deux lieues, descend dans la vallée par des chutes continuelles, en a fait construire un grand nombre. Au-delà de celui de Schœn-Brück, commence une gorge glacée, noire, sauvage, parsemée de débris, où tout paraît confus, bouleversé. La Reuss, plus furieuse que jamais, y fait une chute de deux cents pieds de hauteur. Un vent impétueux se roule dans le feuillage des noirs sapins, siffle dans les cavernes, brise la surface de l'eau, ébranle les rochers. C'est au milieu de cet horrible désert, de ces eaux écumantes, de ce vent qui menace de vous précipiter, qu'il faut franchir le pont du Diable sur une seule arche de soixante-quinze pieds d'ouverture. Le plus intrépide ferme les yeux.

Au bout de cette gorge désolée, qu'on appelle les Schœllenen, on trouve la roche percée, voûte humide et sombre de deux cents pas de longueur, où le silence et l'obscurité accompagnent le voyageur encore ému de l'affreux passage des Schœllenen; mais tout à coup il aperçoit la lumière et la vallée d'Urseren. Son cœur se rassure, sa respiration devient plus libre; il se hâte d'arriver parmi des hommes. Ses yeux se reposent avec délices sur la verdure des pâturages, sur la Reuss, plus tranquille et bordée d'aunes, et sur des cabanes ombragées.

D'Urseren on nous conduisit au glacier du Rhône; j'étais curieux de voir le berceau de ce fleuve qui arrose une des plus belles villes de France; mais la vue du glacier me fit oublier tout le reste. Il me sembla que cette mer glacée, avec ses vagues et ses sinuosités, était l'effet de quelque pouvoir surnaturel.

— Certainement, m'écriai-je, un génie malfaisant a frappé ces vagues d'immobilité; elles ont roulé autrefois comme celles de la mer.

Je le disais sans le croire; mais j'exprimais, par ces paroles, l'impression que ce spectacle produisait sur moi. Je ne quittai ce magnifique glacier qu'avec la résolution d'en visiter d'autres dont le guide me parla. Ma mère, fatiguée de tant de sensations, ne voulut point en essayer de nouvelles, et je la conduisis à Unterséen, où elle n'attend que mon retour, pour reprendre la route de Genève.

CHAPITRE XXXIX.

Un jour de fête à Rinkenberg.

Les orphelins partirent avec Hyacinthe pour le village d'Unterséen, justement impatiens de revoir dans Honorine une personne qui leur appartenait de si près. Léon, en se rappelant la conduite qu'elle avait tenue avec lui chez Stéphanie, en Sardaigne, ne pouvait s'empêcher de croire qu'elle l'avait reconnu dès cet instant, mais que des raisons secrètes lui défendirent alors d'en convenir. Il lui revenait sans cesse d'étranges pensées, au sujet de cette fortune subite dont Hyacinthe ne pouvait indiquer l'origine. Déjà, ils atteignaient les beaux noyers qui couvrent la plaine entre les deux lacs, et, en fort peu de temps, ils arrivèrent à Unterséen, à l'auberge de la Douane, où Honorine était descendue. Les orphelins restèrent, par discrétion, dans une pièce attenante à celle d'Honorine, pendant qu'Hyacinthe allait la prévenir de leur arrivée.

— Madame, s'écria le jeune homme en entrant chez sa mère, je vous prie de vous préparer à une agréable surprise, d'imaginer la plus aimable rencontre, la plus inattendue...

— Finirez-vous, Hyacinthe? reprit Honorine d'une voix altérée; je hais les surprises et les rencontres.... vous le savez.... Expliquez-vous promptement.

— Je vous amène les enfans de votre frère.... Mais, vous pâlissez.... O mon Dieu!.... au secours!....

Les orphelins se précipitèrent dans la chambre; Caroline vola auprès de sa tante pour la soutenir.

— Retirez-vous, reprit brusquement Honorine, je n'ai besoin de rien... En vérité, monsieur, ajouta-t-elle en regardant son fils, votre extravagance est à son comble.... Que me veulent ces personnes-là?

— Ma mère, continua timidement Hyacinthe, ce sont vos neveux, les enfans d'Emmanuel de Norbert. Orphelins depuis dix ans....

—Quoi! mon frère n'est plus!... s'écria vivement Honorine. En quel temps et dans quel pays a-t-il terminé sa carrière?

Léon, en répondant à ces questions, qui exigeaient une narration assez détaillée de leurs malheurs, évita toutefois de faire mention de leur ignorance à l'égard du bien de leur père; mais Joseph, qui n'était point prévenu et ne soupçonnait Honorine d'aucune infidélité, se hâta de tout éclaircir, en ajoutant au récit de son frère ce que ce dernier avait caché à dessein. A mesure que Joseph parlait et mettait ingénument sous les yeux de leur tante et leur détresse passée et les avantages de leur situation présente, le visage d'Honorine devenait plus doux et plus serein.

— Bien qu'aucune preuve authentique ne m'assure que vous soyez réellement les enfans de mon frère, dit-elle aux orphelins, mon inclination à le croire se trouve tellement d'accord avec les détails que je viens d'entendre, que je ne saurais en douter plus long-temps.

Ces paroles d'Honorine n'étaient nullement sincères, et je dois justifier les soupçons de Léon, en faisant mieux connaître le caractère de cette dame. Trop favorablement jugée par M. de Norbert, elle était devenue en effet la dépositaire de sa fortune. M. de Norbert, obligé de fuir avec beaucoup de précautions, n'avait pu conserver ses biens qu'en les livrant à sa sœur par une vente simulée, la différence de la religion mettant Honorine à l'abri de tous les périls qui le menaçaient. Il partit, plein de confiance dans la probité de cette dame, après lui avoir assigné un rendez-vous à Lausanne, dans le pays de Vaud. Honorine s'y rendit; mais M. de Norbert et ses enfans étaient alors prisonniers entre les mains des brigands, et l'on a vu comment il rencontra la mort en voulant recouvrer sa liberté. Cependant Honorine, innocente encore, attendait toujours son frère à Lausanne, lorsqu'elle connut le comte Sébastiani, et s'attira son attention. Le désir de lui plaire et de paraître riche aux yeux de ceux qui l'entouraient, la porta d'abord à altérer une partie de la fortune dont elle se trouvait dépositaire. Un besoin satisfait donna naissance à beaucoup d'autres. Enfin, au bout de quelques mois, n'entendant point parler de sa famille, elle ferma l'oreille à tous les scrupules qui la retenaient encore, épousa le comte Sébastiani, et s'en alla avec lui à Turin, jouir librement du fruit de sa détestable conduite. Pour mieux cacher ses traces et se dérober aux recherches de son frère, elle fit changer de nom à son fils; mais elle sentit bientôt que toutes ces précautions n'étaient pas capables d'assurer sa tranquillité, et qu'elle portait dans sa conscience un témoin dangereux que rien ne pouvait obliger au silence. Après sept années de possession, elle commençait enfin à respirer, lorsqu'elle rencontra Léon en Sardaigne. Sa parfaite ressemblance avec M. de Norbert la frappa tellement, qu'elle ne put douter que Léon ne fût son fils. Ses remords se réveillèrent avec d'autant plus de violence, que son neveu se trouvait dans l'infortune, et qu'elle tremblait d'en être reconnue. Elle désirait et n'osait s'informer du destin de son frère. La cruelle aventure qui la sépara de Léon lui fit espérer de ne le revoir jamais; et elle était bien éloignée de s'attendre à le rencontrer, lorsque Hyacinthe le conduisit près d'elle. Honorine n'avait jamais osé déposer son secret dans l'âme innocente et pure de son fils; il jouissait sans remords du crime de sa mère. L'opulence des jeunes de Norbert soulagea d'un grand poids la conscience d'Honorine. Elle se trouva mieux autorisée à les frustrer de leur héritage; il lui sembla que son crime n'en était plus un, et qu'elle pouvait conserver à son fils une fortune que la Providence avait pris soin de remplacer. C'est ainsi que les injustes s'appuient sur des droits chimériques, et colorent favorablement leurs iniquités.

Honorine ne put se refuser aux instances de ses neveux, qui la pressaient d'aller passer quelques semaines avec eux à Rinkenberg. Joseph et Caroline se livraient naïvement au plaisir de l'avoir retrouvée; Léon, plus poli qu'affectueux, étudiait attentivement son caractère; et cette étude, en donnant plus de force à ses soupçons, le refroidissait chaque jour davantage. Jamais Honorine, quelque facilité qu'on lui offrît pour faire ce voyage, ne voulut visiter la vallée de Geschen. Elle sentait d'avance que la vue du monument d'un frère si indignement trahi, lui reprocherait avec trop d'énergie l'infidélité de sa conduite. Léon devina cette humiliante raison; mais il renferma dans son âme cette conviction secrète, qu'aucune preuve physique ne justifiait; ne voulant pas empoisonner inutilement la joie innocente et pure de son frère et de sa sœur.

Les orphelins, souhaitant de faire connaître à Honorine les bienfaiteurs de leur enfance, qui se trouvaient encore autour d'eux, préparèrent une petite fête, qui devait les réunir tous à Rinkenberg. Monsieur Angelmann et sa famille se rendirent les premiers à l'invitation de leurs amis. Léon, le prenant par la main, le présenta à la veuve Sébastiani, en lui disant :

—Voilà mon ami, mon maître; je lui dois le peu de vertus que je possède. Il m'a appris à préférer mon devoir à ma fortune, à ma vie même; *il a été une lampe à nos pieds et une lumière dans nos sentiers.* Lorsque nous étions abandonnés sur la terre, il a fixé nos regards vers le ciel, et la vue de Dieu a été pour nous ce que l'étoile du nord est au navigateur poussé dans une région inconnue.

— N'augmentez point mon orgueil par vos louanges, répondit en souriant M. Angelmann; j'ai déjà assez de penchant à me glorifier de mes chers élèves. Je suis comme un homme qui cultive des arbres, et s'applaudit des fruits dont ils sont couverts, sans réfléchir que le soleil et la pluie ont fait beaucoup plus que tous ses soins.

Honorine, qui avait un grand usage du monde, reçut agréablement le pasteur et sa famille. Elle les remercia affectueusement des soins qu'ils avaient pris de ses neveux, et leur assura qu'elle partageait leur juste reconnaissance. On alla se promener dans les charmilles; les dames se réunirent ensemble dans un cabinet de verdure qui donnait sur le lac. De là on voyait les barques glisser légèrement sur ce magnifique bassin; un frais zéphyr enflait doucement leurs voiles blanches, et portait jusqu'au rivage le chant monotone des mariniers. Honorine admira un instant ce joli tableau; et, ramenant aussitôt ses regards sur les personnes qui l'environnaient, elle félicita Séphora de la beauté de Noémi.

— Je ne sais si ma fille est belle, répondit Séphora; tous les enfans sont beaux aux yeux de leur mère; mais j'entends vanter sa sagesse et sa bonté par tous ceux qui la connaissent, c'est la seule chose que je souhaite de trouver véritable. *La beauté passe, la grâce s'évanouit, les perfections de l'âme* sont les seules qui demeurent.

— Quelque supériorité que méritent celles-ci, repartit Honorine, elle ne doivent point faire mépriser la beauté; n'est-elle pas aussi un don de Dieu?

— J'en conviens, répliqua Séphora; j'avouerai même que j'ai toujours considéré la laideur comme une suite du péché d'Adam. Ève était belle, sans doute; car il ne sort rien que de parfait des mains du créateur; mais, dans l'état de faiblesse où nous sommes, cette beauté n'est souvent qu'un piége où se perd notre innocence.

— Eh, mon Dieu! madame, continua Honorine, ce sont les personnes disgraciées de la nature qui jettent une telle défaveur sur la beauté. Une belle fille, au contraire, est exempte de jalousie et de coquetterie; c'est-à-dire que, n'ayant pas besoin, pour plaire, de recourir à une foule de petits moyens secondaires, qui constituent la coquetterie, elle se montre toujours simple et naturelle. Au lieu de se ruiner en parure, puisque la nature l'a parée de ses propres mains, elle met sa gloire à justifier, par ses vertus, les impressions favorables que sa beauté fait naître dans les cœurs.

— Si la beauté offrait constamment de si heureux résultats, répondit en souriant l'épouse du pasteur, ce serait, j'en conviens, un grand avantage d'être belle; mais il est rare de les rencontrer. Une belle femme ressemble, le plus souvent, à un avare; plus il a de trésors, plus il s'occupe d'en amasser; plus elle possède d'attraits, plus elle s'efforce d'y ajouter encore. Bien loin de mépriser l'attirail des toilettes, c'est pour elle que se fabriquent les objets les plus recherchés. Je ne saurais m'entretenir de ce sujet sans me rappeler douloureusement les malheurs d'une amie de ma jeunesse, qui perdit son repos et la vie pour avoir appris qu'elle était belle.

— Elle avait donc en même temps perdu le raisonnement? demanda Honorine.

— Hélas! madame, continua Séphora, cette raison est si faible, si chancelante, si facile à renverser, que, sans le secours de Dieu, nul ne peut compter sur elle. Mon amie avait dix-sept ans; elle était d'une beauté remarquable. Une mère, ignorante et simple, dirigeait seule son éducation: sa piété n'avait rien de solide, parce qu'elle manquait de lumières. Dina, c'était le nom de cette jeune personne, élevée au fond d'une vallée rustique, dans le canton de Glaris, ne savait ce que c'était que de lire, d'orner sa mémoire, de former son esprit; mais son innocence était parfaite. Elle suivait docilement les conseils de sa mère, sans s'occuper d'autres choses que des soins du ménage.

J'avais quelques parens dans son voisinage; je la connus en allant leur rendre visite. Elevée avec plus de recherche que Dina, j'espérais peu de plaisir dans son entretien; mais la grande solitude du lieu, et l'occasion que nous avions de nous voir tous les jours, nous lièrent insensiblement. Bientôt la candeur de Dina, son aimable franchise, l'égalité de son caractère, me la firent aimer. Plus âgée qu'elle de deux ans, je voulus essayer d'orner son esprit et de lui donner du goût pour la lecture; mais Dina n'y prit aucun plaisir; elle ne pouvait lire deux lignes de suite sans tomber dans des obscurités continuelles qui la rebutaient, quelque effort que je fisse pour satisfaire à ses questions. Je compris que l'étude n'offrait de charmes qu'à ceux qui avaient appris de bonne heure à l'apprécier, et que les leçons tardives ne réussissent guère qu'à quelques personnes privilégiées.... Mais je m'engage peut-être indiscrètement dans un récit peu intéressant pour vous, madame, ajouta Séphora; excusez....

— Je vous écoute avec beaucoup de plaisir, répliqua Honorine; continuez, de grâce.

— Un jour que nous nous promenions au bord

du lac de Clœnthal, poursuivit Séphora, des étrangers qui descendaient du mont Glernisch passèrent auprès de nous. L'un d'eux, en jetant les yeux sur Dina, se récria sur sa beauté avec des expressions si outrées, que nous en rougîmes l'une et l'autre. Ce premier hommage rendu à ses charmes fit une profonde impression sur le cœur de mon amie; à peine eûmes-nous perdu de vue ces étrangers, qu'elle me demanda avec empressement s'il était vrai qu'elle fût si jolie; et, sans attendre ma réponse, elle se pencha sur les eaux du lac, pour en juger par ses propres yeux.

— Je vous aime, ma chère Dina, lui répliquai-je; tout ce qui est en vous me paraît agréable, car le propre de l'amitié est d'embellir les objets de notre affection; mais, quand vous seriez aussi admirable que cet étranger vient de le dire, qu'est-ce que cela ajouterait à votre bonheur?

— Ma bonne amie, me répondit Dina sans faire attention à mes paroles, il me semble, en effet, que je suis fort belle; mais je ne sais trop en quoi consiste la beauté. Vous devez le savoir, vous qui avez beaucoup lu; faites-moi le plaisir de me l'apprendre.

— Les livres que j'ai lus, Dina, m'ont appris

à discerner la beauté de l'âme, et non celle du visage.

— Mais on ne voit pas l'âme, reprit Dina, au lieu que le visage est toujours à découvert. L'âme la plus parfaite ne produira jamais les transports que ma figure vient d'exciter.

— La perfection des traits dépend beaucoup du caprice des hommes, continuai-je, et le même visage n'affecte pas également tous ceux qui le voient; une belle dans un pays, passe pour laide dans un autre; au lieu que la beauté morale est universellement appréciée, parce que tous les enfans de Dieu en possèdent, au fond de leur cœur, une image plus ou moins parfaite.

— Ne peut-on pas être belle et vertueuse tout à la fois? me demanda Dina.

— A Dieu ne plaise que je fasse aux belles personnes l'injure d'en douter! m'écriai-je; mais, pour être vertueuse, il ne faut point s'occuper si ardemment de quelques avantages frivoles.

— Ma bonne amie, je serai sage, je l'espère; mais vous ne sauriez croire combien je me réjouis d'être belle après l'avoir ignoré si long-temps; la seule chose qui me tourmente, c'est de ne pas savoir précisément pourquoi je le suis. Je vais examiner attentivement tous les visages, et, à force de les comparer au mien, je découvrirai peut-être ce mystère.

Cette naïveté me fit rire; je regardai Dina comme une enfant, et j'imaginai que cette fantaisie ne serait pas de longue durée; mais je fus toute surprise, au bout de quelques jours, de l'en retrouver plus occupée que jamais : elle était fort triste.

— Croiriez-vous, me dit-elle les larmes aux yeux, que ma grand'mère a été jolie?

— Eh! pourquoi ne le croirais-je point? lui répliquai-je.

— Quoi! avec les rides qui lui couvrent le visage, avec des yeux rouges et fatigués, avec des joues creuses, une bouche dégarnie de dents....

— Ce sont les années qui l'ont défigurée ainsi, et les maladies produisent fréquemment des changemens plus rapides.

— Hélas! je deviendrais un jour si différente de moi-même! s'écria Dina. Je ne puis y penser sans désespoir. Si, au moins, je pouvais jouir de mes belles années, être admirée à mon tour! car ma grand'mère a passé sa jeunesse dans le monde; mais moi, je demeure ensevelie dans une profonde solitude.

Elle pleurait amèrement en prononçant ces paroles. Je ne pouvais concevoir une si étrange folie, que sa naïveté rendait encore plus déplorable.

— Comment se fait-il, lui repartis-je, qu'une parole indiscrète, peut-être exagérée, peut-être ironique, prononcée par un inconnu, que vous ne devez plus revoir, trouble à ce point votre repos? N'étiez-vous pas heureuse avant cette funeste rencontre?

— Oui, je l'étais.

— Rien n'est changé autour de vous; bannissez le désir insensé qui vous possède; oubliez vos rêveries, et vous redeviendrez heureuse.

— Jamais je ne pourrai l'être ici, répondit Dina. J'ai pris en horreur le lieu de ma naissance.... Mon amie, je n'ai d'espoir qu'en vous; emmenez-moi à Berne dans le sein de votre famille; peut-être supporterai-je mieux cette solitude après l'avoir perdue de vue pendant quelque temps.

Je n'avais pas assez d'expérience pour prévoir les conséquences de ce voyage, dans la disposition d'esprit où se trouvait cette jeune personne. Je l'aimais, je lui promis de la demander à sa mère. Cette mère, aveugle et crédule, ne voyant en cela qu'un désir innocent, m'accorda ma demande sans la moindre difficulté. Nous partîmes. Pendant la route, Dina eut le plaisir de s'entendre répéter souvent qu'elle était belle, parce qu'effectivement elle avait, pour son malheur, une figure parfaite, que l'expression de la joie rendait encore plus remarquable.

La médiocrité de notre fortune, obligeant ma famille à vivre avec beaucoup de simplicité, ne me permettait d'avoir aussi qu'une toilette fort ordinaire. Dina, quoique riche et comblée des libéralités de sa mère, suivit quelque temps mon exemple; mais peu à peu elle s'éloigna de cette estimable simplicité, et chercha, dans l'éclat magique qu'une brillante parure prête toujours à la beauté, de nouvelles louanges et de nouveaux tributs d'admiration. Ses journées s'écoulaient dans les occupations les plus frivoles. Elle mettait toute son intelligence à assortir des couleurs, à choisir la forme d'une robe, à étudier ses attitudes, à s'admirer elle-même dans un miroir. Mes conseils, mes reproches n'étaient plus écoutés. Elle me fit même entendre que je ne la trouvais ridicule que parce que j'enviais ses agrémens; et, piquée de cette injustice, je cessai de lui faire aucune observation.

Le lendemain d'une assemblée brillante, où Dina s'était rendue sans moi, je la trouvai noyée dans les pleurs. A force d'en être pressée, elle m'avoua qu'elle avait éprouvé la veille une cruelle mortification; que sa beauté, ordinairement placée au premier rang, s'était vue éclipsée par celle d'une jeune Anglaise.

— Si vous aviez vu, s'écriait-elle en versant des larmes, comme tout le monde s'extasiait en la regardant! comme toutes les attentions étaient pour elle! comme j'étais tristement délaissée, comme mes compagnes le remarquaient malignement! si vous aviez vu aussi l'orgueilleuse joie qui brillait dans les yeux de ma rivale! C'en est fait, je ne veux plus reparaître dans le monde; je veux retourner dans ma solitude et y cacher à jamais ma confusion.

— Malgré l'ingratitude dont vous avez payé mon amitié, lui répondis-je, je ne puis m'empêcher de vous rappeler encore à la raison. Le petit revers que vous venez d'éprouver n'a rien que de fort naturel. Il n'est point de beauté qui ne rencontre tôt ou tard une beauté plus parfaite qui l'efface, et c'est ce qui devrait vous détacher de la vôtre. La jeune Anglaise éprouvera à son tour le chagrin qu'elle vous donne aujourd'hui, comme on a fait de vous les plaintes que vous exhalez contre elle. Sachez donc mépriser ces faibles avantages; et si vous retournez chez votre mère, que ce ne soit pas le dépit qui vous y reconduise.

Peu de jours après cet entretien, Dina tomba malade de la petite-vérole. Ses traits, sans devenir repoussans, perdirent une partie de cette perfection qui les rendait si remarquables. Nous en espérions des effets salutaires ; mais Dina ne se fut pas plus tôt aperçue de ce changement qu'une douleur invincible s'empara de son âme. Elle pleurait sa beauté comme on pleure un père ou une mère tendrement chéris. Ce regret insensé la conduisit au tombeau. Elle mourut entre nos bras, plus occupée de la perte de ses attraits que du désespoir dans lequel elle laissait sa malheureuse mère. Mon père fit écrire sur sa tombe :

« Ci gît Dina, morte au printemps de son » âge. Elle a payé de sa vie le funeste avantage » d'être belle. »

— Si Dina eût été bien élevée, reprit Honorine, si la moindre instruction lui eût orné l'esprit, cette ridicule vanité n'aurait jamais pris un tel empire sur son âme. Permettez moi de vous dire que cette histoire signale beaucoup moins les inconvéniens de la beauté que ceux d'une mauvaise éducation.

— Que parlez-vous de beauté, mesdames ? dit Léon en s'avançant.

— Approchez, mon neveu ; voilà madame qui est presque affligée de ce que sa fille est belle, et moi je soutiens que la beauté est un avantage.

— Je suis de votre avis, répliqua Léon, et c'était aussi celui des anciens. Platon voulait que les membres de sa république fussent beaux, et Aristote nous apprend que les Ethiopiens avaient égard à la beauté dans le choix de leurs princes. On raconte aussi que Philopœmen, général des Achéens, arrivant un soir chez une femme, qui l'attendait sans le connaître, fut employé par elle à tirer de l'eau pour le bain de Philopœmen. Ses officiers le trouvèrent dans cette occupation, et comme ils s'en étonnaient, le général leur répondit qu'il portait la peine de sa laideur.

— Ce que vous citez là, mon ami, dit M. Angelmann, se rapporte plutôt à la bonne mine qu'à la beauté. Ce n'étaient pas des yeux bien fendus, une petite bouche, une grande fraîcheur de teint que Platon demandait à ses républicains, mais plutôt une taille haute et martiale qui rappelât à l'esprit les héros de l'antiquité.

— Monsieur entre fort bien dans ma pensée, poursuivit Honorine. C'est de la beauté des femmes que j'entends parler. Qu'est-ce que vos anciens disent de celle-là?

— Ils disent, répondit Léon, *qu'un moment suffit pour éteindre l'éclat d'une jeune et belle figure*; et ils demandent quelle est la femme raisonnable qui *oserait se fier sur un bien aussi fragile*[1].

Pendant cet entretien, Néomi, penchée sur l'épaule de Caroline, gardait un silence modeste. On lisait dans ses yeux qu'elle avait peu compté sur sa figure, et que des avantages plus solides se trouvaient en dépôt au fond de son cœur.

CHAPITRE XL.

Suite du précédent.

Un vieillard d'une taille haute, d'une figure vénérable, vêtu d'un habit d'uniforme, parut en ce moment à l'extrémité de la charmille. C'était Meldorf; il était pâle et souffrant; sa douleur de rhumatisme le tourmentait encore; mais il avait vaincu cette douleur pour se rendre aux désirs de ses chers enfans. Caroline vola au devant de lui avec une tendre inquiétude, et le pria instamment de s'appuyer sur son épaule. Léon lui fit apporter un fauteuil dans le cabinet de verdure. Meldorf, quoique accoutumé à ces soins, en éprouvait un peu de confusion, à cause d'Honorine, qu'il ne connaissait pas.

[1] Sénèque.

— Mes chers amis, disait-il à demi-voix aux orphelins, épargnez-moi en présence de cette dame étrangère.

— Cette personne n'est point pour nous une étrangère, Meldorf; elle est la sœur de notre père : c'est cette dame Léonard qui faisait autrefois toute notre espérance.

— Ah! qu'est-ce que j'entends! s'écria Meldorf. On a bien raison de dire que les prospérités se donnent la main, et que le ruisseau descend toujours dans la vallée. Il y a dix ans que cette rencontre vous eût épargné bien des chagrins. Ah! madame, excusez ma joie; mais je ne puis voir avec indifférence une personne que ces pauvres enfans ont tant souhaitée. Ils vous appelaient à leur secours, comme la seule protectrice qui leur restât au monde. Ils priaient Dieu pour votre bonheur; ils lui demandaient sans cesse de les réunir à vous.

Le visage d'Honorine changea plusieurs fois de couleur à ces paroles naïves du bon Meldorf. Ne pouvant résister à son trouble, elle se cacha le visage entre les mains, autant pour se donner le loisir de se remettre, que pour échapper aux regards pénétrans de Léon, qui l'observait attentivement. Ce qui n'était que l'effet de ses remords passa pour celui de sa sensibilité. Caroline l'embrassa tendrement, et Joseph pria Meldorf de ne plus rappeler à sa tante de si pénibles souvenirs.

— Bon vieillard, dit enfin Honorine en s'efforçant de sourire, je connais tout ce que vous avez fait pour eux; je vous en sais un gré infini..... et j'aime à me persuader que vous avez lieu d'être satisfait de leur reconnaissance.

— Moi, madame, reprit Meldorf en jetant un regard attendri sur Caroline; eh! que pourrais-je souhaiter de plus? Ils me traitent comme leur père. Que j'aie mon habit de paysan ou mon habit d'uniforme; car j'ai été soldat, madame, ajouta-t-il en ôtant son chapeau; j'ai servi dix ans le roi de France, sous les ordres du grand Condé; quelque habit que j'aie, dis-je, ils m'honorent, ils me prodiguent mille attentions.... cette chère petite que voilà... et le sage Léon... et l'aimable Joseph... ces enfans chéris...

Les pleurs le gagnèrent; il ne put achever. On parla d'autre chose, afin de détourner cette disposition à s'attendrir qui s'emparait de tous les cœurs. Honorine, en remarquant autour de l'habitation de ses neveux plusieurs points de vue habilement ménagés, loua fort le goût de son ancien propriétaire, et Léon ajouta qu'il avait découvert, depuis qu'il y demeurait, plusieurs familles malheureuses auxquelles M. Anatole faisait du bien.

— Ses vertus étaient mêlées de tant de bizarreries, reprit M. Angelmann, qu'on avait d'abord quelque peine à les découvrir. Les uns le regardaient comme un avare, parce qu'il vivait fort retiré; et les autres comme un prodigue, parce qu'il dépensait beaucoup en embellissemens pour sa maison et ses jardins. Ceux qu'il aidait de son argent vantaient sa générosité; ses domestiques se plaignaient de son humeur soupçonneuse et chagrine. Son caractère était un composé de toutes ces choses. Il ne méritait ni toute la haine que la moitié de ses voisins lui portaient, ni toute l'estime que l'autre moitié faisait paraître pour ses vertus. Une juste proportion entre leurs éloges et leurs critiques suffisait à la vérité.

— Quoi de plus commun, poursuivit Meldorf, que les jugemens téméraires? Du temps que je servais le roi de France... Mais, si madame le permet, c'est une histoire que je vous raconterai à la fin du dîner. Rien ne me plaît tant que de faire un récit, les coudes sur la table... Excusez, madame, si je parle si librement; ces enfans m'ont gâté, et dans la vieillesse on s'accoutume facilement à ce qui plaît.

On annonça que le dîner était servi. Léon offrit son bras à Meldorf; Joseph et Caroline firent les honneurs au reste de la compagnie. On se mit à table dans un salon élégamment décoré, orné de vases de fleurs, dont les parfums se mêlaient agréablement avec l'odeur des mets qui fumaient sur la table. L'indolente Caroline, qui ne savait pas servir, pria son amie de faire les honneurs du repas. Noémi s'en acquitta avec une grâce charmante. Elle devinait d'un coup d'œil le goût et les besoins de chacun, et, sans pousser la politesse jusqu'à l'importunité, elle savait offrir d'une manière engageante, qui ôtait aux convives le pouvoir de la refuser. On pourrait s'étonner de voir la fille d'un pasteur de village posséder si bien le ton de la bonne compagnie, si l'on ne se rappelait que Séphora était née dans une grande ville, qu'elle y avait des parens, et qu'afin de polir les mœurs de sa fille, elle l'y avait conduite plusieurs fois. M. Angelmann, long-temps possesseur d'une grande fortune, avait conservé les manières aisées d'un homme du monde; et, quoique sa maison se trouvât sur un ton de simplicité parfaitement d'accord avec sa situation actuelle, il y régnait une sorte de délicatesse, de recherche même, bien propre à former la jeunesse aux bons usages. Les étrangers, toujours bien accueillis dans cette maison, y rencontraient une table bien servie et des mets excellens. Les maîtres du presbytère savaient régler leur économie avec tant de sagesse et de discernement, qu'on n'apercevait rien autour d'eux qui décelât la gêne. La sobriété, la simplicité y paraissaient plutôt des vertus aimables pratiquées avec goût, que des devoirs imposés par la nécessité. Il n'avait tenu qu'à notre orpheline de profiter de ces exemples; mais cette paresse, qui lui était si chère, s'en serait mal accommodée. Honorine, après avoir donné de justes louanges aux manières gracieuses de la belle Noémi, marqua son étonnement à Caroline de ce qu'elle n'ambitionnait pas un pareil avantage.

—Vous ne savez donc pas, lui dit-elle, combien on se rit dans le monde d'une maîtresse de maison qui ne sait pas faire les honneurs de sa table. Il ne suffit pas que cette table soit bien servie, que les mets flattent le goût et l'odorat, il faut encore que quelqu'un d'aimable y préside. Une femme prévenante, attentive, spirituelle, ajoute au repas le mieux soigné un agrément infini. De son aisance dépend celle des convives, de sa gaîté dépend leur enjouement. Elle veille sur tous, sans paraître trop occupée de chacun; elle rappelle d'un coup d'œil les valets à leur devoir; elle marque, par un geste à peine aperçu, la disposition de chaque service; et, malgré tant de soins, les personnes qui l'entretiennent ne remarquent dans son esprit aucune inattention. Enfin cet art, qui se compose d'une infinité de nuances délicates, est le triomphe de notre sexe.

En écoutant ces justes remontrances, Caroline rougissait et baissait les yeux. Léon souffrait de son embarras; il trouvait que sa tante aurait dû réserver sa leçon pour un autre moment. Les témoins de cette petite mortification étaient à la vérité des amis intimes. Mais l'amour-propre n'en admet guère en pareil cas.

— Vos conseils sont remplis de sagesse, madame, dit-il à Honorine, et je ne doute pas que ma sœur n'en profite, mais elle mérite quelque indulgence. A peine âgée de seize ans, elle a déjà eu tant de vertus difficiles à exercer, qu'on doit lui pardonner de n'avoir pas en même temps cultivé de moindres avantages. La fortune, qui nous fut si long-temps contraire, lui permet à peine de respirer.

— Oh! que cela est bien dit! s'écria Meldorf, Comment peut-on affliger une si aimable enfant? Elle saurait cela tout de suite, si le re posde ses frères en dépendait.... Elle a bien appris à fabriquer des fromages, à blanchir le linge, à soigner un troupeau. Je voudrais, madame, que vous l'eussiez vue dans le châlet avec son petit corset rouge, sa jupe noire, son chapeau de paille...... et son activité ! Ce n'était plus la même personne, mais c'était toujours le même cœur ; à présent elle est riche, elle se repose, elle fait bien.

— Non, Meldorf, je ne fais pas bien, reprit Caroline en s'essuyant les yeux. Votre indulgence et celle de Léon ne doivent pas m'aveugler sur la vérité des reproches qu'on m'adresse. Il y a long-temps que madame Angelmann me recommande la même chose, et je veux prendre enfin une bonne résolution.

On applaudit à cette réponse sage et modérée. A la fin du dessert, Hyacinthe pria Meldorf de leur raconter l'historiette qu'il leur avait promise. Le maire de Kanderstœg but gravement un petit verre de liqueur et reprit ainsi la parole :

—Nous en étions sur les jugemens téméraires, et je disais que rien n'est plus ordinaire dans le monde ; en voici une nouvelle preuve :

Après la bataille de Lens en Artois, que le prince de Condé gagna sur les Espagnols, nous fûmes cantonnés dans quelques villages des environs. Je me trouvai logé avec un autre Suisse dans la chaumière de deux paysans, qui étaient frères. On les nommait Michel et Gaspard. Lorsque nous arrivâmes chez eux, nos havresacs sur le dos et nos billets de logement à la main, Michel, qui était assis à table à déjeuner, se leva fort en colère.

— Morbleu! s'écria-t-il, cela ne finira-t-il point? toujours des soldats à héberger! A la fin je perdrai patience. On écrase nos blés, on nous accable d'impôts, on estropie notre bétail, on brise nos charrettes.... et tout cela pour chasser l'ennemi, dit-on : ma foi, je ne sais ce qu'il nous ferait de pis. Les armées, de quelque part qu'elles viennent, sont toujours les ennemies du pauvre laboureur.

— Paix donc! mon frère, reprit Gaspard qui raccommodait une veste dans un coin; à quoi sert-il de tempêter de la sorte? Ces braves gens en peuvent-ils davantage? Est-ce pour leur plaisir qu'ils viennent de si loin s'exposer à la mort en défendant notre territoire?

— Tu as raison, répondit Michel, il faut bien souffrir ce qu'on ne peut empêcher; et ces pauvres diables n'en sont peut-être pas plus contens que nous-mêmes.

— Vraiment, répliquai-je à mon tour, il n'est pas question de savoir si nous sommes contens ou non, mais de nous faire un bon accueil. Est-ce ainsi que l'on reçoit en France les soldats de son souverain? Si vous étiez dans mon pays, non seulement votre maison servirait d'asile à vos défenseurs, mais vous seriez soldat vous-même pour repousser les ennemis de votre patrie.

— Moi, soldat ! repartit Michel ; grâce à Dieu ! j'ai passé l'âge de le devenir.

— Il n'y a point d'âge qui en dispense lorsque la patrie est menacée, continuai-je ; nos vieillards et nos petits-enfans nous demandent des armes, préférant la mort à la servitude.

— Allez vous promener ! s'écria Michel ; je ne veux pas m'engager.... Eh ! dites-moi, monsieur le soldat, pendant que tout le monde est à la guerre, qui est-ce qui cultive vos champs ?

— Nos femmes font ce qu'elles peuvent, lui répliquai-je ; mais d'ailleurs quel courage trouverait-on à ensemencer la terre sans savoir si on en recueillera le fruit ? Quand l'ennemi vient, il emporte tout ce qu'il trouve et détruit tout ce qu'il ne peut emporter. Vous vous plaignez de loger des troupes, de prêter aux blessés vos bœufs et vos charrettes : vous eussiez vu bien autre chose si les Espagnols fussent entrés ici. Le fer et le feu ne vous auraient point épargnés, et, après avoir perdu tout l'espoir de votre récolte, vous seriez encore obligés de vendre le terrain pour payer les impôts qu'on aurait exigés de vous.

— O mon Dieu ! dit Gaspard, de quels

malheurs nous étions menacés ! Avez-vous chassé bien loin les Espagnols ?

— Leur défaite est complète, et vous n'avez plus rien à craindre. Cependant, pour nous remercier des peines et des dangers que nous avons courus pour vous, on nous rudoie, on nous maudit.

— Chacun sent ses peines, camarades, reprit Michel ; mais voilà qui est fait, ma colère est passée ; buvons un coup ensemble. N'en veux-tu point, Gaspard ?

— Dieu me préserve de boire ainsi tout le jour ! répondit Gaspard ; cela ruine ma maison beaucoup plus que la guerre. Ce n'est pas pour vous que je parle, messieurs ; à bon entendeur, salut.

— Tu es un vieux radoteur, répliqua Michel. A votre santé, camarades. Mon frère s'imagine que de travailler tout le jour au soleil n'échauffe pas plus le gosier que de raccommoder à l'ombre de vieilles culottes.

— Il fallait te faire tailleur comme moi.

— Bon, je mourrais d'ennui si je devais coudre comme une femme. En allant à mon ouvrage, je rencontre des voisins, je ris, je cause....

— Et puis on va ensemble au cabaret.

— Quelquefois. Mais voilà déjà le soleil derrière la grange : adieu ; je m'en vais cultiver le houblon ; prends soin de ces camarades.

— Voilà un garçon bien vif et bien turbulent, dis-je à Gaspard après qu'il fut parti.

— Hélas ! vous n'avez rien vu, répondit le tailleur en levant les yeux au ciel ; si vous saviez tout ce qu'il me fait souffrir ! c'est un ivrogne, un querelleur, un débauché, c'est un... Mais l'homme qui parle contre les siens parle contre lui-même, et les fruits retombent sur celui qui secoue l'arbre. Il vaut mieux continuer de prendre mon mal en patience, et d'offrir à Dieu mes ennuis, comme je le fais tous les jours. Je vais vous conduire à votre lit, afin que vous puissiez prendre un peu de repos.

— Ce tailleur paraît bien différent de son frère, me dit mon camarade en se déshabillant. Sa douceur, sa patience annoncent un homme religieux.

— Je pense comme vous, lui répondis-je, et je gagerais bien que, tout tailleur qu'il soit, il n'a jamais fait tort à persone.

De la paille fraîche et des draps blancs composaient notre lit ; nous nous endormîmes bientôt profondément. Ayant voulu changer de linge à notre réveil, nous fûmes assez surpris de ne point trouver dans notre havresac la chemise que chacun de nous y avait mise. Nous eûmes beau y rêver, nous ne pûmes nous rendre compte à nous-mêmes d'une perte d'autant plus singulière qu'elle nous était commune. Il fallut pourtant s'en consoler. En sortant de notre réduit, nous trouvâmes le tailleur à genoux récitant un gros chapelet; nous passâmes sans bruit de peur de l'interrompre, et nous allâmes au quartier chercher notre provision de pain.

— D'où diable venez-vous? nous demanda Michel à notre retour dans la chaumière; je vous cherche depuis une heure pour vous mener boire une bouteille au cabaret, car mon radoteur de frère se fâcherait encore si nous buvions ici. Je suis entré dans votre chambre; mais vous dormiez de si bon cœur, que je ne me suis pas senti le courage de vous réveiller.

— Vous êtes entré dans notre chambre? repartit mon camarade en me jetant un coup d'œil; eh! qu'y avez vous fait?

— Je vous ai écouté ronfler un petit moment... vous faisiez un bruit, une musique!... par ma foi, c'était drôle; mais dépêchons-nous de partir avant que le grondeur ne revienne.

Nous allâmes au cabaret. Mon camarade me poussait du coude, et me faisait des signes qui voulaient dire : ne serait-ce point là notre voleur? Et moi je lui répondais de la même manière : cela ne se peut pas, il n'aurait pas tant de hardiesse. Après avoir bien bu et bien mangé, car Michel avait voulu nous régaler de son argent, nous retournâmes ensemble dans la chaumière. Il commençait à faire froid; nous nous assîmes auprès du feu et nous causâmes de diverses choses. Au bout d'un moment, Gaspard se retira dans un coin pour faire sa prière qui dura près d'une heure, et dans le cours de laquelle il se frappait la poitrine comme un homme désespéré. Son frère en riait et haussait les épaules; mais pour nous, nous étions extrêmement édifiés d'une pareille ferveur.

— Mon cher hôte, lui dis-je après qu'il eut fini, vous êtes bien heureux d'avoir tant de piété. Pour moi, je suis si peu fervent que la fin de ma prière arrive sans que j'y pense, parce que mille choses me passent, malgré moi, dans l'esprit. J'en ai grand' honte, mais je ne sais qu'y faire.

— Lui pieux! repartit Michel; vous êtes bien bon de le croire. Sur ma parole, c'est un vieil hypocrite qui nous fera brûler quelque jour, car on dit que le Seigneur ne peut souffrir ces sortes de personnes.

— Tais-toi, impie! s'écria Gaspard avec indignation. Tu voudrais que tout le monde te ressemblât, qu'on ne craignît ni Dieu ni les saints.

— Va, va, repartit Michel, il vaut mieux faire

des prières plus courtes et se donner quelques coups de poing de moins, que d'être dur envers les pauvres comme tu l'es tous les jours.

— O ciel! m'accuser d'être dur, moi qui m'applique à ne prononcer que des paroles douces!

— Eh! que leur font tes douces paroles, si tu n'y ajoutes encore du pain?

— Il faut bien que je ménage de mon côté, puisque tu dépenses si étourdiment le peu que nous avons.

Les deux frères se querellèrent ainsi quelque temps, et comme Michel ne ménageait pas ses termes, nous nous tournâmes contre lui. Nous lui représentâmes que son frère pouvait avoir quelques défauts, mais qu'il ne devait point l'outrager et le chagriner ainsi. Il céda enfin à nos remontrances; chacun alla se coucher, et le silence le plus parfait régna dans la chaumière. Vers le milieu de la nuit, nous fûmes réveillés par un bruit qui se faisait dans notre chambre.

— Qui est là? s'écria mon camarade.

— C'est moi, c'est Michel! ne bougez pas; j'ai trouvé ce que je cherchais; il n'est pas encore jour.

— Eh! que cherchez-vous?

Michel ne répondit point; une minute après nous l'entendîmes sortir de la chaumière.

— Que veut dire ceci? reprit mon camarade; je ne puis me défendre d'avoir des soupçons.

— C'est une folie, répliquai-je; les voleurs ne se nomment point.

Le lendemain, mon camarade n'eut rien de plus pressé que de visiter son havresac; il trouva que son argent était disparu. Le mien restait encore, mais l'alarme s'empara de nous à ce coup; nous vîmes clairement que nous étions volés par l'un de nos hôtes, et nous ne doutâmes point que ce ne fût Michel.

— Ne nous plaignons pas encore, dis-je à mon camarade; cette nuit on viendra chercher le reste; feignons de dormir et saisissons le voleur.

Sur la fin de la nuit suivante, nous entendîmes d'abord quelqu'un sortir de la chaumière, et quelques momens après marcher à côté de notre lit. Nous étions tout habillés; nous sautâmes précipitamment sur la personne qui entrait.

— Tu ne nous échapperas pas cette fois larron que tu es! lui criâmes-nous; nomme-toi sur le champ, ou nous t'assommons.

Eh! messieurs, je suis Gaspard; je venais vous éveiller pour vous avertir de suivre mon frère, qui emporte vos effets chez quelque recéleur. Il ne fait que de sortir, courez vite.

Nous remerciâmes Gaspard, après lui avoir demandé mille excuses de notre méprise, et nous nous mîmes à la poursuite de Michel. Nous l'aperçûmes, en effet, d'aussi loin que la faiblesse du crépuscule nous le permit : il portait quelque chose sur son épaule.

— Ce sont nos chemises et notre argent, me disait tout bas mon camarade; j'ai grande envie de lui fourrer mon sabre dans le ventre.

— Ne faites pas cela, lui répliquai-je; il faut connaître aussi les fripons qui le secondent.

Après une heure de marche, nous le vîmes entrer dans une maison, dont il ferma la porte sur lui.

—Enfonçons-la, me dit le camarade.

— Non, non, regardons plutôt par cette lucarne ce qui va se passer; nous serons toujours à temps d'employer la violence.

Michel alluma une lampe, et s'en fut ouvrir doucement les rideaux d'un lit, dans lequel un homme se trouvait couché.

—Vous ne dormez donc pas, Robert? dit-il à ce dernier.

—Non, mon enfant, pas plus la nuit que le jour; ces maudites douleurs ne me laissent point de repos.

—Tant pis, morbleu, tant pis; voilà quinze jours que vous êtes là.

— Tu comptes bien, Michel, voilà quinze jours; si cela dure encore long-temps, tu n'y tiendras pas. Faire mon ouvrage la nuit et le tien le jour, c'est trop fort. Mon enfant, je t'ai bien de l'obligation; sans toi, je ne saurais comment me nourrir l'année qui vient, parce que mes champs n'auraient pas été ensemencés.

— Allez-vous encore me répéter les mêmes choses? reprit Michel. N'y a-t-il que vous qui puissiez être malade? Le même accident ne nous menace-t-il pas tous? Eh bien, si cela m'arrive, vous viendrez m'aider à votre tour; car, pour mon hypocrite de frère, je ne compte nullement sur lui. Mais, voilà que je m'amuse à babiller, au lieu d'aller faire votre besogne. Où est mon cerceau? il m'a furieusement pesé sur l'épaule pendant tout le chemin.

Nous étions tellement surpris et confondus de cette aventure, que nous ne songeâmes point à nous cacher de Michel, qui nous aperçut en ouvrant la porte.

— Etes-vous fous, s'écria-t-il, de vous promener la nuit comme des loups-garoux? Mais je devine ce que c'est: votre curiosité vous a engagés à me suivre; fi! que cela est vilain d'épier les gens!

Nous ne trouvâmes rien de mieux en ce moment que de lui déclarer la vérité.

— Ah! vieil hypocrite, reprit-il, en apostrophant son frère, dévôt du diable; ne me vengerai-je point de tes noirceurs? Tu veux me faire passer pour un larron, et mettre tes iniquités sur ma tête! Ne vous l'avais-je pas dit que sa feinte douceur était une ruse de Satan? Allez courir à présent après vos havresacs; vous ne retrouverez ni le voleur ni les effets : il aura profité de votre absence pour tout mettre à l'abri.

Cette prédiction n'était que trop véritable; nous perdîmes tout, et les ordres étant venus de quitter ce pays, il fallut renoncer aux perquisitions que nous avions dessein de faire; mais nous retirâmes au moins, de cette aventure, une leçon salutaire, puisqu'elle nous apprit à ne pas juger du caractère des hommes sur de simples apparences.

Cette petite narration égaya d'autant plus la compagnie, que Meldorf imitait tour à tour le ton doucereux de Gaspard et la brusquerie de Michel. Aussitôt après dîner, on alla se promener en bateau sur le lac; on fit remarquer à Honorine les montagnes de l'Entlibouch, d'où sortent les deux rivières d'Emme, qu'elle avait côtoyées dans son voyage, et les villages nombreux qui couvrent les bords du lac, depuis Golzwyl jusqu'à Brientz. On lui montra, à l'autre bord, ceux d'Iseltwald et de Bœningen, et la majestueuse pyramide du Niesen, dont la beauté se présente de là dans tout son éclat. Il était trop tard pour aller visiter la belle cascade du Giesbach; le pasteur, en se retirant, offrit à ses amis une collation pour le lendemain, au presbytère, à la suite de laquelle on irait voir la cascade. Meldorf n'avait point été dans le bateau, à cause de sa douleur de rhumatisme; les orphelins le trouvèrent couché à leur retour.

CHAPITRE XLI.

Le projet de mariage.

Léon, qui s'était levé de très-bonne heure pour surveiller des ouvriers qu'il employait, et diriger les travaux de ses domestiques, trouva, en revenant des champs, Meldorf habillé et prêt à partir.

— A quoi pensez vous donc, bon Meldorf? lui dit-il; où voulez-vous aller?

— Je me trouve mieux aujourd'hui, répondit le vieillard; je veux en profiter pour retourner à Kanderstœg; mais, auparavant que je parte, nous avons le temps de causer ensemble. Montons sur la colline : il m'est venu cette nuit une idée dont je souhaite vivement vous faire part.

Ils allèrent se promener dans une allée de tilleuls, plantés au sommet de cette colline. Le soleil levant paraissait sur la cime de Swartzhorn comme une lampe resplendissante, et le vent du matin apportait, jusque sous l'ombrage des tilleuls, et la douce fraîcheur des eaux du lac, et les parfums d'un massif de lilas que Léon avait fait planter autour d'une fontaine sur le penchant d'une colline, dans un endroit que Caroline affectionnait beaucoup.

— Mon fils, reprit Meldorf, vous êtes comblé des bénédictions du ciel. Ces terres fertiles, qui bordent les rives du lac, ces bois de cerisiers, ces vignobles, ces vastes prairies vous appartiennent. Une maison riante et commode vous offre son abri, des valets nombreux et fidèles sont à votre service; mais, au milieu de tout cela, ne vous manque-t-il point quelque chose?

— Il me manque la présence de mon père, répondit Léon; oh! combien il se réjouirait de la prospérité de sa famille! combien ses conseils nous seraient nécessaires! combien, surtout, sa tendresse ajouterait à notre bonheur! Oh! pourquoi faut-il qu'une mort cruelle et prématurée ait enlevé à notre amour ce respectable père!

— Le plus parfait bonheur dont l'homme puisse jouir dans cette vie, repartit Meldorf, est encore si misérable auprès de la félicité des justes, qu'on ne saurait, sans égoïsme, leur envier la part qu'ils ont reçue. Votre père est heureux, n'en doutons pas, aussi ma pensée n'est-elle point tournée vers lui; mais, puisque la vôtre ne pénètre pas mon dessein, je vais m'expliquer plus clairement. Dites-moi, Léon, une compagne aimable et vertueuse n'aurait-elle aucun attrait pour vous?

— Une compagne, à moi! s'écria Léon.... c'est à quoi certainement je n'aurais jamais songé. Ai-je atteint l'âge de contracter un engagement aussi sérieux? l'amitié de mon frère et celle de ma sœur me suffisent.

— Il est vrai que vous avez à peine vingt-trois ans; continua Meldorf; mais votre raison et votre esprit sont au dessus de cet âge; et pour l'amour même de Joseph et de Caroline, vous devez songer à vous marier, parce que votre intérêt commun l'exige. Une maison considérable renferme de nombreux détails auxquels une femme seule est susceptible de présider avec succès. Caroline est trop jeune, trop indolente surtout, pour y veiller convenablement. Joseph ne vous seconde pas assez; sa vivacité l'entraîne d'objets en objets : une femme entendue remédiera à tous ces inconvéniens.

— Me marier! reprit Léon; cette proposition me jette dans une surprise dont je ne puis revenir : elle était si loin de mon esprit! Cependant je ne saurais me refuser à la justesse de votre raisonnement; je sens que nous avons besoin des conseils d'une femme raisonnable, qui dirige avec douceur l'esprit de Caroline. Qu'importe que ce soit mon épouse ou une autre personne? Si je priais ma tante de se fixer près de nous?

— Non, non, répliqua Meldorf, votre tante n'a point les manières qui vous conviennent. Le désir de briller perce dans ses leçons; on n'y voit point ce tendre intérêt qui persuade; elle humilie au lieu d'instruire. D'ailleurs, dussiez-vous en être affligé, sa conduite jusqu'ici n'a rien de rassurant pour vous. Habitante de Turin, comment n'a-t-elle fait aucune perquisition pour vous découvrir? Comment a-t-elle abandonné Lausanne sans y laisser sur sa nouvelle demeure des renseignemens dont vous auriez pu tirer parti? On dirait qu'elle s'est enveloppée à dessein d'une obscurité impénétrable. Non, ce n'est point entre ses mains que vous devez placer votre bonheur. Prenez une femme, mon cher fils, croyez-en le vieux Meldorf.

— Mais où en chercher ? poursuivit Léon ; où trouver une femme qui chérisse mon frère et ma sœur comme s'ils étaient nés de sa propre mère ? La crainte de faire le malheur de Caroline me retiendra toujours.

— Cette crainte s'évanouira si vous choisissez l'amie de son enfance.

— Qui, Noémi ?.... Ah ! mon digne bienfaiteur ! quelle heureuse pensée ! Noémi est charmante, sage, parfaitement élevée ; personne ne peut mieux qu'elle achever l'éducation de Caroline ; une sincère amitié les attache l'une à l'autre.... Mais M. Angelmann voudra-t-il me donner sa fille unique, l'objet de son plus tendre amour ? confiera-t-il à mon inexpérience le bonheur de cette enfant si chérie ? Jamais il ne m'a parlé de mariage, lui qui veille de si près à nos véritables intérêts.

—N'en devinez-vous pas facilement la raison ? reprit Meldorf ; père d'une jeune fille peu fortunée, une juste délicatesse l'empêche de traiter un pareil sujet ; mais soyez sûr qu'il partage mon opinion. M. Angelmann vous aime déjà comme son enfant ; il vous a rendu de grands services ; il est sans fortune ; votre reconnaissance trouve ici de quoi s'exercer en plaçant Noémi dans une position à laquelle elle ne pouvait prétendre.

— C'est Dieu qui vous inspire, sage Meldorf! s'écria Léon hors de lui-même. Comment n'ai-je point songé à une chose qui nous rend tous heureux? Monsieur et madame Angelmann ne refuseront point à l'époux de leur fille la douceur d'améliorer leur propre condition. J'assurerai à ma sœur des protecteurs fidèles, si la mort m'enlevait à sa tendresse, et j'acquerrai pour moi-même une amie sage, belle, digne d'être la fille de M. de Norbert.

Joseph ne fut pas plus tôt instruit de ce projet, qu'il appuya fortement l'avis de Meldorf, et pressa son frère de n'en pas différer l'exécution. Il sourit à l'espoir d'être débarrassé d'une multitude de petits détails auxquels il fallait veiller malgré lui. Passionnément dominé par le goût de la chasse, il était souvent obligé de s'en priver pour des occupations plus utiles. Ces petites contrariétés, jointes à la tendre estime qu'il avait pour Noémi, lui faisaient souhaiter vivement qu'elle devînt sa sœur. Son imagination active lui représentait déjà les fêtes du mariage, les surprises agréables qu'il se proposait de donner aux nouveaux époux, les vers, les chansons qu'il devait composer pour cette circonstance. Il voyait déjà Noémi au milieu d'eux, ajoutant, par son amitié, son esprit et ses talens, au bonheur de sa nouvelle famille. Toutes ces pensées rendaient sa joie si vive, qu'il avait quelque peine à la renfermer dans son cœur. De temps en temps, il se frottait les mains en riant comme un homme satisfait de lui-même. Léon, au contraire, toujours calme et réfléchi, paraissait un peu plus sérieux qu'à l'ordinaire, et ceux qui n'auraient connu qu'une partie du secret, en voyant la physionomie des deux frères, auraient pensé que c'était Joseph qui devait se marier. Il fut convenu qu'on ne se presserait point de parler de ce projet à Honorine, et qu'il serait encore pendant quelques jours un mystère entre Léon, Joseph et Meldorf. Le maire de Kanderstœg partit après déjeuner, fort satisfait de la disposition dans laquelle il laissait ses chers orphelins. Hyacinthe et Joseph s'en allèrent à la chasse, Honorine se mit à sa toilette, et Léon passa dans son cabinet pour y régler quelques comptes.

Caroline, se voyant seule, s'étendit nonchalamment sur un sofa, et ayant ouvert au hasard un petit volume allemand qui se trouva sous sa main, elle y lut la nouvelle suivante :

ZÉLOÏDE, OU LES QUATRE FLEURS.

CONTE ALLÉGORIQUE.

Zéloïde, en venant au monde, fut enlevée par la fée Célanire, et transportée dans une île ravissante, sous l'empire de la fée. Les fleurs, l'ombrage, les gazons n'y perdaient jamais leur fraîcheur. Les ruisseaux y coulaient sur un sable doré, et mille cascades naturelles y formaient de toutes parts un spectacle digne de ce beau séjour. Les vents et les orages portaient loin de là leurs calamités, rien n'y troublait la sérénité du ciel, et les vapeurs de la terre n'y produisaient jamais que des nuages légers et transparens, qui voilaient, sans l'éteindre, la splendeur éclatante du soleil. On ne connaissait dans cette île que trois saisons, le printemps, l'été et l'automne. Elles se succédaient doucement sans qu'on s'aperçût de leur passage, autrement que par les agrémens qui les accompagnent. Une plus grande quantité de fleurs et de parfums annonçait l'arrivée du printemps. On s'apercevait de l'été à la sombre obscurité des bois, et l'automne ne passait dans l'île que pour inviter à recueillir les poires et les raisins.

Un pavillon d'albâtre et de porphyre s'élevait au centre de l'île sur un amphithéâtre de verdure. Quatre allées y conduisaient par une pente douce;

et entre chacune de ces allées croissait un bois délicieux formé du mélange de toutes sortes d'arbres. Là, l'élégant peuplier s'élançait à côté des tilleuls touffus et arrondis, le saule laissait pendre ses branches, le pin portait les siennes dans les nuages, le tuya s'étendait en forme d'éventail.

Au milieu du pavillon, se trouvait un vase précieux dans lequel croissaient quatre belles fleurs qui n'ont point de modèles parmi nous. Elles tenaient à la fois des plus agréables que nous ayons dans nos parterres. C'était un mélange de ce que la rose, le lis, la jacinthe ont de plus délicat, de plus suave. Chaque pétale exhalait un parfum différent, chaque feuille même suffisait pour embaumer un appartement, et une seule de ces fleurs composait un bouquet admirable. Quand Zéloïde eut atteint l'âge de quatorze ans, Célanire la conduisit au pavillon, et lui montrant les quatre fleurs :

— Votre seule occupation sera de les cultiver, lui dit-elle ; celle-ci se nomme la docilité, c'est la première qui exige vos soins. Celle-là s'appelle le travail, et sa prospérité dépend beaucoup de celle de la première. Voici la fleur de la sagesse, fleur charmante que vous verrez s'embellir encore de l'heureux entretien de ses sœurs. Cette quatrième, dont l'aspect est un peu mélancolique, porte le nom de repentir. Elle survit aux autres, et parvient quelquefois à les ranimer lorsqu'on a eu le malheur de les laisser périr. Ces fleurs, dont j'ai pris soin jusqu'à ce jour, vont passer entre vos mains. Je vous les confie pleines de vie et de fraîcheur; prenez garde qu'elles ne se flétrissent, car à leur conservation est attaché votre bonheur. La dernière ne sera pas plus tôt couchée sur le sol, que ce pavillon, cette île et mon amitié vous seront enlevés pour jamais. Voici une petite bêche d'or et un arrosoir de cristal, dont vous pourrez faire usage tous les jours.

Zéloïde promit d'observer fidèlement les ordres de la fée, et dans le premier moment elle s'y livra avec assez de zèle. La nouveauté de cette occupation la lui rendait agréable; elle prenait plaisir à se servir de la bêche d'or et de l'arrosoir de cristal. Au bout de quelques jours elle trouva cet assujettissement pénible; un nid de tourterelles l'occupait uniquement. Le soin de nourrir, d'apprivoiser ces jolis oiseaux, lui fit négliger la docilité. Elle la visitait cependant de temps à autre; mais cette culture inégale ne profitait point à la pauvre fleur. Sa verdure se séchait, sa corolle paraissait languir. Zéloïde, de dépit, l'abandonna tout-à-fait, et la fleur tomba au pied du vase. Celle du travail, quoique fraîche encore, avait cependant perdu un peu de son éclat depuis le dépérissement de sa sœur.

Zéloïde ne s'inquiéta pas beaucoup de cette perte. Elle fut même bien aise d'avoir une fleur de moins à cultiver, pour se livrer plus librement à ses plaisirs. Le travail fut négligé dès le commencement. L'été répandait dans l'île une chaleur un peu accablante ; la mousse, le feuillage, les grottes obscures invitaient au repos. Zéloïde ne pouvait s'arracher à ces douces retraites pour aller puiser de l'eau aux fontaines et porter son arrosoir dans le pavillon. Quelque douces que fussent les pentes des allées, elle perdait courage à la moitié du chemin. Sa langueur, sa nonchalance augmentèrent à un point qu'elle ne sut plus les vaincre, et le travail périt comme la docilité.

Lorsque Zéloïde ne vit plus que deux fleurs dans le beau vase, les menaces de la fée se présentèrent à son souvenir. Elle pleura, elle se promit à elle-même d'être plus attentive, et toute la fin de l'été se passa convenablement. L'automne amena des plaisirs qui la détournèrent encore. Cultivée à peu près comme l'avait été d'abord la docilité, c'est-à-dire fort inégalement, la sagesse se flétrissait lentement comme elle ; mais comment résister au désir de présider aux vendanges qui se faisaient dans l'île par de petits Génies ? Ces Génies, vêtus de peaux de tigres et couronnés de raisins, dépouillaient les ceps en dansant. A leur approche, les grappes se détachaient d'elles-mêmes et tombaient dans des corbeilles d'argent, travaillées à jour avec un art divin. Les uns prenant les corbeilles sur leur tête, allaient déposer la vendange dans des cuves de nacre où les autres la foulaient de leurs pieds délicats. Les jeux folâtres, les ris et les chansons accompagnaient ces travaux bachiques. Zéloïde, oubliant sa langueur et son jardin, suivait les petits Génies, et se mêlait à leurs plaisirs. Les vendanges terminées, elle se souvint avec effroi de la fleur de la sagesse. Elle vole au pavillon, elle écarte en tremblant les draperies.... la sagesse était tristement couchée auprès de la docilité et du travail. A cette vue Zéloïde s'arracha les cheveux; elle accusa la fée d'injustice et de cruauté.

— Devait-elle me donner un emploi si désagréable ? s'écriait Zéloïde. Quoi ! il faut être sans cesse occupée de ses fleurs, ne pas consacrer un moment à d'innocens plaisirs ! autant valait me renfermer dans cet insipide pavillon. Je n'ai donc plus d'espoir que dans cette vilaine fleur ; elle peut ranimer toutes les autres, m'a-t-on dit ; essayons sa vertu.

Pendant huit jours entiers Zéloïde soigna la fleur du repentir ; mais elle la soignait mal, avec regret et dégoût. Elle ménageait l'eau pour s'épargner la peine d'en aller quérir si souvent; elle effleurait à peine la terre avec sa bêche; aussi, loin de ranimer ses sœurs, le repentir dépérissait à son tour. Alors Zéloïde livrant son cœur à la colère :

— Fleur ingrate, dit-elle, est-ce ainsi que tu réponds à mes soins? Est-ce ainsi que tu remplis les promesses de Célanire? Vaux-tu mieux que ces fleurs magnifiques que j'ai laissé se flétrir? Si je leur avais donné la moindre partie des soins que je te prodigue, elles fleuriraient encore dans ce vase précieux que tu n'es pas digne d'occuper.

En achevant ces mots, elle jeta sa bêche contre la fleur. La tige, presque sèche, ne put résister à cet ébranlement; elle tomba sur la terre aux yeux effrayés de Zéloïde. Au même instant, un bruit souterrain se fait entendre, le pavillon s'écroule, la colline disparaît, l'île entière devient la proie des eaux. Zéloïde, emportée par les vagues, allait périr, quand Célanire la prit sur son char.

— Tu as négligé, lui dit-elle, des vertus aimables qui devaient faire ton bonheur; tu as méprisé le repentir qui pouvait te les rendre; je te condamne à les regretter sans cesse. Jouet des vents et de la mer, tu poursuivras éternellement le trésor que tu n'as pas voulu acquérir.

Elle dit et précipite Zéloïde dans les vagues

qui la reçoivent et la soutiennent. Une barque d'ivoire, ornée de voiles de pourpre, porte un vase où sont les quatre fleurs plus éclatantes que jamais. A cette vue, Zéloïde pousse un cri de joie et nage vers la barque.... mais un vent léger s'élève, enfle les voiles et trompe son espérance.

CHAPITRE XLII.

Embarras de Léon.

Caroline laissa échapper le livre de ses mains et se mit à réfléchir sur le sens de cette allégorie.

— Comme Zéloïde, se dit-elle à elle-même, je néglige le travail, je m'abandonne à une coupable paresse. Les conseils de mes amis me trouvent indocile, je ne fais que des efforts peu soutenus... Ah! si, pour avoir négligé ces premiers devoirs, j'allais manquer un jour de sagesse? si un repentir tardif et inutile... Quel chagrin pour mes frères! Léon en mourrait de douleur! combattons ce terrible penchant, triomphons de mon indolence : ce que j'ai pu faire au châlet, pourquoi ne le ferais-je pas ici? je suis plus âgée que Zéloïde; il est temps de prendre la bêche et l'arrosoir.

Elle se leva et descendit à l'office pour s'assurer si tout y était en ordre. Elle trouva bientôt, dans le bas du buffet, de nombreux morceaux de pain à moitié moisis qu'on avait laissé se perdre par négligence. Elle en remplit une grande corbeille.

— Hélas! reprit Caroline, on aurait pu nourrir deux familles avec ce pain, et j'ignorais qu'il fût là. Peut-être a-t-on refusé d'assister quelques misérables, tandis que leur portion se perdait dans cette armoire. De quel droit reprocherai-je à un valet cette prodigalité que j'aurais dû prévenir?

Léon, qui l'écoutait à la porte de l'office, s'avança vers elle d'un air satisfait.

— Courage, lui dit-il, ma chère Caroline! j'aime à t'entendre faire de pareilles réflexions. Mon enfant, il est très-vrai que la négligence des maîtres autorise toujours celle des valets; il est vrai aussi que la prodigalité du riche augmente la misère du pauvre; ainsi on blesse la charité lors même qu'on croit ne commettre qu'une faute légère.

Ils auraient continué de faire ensemble une revue exacte de toutes les parties de la maison, si l'obligation de tenir compagnie à Honorine, qui sortit alors de sa chambre, n'eût fait remettre ce dessein à un autre moment.

«La sagesse ne consiste pas toujours à faire

» les choses promptement, dit Bossuet, mais à » les faire dans le temps qu'il faut. [1] »

Hyacinthe et Joseph arrivèrent de la chasse, et peu de temps après on s'embarqua pour Bœningen. Léon observait Noémi avec une attention nouvelle. L'idée qu'elle allait peut-être devenir la compagne de sa vie, la lui faisait regarder avec un tendre intérêt. Sa modestie, sa gaîté, la douce politesse de ses manières, son amour pour ses parens le touchaient, le ravissaient; il croyait remarquer tout cela pour la première fois. Séphora pria Honorine de l'excuser si elle n'allait point aussi à la promenade; Noémi prit son chapeau de paille et sortit avec M. Angelmann. Le saut magnifique du Giesbach, et la belle perspective qu'on a des rochers qui l'environnent, firent peu d'impression sur l'esprit de Léon. Tout occupé du projet de son mariage, il ne pouvait en détourner sa pensée. Il trouvait Noémi bonne et agréable; il commençait à se persuader qu'elle ferait aisément le bonheur de sa vie; mais il était honteux d'être si jeune; il craignait que M. Angelmann ne regardât ce projet comme une folie; il ne savait même comment s'y prendre pour lui en faire confidence; et toutes ces agitations le rendaient

[1] Politique tirée de l'Écriture sainte.

tellement différent de lui-même, que le pasteur s'en aperçut. Il devina qu'il se passait quelque chose d'extraordinaire dans l'âme habituellement si calme et si tranquille de son élève. Il se rapprocha de lui sans affectation, et lui demanda ce qu'il avait au fond du cœur.

— Vous l'apprendrez, si je trouve enfin la hardiesse de vous le dire, répondit Léon à demi-voix. Il se passe d'étranges choses dans mon esprit, je serai plus tranquille après vous les avoir confiées.

Le pasteur, assez surpris de ces paroles, ne trouva pas le loisir d'y répondre. De la cascade on retourna à Bœningen, où une charmante collation attendait la compagnie. Elle était dressée dans le jardin, sur une pelouse ombragée de tilleuls. On avait en face l'aspect agréable de la petite maison de M. Angelmann; car la pelouse formait un grand rond au centre des allées du jardin. Quatre croisées régulières, avec une porte au milieu, décoraient la facade de la maison. Une guirlande de vigne en coupait agréablement la blancheur, et le pied du mur se cachait humblement sous une palissade de roses. Des arbustes bien disposés, des bordures de fleurs ornaient les deux côtés de l'allée principale qui conduisait à la pelouse. Les orphelins, qui se regardaient dans cette maison comme dans la leur, promenaient Honorine dans toutes les parties du jardin.

— C'est moi qui ai semé ces violettes, disait Caroline en lui en offrant un bouquet.

— J'ai greffé ce poirier, ajoutait Léon.

— J'ai aidé à construire ce berceau, ajoutait Joseph.

— Ici, sur ce banc de gazon, j'ai lu, avec M. Angelmann, les Géorgiques de Virgile.

— Là, dans cette allée garnie de cerisiers, j'ai souvent expliqué le Tasse.

— Que de larmes j'ai versées sous ce berceau de chèvre-feuille en étudiant mes leçons d'histoire sainte! reprenait Caroline. Que de fois aussi Noémi est venu m'y consoler? Elle me pressait si tendrement de prendre courage pour l'amour d'elle, que je ne pouvais me dispenser de lui obéir.

La collation était composée de laitages variés avec beaucoup d'art, et tous faits de la main de Noémi, de fruits d'une beauté et d'une saveur parfaite qu'on devait à l'industrie de M. Angelmann, qui greffait lui-même ses arbres, et qui, par des expériences constantes, en obtenait des présens dignes de ses soins. Il s'était procuré, avec du temps et de la patience, une variété innombrable de fruits délicieux. Quatre compotiers, garnis de confitures exquises, élevaient leurs brillantes pyramides aux quatre coins de la table. La blancheur des laitages, les vives couleurs des différens fruits, la transparence de ceux qui se trouvaient confits dans le sucre, la propreté du linge, la grâce de toute la table, l'ombrage des tilleuls et le vert de la pelouse donnaient à cette simple collation un coup d'œil enchanteur.

Lorsque chacun fut servi, Noémi mit une portion à part pour son malheureux cousin, et Léon ne manqua pas de remarquer cette louable attention.

Au milieu du repas, et tandis qu'on se livrait à une conversation animée, les sons harmonieux d'une guitare l'interrompirent tout à coup, et firent tressaillir les habitans du presbytère. Zacharie, libre de ses actions, s'avançait du côté de la pelouse. Bien qu'Honorine fût prévenue de son malheur, elle ne put s'empêcher d'être étrangement saisie à l'aspect de cet infortuné, pâle, maigre, négligé dans ses ajustemens, et, malgré cela, d'une figure intéressante et régulière. L'égarement de ses yeux était extrême.

— Ecoutez! s'écria-t-il, vous tous qui êtes rassemblés dans ce jardin; vous venez pour être témoins de mon couronnement au Capitole, mais je n'y serai point.... La mort... [1] Pour qui

[1] Toutes ces paroles de Zaccharie se rapportent à l'histoire

prépare-t-on cette couronne de laurier? Pour qui ces palmes glorieuses?.... Voilà les trompettes qui sonnent dès le matin; le peuple accourt en foule; des jeunes gens habillés d'écarlate récitent les vers du poète; des citoyens romains, vêtus de longues robes flottantes, l'environnent avec respect. Le sénateur est au milieu du cortége, et le cortége est digne du Capitole qui l'attend. O toi, qui as rempli l'univers de ta gloire! toi, dont les enfans allaient semant des couronnes d'or, sans daigner les conserver pour eux-mêmes, Capitole, tu en distribues aujourd'hui de plus légères, mais bien préférables à celles des rois.... Les rois!.... Savent-ils régner avec justice?.... Savent-ils défendre le mérite persécuté?..... O Capitole!..... tu étales une vaine pompe.... Le cloître obscur de Saint-Onuphre va recevoir la gloire de l'Italie... Il mourra la veille de son triomphe; la frêle couronne qu'on lui destine est moins périssable que lui-même.

Après avoir dit ces paroles, il se retira lentement dans l'intérieur du presbytère. Chacun, ému de compassion, le regardait aller, sans avoir la force de rompre le silence. M. Angel-

du Tasse, qu'il croyait être la sienne. La veille d'être couronné au Capitole avec les cérémonies décrites ici, le poète mourut, et son corps fut enseveli dans le couvent de Saint-Onuphre.

mann s'était caché le visage entre ses mains, et ses pleurs coulaient en abondance. On s'efforça en vain de calmer son affliction.

— Non, s'écria-t-il, je ne puis m'accoutumer à un si grand malheur ! Mon cœur se brise toutes les fois que je vois cet infortuné. Malheur aux jeunes gens qui s'abandonnent à une imagination ardente et sans frein ! Malheur aux parens qui ne savent pas en prévoir les suites funestes !

— Eh ! mon cher monsieur ! reprit Honorine, comment prévoir un pareil bouleversement de la raison ? Mais puisque la vue de ce jeune homme vous affecte aussi vivement, pourquoi lui laissez-vous la liberté de sortir ?

— Loin de moi cet odieux égoïsme, répliqua M. Angelmann. Quoi ! pour m'épargner un aspect douloureux, j'augmenterais la misère de cet infortuné ! je le priverais d'une liberté dont il n'abuse jamais ! non, non. Je l'environne au contraire de toutes les douceurs dont il peut jouir encore. Non seulement sa chambre est agréable, mais toute la maison lui est ouverte comme autrefois. Mes livres sont à sa disposition. Le jardin lui présente une promenade sûre et tranquille, et la prudence seule m'oblige à le frustrer des autres. Nous écoutons avec patience ses rêves de gloire et de bonheur ; nous prenons soin de sa santé... Mais que ces bienfaits le dédommagent faiblement des trésors qu'il a perdus!

Quelques efforts que fissent les maîtres du presbytère pour dissimuler leur tristesse et ranimer la sérénité parmi les convives, ces derniers conservèrent une impression mélancolique que rien ne fut capable de dissiper. On se sépara d'assez bonne heure.

Honorine se trouvait mal à l'aise à Rinkenberg, malgré les attentions dont on ne cessait de l'accabler. Elle éprouvait cette contrainte qu'inspire nécessairement la présence de ceux à qui on a fait quelque tort. Les regards pénétrans de Léon, la tendresse ingénue de Caroline, l'estime que Joseph lui portait si gratuitement, troublaient constamment et malgré elle la tranquillité de son esprit. Il lui tardait de fuir ces jeunes victimes de sa cupidité; aussi retourna-t-elle à Genève dès que la bienséance le lui permit, c'est-à-dire peu de jours après sa visite au presbytère. Léon n'avait point encore ouvert son âme à M. Angelmann, lorsqu'il vit sa tante résolue à les quitter. Quoiqu'il ne sentît pour cette dame ni estime ni tendresse, il crut, par respect pour la mémoire de son père, devoir la consulter sur son mariage. Honorine lui répondit que ce projet lui paraissait assez raisonnable; mais qu'elle n'approuvait point qu'il prît une femme pauvre, dont l'alliance n'ajouterait rien à leur crédit.

Qu'avec la fortune dont ils jouissaient, ils pouvaient aspirer tous trois à des partis plus convenables. Que la position la plus heureuse était susceptible de s'améliorer, et que, sans être ambitieux ni cupide, on devait toujours tendre à ce but. Les motifs généreux qui dirigeaient la conduite de Léon n'entraient point dans cette âme avide de richesses. Cependant, lorsque Léon combattit respectueusement son opinion, elle ne montra ni colère ni opiniâtreté. Elle n'osait dire tout ce qu'elle pensait, de peur de s'attirer quelques unes de ces maximes générales sur le véritable honneur, qui devenaient pour elle des reproches, et que Léon plaçait quelquefois à dessein dans le cours de la conversation. Honorine, plus impatiente de s'éloigner que de s'occuper de l'intéret de son neveu, finit même par lui dire assez agréablement que son jugement était trop sage pour l'égarer, et qu'elle souscrivait d'avance à tout ce qu'il lui conviendrait de faire. Hyacinthe se sépara de ses cousins avec des regrets plus sincères. Avant de les quitter, il fit présent à Léon d'un exemplaire de l'Histoire de Sardaigne, que Léon avait lui-même mise en état d'être publiée, et dont le succès avait été si avantageux à la veuve de l'auteur. Léon recut cet ouvrage comme le présent le plus flatteur qui pût lui être offert. Il ne pouvait le regarder sans se rappeler en même temps le souvenir de tous ceux qui, par le secours de leurs lumières, l'avaient rendu capable de terminer heureusement cette entreprise. Il s'applaudit d'avoir pu faire ainsi quelque bien, dans le temps même qu'il était pauvre et abandonné. Aussitôt après le départ d'Honorine, Léon se décida enfin à parler ouvertement à M. Angelmann; mais, arrivé à la porte du presbytère, il se sentit tellement intimidé, qu'il allait s'en retourner à Rinkenberg, lorsque M. Angelmann, qui sortait du temple, l'aperçut.

— Eh! mon ami, lui dit le vénérable pasteur, quelle étrange raison vous conduit pour la première fois à ma porte sans que vous trouviez le courage de la franchir?

— Excusez-moi, dit Léon; je venais pour vous voir, pour vous parler; mais la crainte...

— Eh! depuis quand Léon redoute-t-il son ancien ami? ajouta M. Angelmann en le prenant par la main, et l'emmenant avec lui sous des arbres voisins de la maison.

— Depuis qu'on m'a fait naître l'idée la plus extraordinaire... Ah! mon ami, si vous pouviez la deviner... mais non, cette folie est trop loin de vous... tenez, n'en parlons plus.

— Une folie! reprit M. Angelmann; ce n'est pas de Léon que je dois en attendre.

— Elle ne vient pas de moi, poursuivit Léon; c'est Meldorf qui veut que... je me marie.

— J'y avais pensé aussi plusieurs fois, répliqua le pasteur d'un ton sérieux. C'est sans doute votre jeunesse qui vous fait regarder ce projet comme une folie. C'en serait une pour Joseph; mais je vous dois la justice de reconnaître que votre raison est plus formée que la sienne.

— Vous ne m'en aviez cependant jamais parlé, ajouta timidement Léon.

— Léon, ajouta le pasteur sans lui répondre, avez-vous fait un choix?

— Je l'ai fait, répliqua Léon, qui se troublait de plus en plus.

— Songez bien, reprit M. Angelmann, que de ce choix dépend le bonheur de votre vie. Voulez-vous m'en faire un mystère?

— Qui? moi? hélas! je venais tout tremblant... vous confier... vous prier d'être mon père.

— Je vous entends, Léon, et, sans me colorer ici d'une fausse délicatesse, je vais vous répondre comme à celui que j'aime et j'estime plus que tous les autres hommes. Il est doux pour mon cœur paternel d'assurer à ma fille un époux vertueux et une fortune honorable; cependant, si je reconnaissais qu'elle devînt un obstacle à votre bonheur, à celui de votre famille, je vous la refuserais sans balancer; mais je n'ai point cette inquiétude. Le cœur et l'esprit de ma Noémi sont dignes de vos nobles sentimens ; son éducation a de quoi flatter votre amour-propre ; sa manière de gouverner l'intérieur d'une maison ne peut qu'ajouter à la prospérité de la vôtre. Elle ne sera point riche, mais ses vertus, j'ose le dire, sont un trésor inestimable ; sa mère n'en avait point d'autres, lorsqu'étant encore dans l'opulence, je la choisis pour ma compagne ; ma félicité me répond de la vôtre, et tout m'assure que vous ne pouvez qu'être heureux avec Noémi. J'ajouterai de plus, mon cher Léon, qu'il y a long-temps que ce doux projet m'occupe. A peu près du même âge, vous êtes tous deux l'ouvrage et la gloire de mes vieux jours, vous régnez dans mon cœur avec une égalité parfaite. Cependant je n'ai pu me flatter de vous unir, tant que la fortune vous a été contraire ; Noémi, sans biens, ne pouvait convenir à Léon dans l'indigence. Les esprits romanesques comptent seuls pour peu de chose la misère de deux époux ; ils ne veulent point reconnaître que le meilleur caractère résiste difficilement à des chagrins de cette nature, parce que c'est la passion et non la raison qui préside à de pareils nœuds ; mais, puisqu'il a plu à la Providence de récompenser magnifiquement vos vertus, rien ne s'oppose désormais à cette union, qui fera notre bonheur à tous. N'appréhendez point que Noémi s'y montre contraire ; sa raison et son cœur, toujours d'intelligence, l'ont mise à l'abri des passions. Elle a déjà pour vous la tendresse d'une sœur, elle prendra facilement les sentimens d'une épouse.

Pendant ce discours, une joie vive brillait dans les yeux de Léon, et sa reconnaissance éclatait sur son visage. Ils entrèrent au presbytère. Séphora et Noémi travaillaient ensemble dans le modeste salon; de temps en temps, Noémi quittait son ouvrage pour baiser deux tourterelles à collier, qui becquetaient des grains sur ses genoux.

— Ma bonne amie, dit M. Angelmann à son épouse, si vous y consentez, j'ai bien le désir de faire un cadeau à nos jeunes amis de Rinkenberg.

Léon, qui n'était pas prévenu de cette plaisanterie, faisait des signes au pasteur, qui n'y prenait point garde.

— A Dieu ne plaise que je m'oppose à un désir si naturel, répondit Séphora ; mais qu'offrir à ces aimables héritiers? notre chétif asile renfermerait-il quelque chose qui leur fût agréable?

Léon voulait répondre que tout les intéressait dans ce séjour si cher à leur souvenir; sa langue embarrassée ne lui permit pas de s'expliquer clairement.

— Je gage, dit vivement Noémi, que Caroline me prie de lui envoyer mes tourterelles à collier? elles lui faisaient hier une envie extrême.

— C'est à peu près cela, répliqua M. Angelmann; Léon, plus ambitieux que sa sœur, veut nous enlever à la fois les tourterelles et la maîtresse.

Noémi devint rouge comme une rose; Séphora jeta sur Léon des regards inquiets. Léon se rapprocha de cette tendre mère, et, lui baisant la main d'un air affectueux et timide :

— Ne regardez pas comme une plaisanterie, lui dit-il, ce qui n'est que l'expression sincère de mes sentimens. Auriez-vous quelque peine à devenir aussi notre mère? n'oseriez-vous me confier le bonheur de cette fille chérie?

— Non, mon cher Léon, répondit Séphora d'une voix émue; non, je ne suis point troublée par une injuste défiance.... mais le cœur d'une mère est si craintif lorsqu'il s'agit du sort....

En disant ces mots, elle regardait tendrement Noémi. Cette jeune personne, ayant levé les yeux, qu'elle tenait modestement baissés, rencontra ceux de sa mère et les vit pleins de larmes. Un pareil attendrissement la saisit; elle se jeta dans les bras de sa mère, qui la pressa étroitement contre son cœur ; Séphora pensait à la séparation dont elle était menacée ; et Noémi, devinant cette appréhension maternelle, lui répondait par ses tendres caresses : Où serai-je jamais plus heureuse qu'auprès de vous ?

Léon, témoin de cette scène expressive et touchante, se sentait ému, sans comprendre distinctement ce qu'elle signifiait ; il était même sur le point de l'interpréter à son désavantage, lorsque M. Angelmann fit signe à son épouse que le pauvre Léon attendait sa décision. Séphora essuya ses larmes ; et, tendant la main à Léon avec un doux sourire :

— La joie a beaucoup de part à mon émotion, lui dit-elle ; je ne puis trop m'applaudir du bonheur qui se prépare pour ma Noémi ; je ne puis trop bénir mon propre sort, lorsque je me vois à la veille d'acquérir trois enfans de plus. Il me semble que le Seigneur daigne rendre à ma tendresse ceux qu'il m'a autrefois enlevés.

— Et vous, ma chère Noémi, s'écria Léon avec transport, serez-vous moins généreuse que vos respectables parens ? ne voudrez-vous point couronner leur ouvrage, en mettant le comble à ma félicité ? J'ose vous répondre que la vôtre...

— N'espérez point, dit Noémi, me rendre plus heureuse que je ne l'ai été depuis mon enfance près d'un père et d'une mère adorés ; mon sort a été si doux, que ce serait assez pour moi d'en jouir toute ma vie ; mais puisqu'ils mettent leur joie à notre union, me voici prête à suivre leurs conseils. Non seulement je le fais sans répugnance, mais j'ose avouer, devant ces parens si chers, que Léon de Norbert était le seul qui pût me consoler de la maison paternelle.

Noémi, après avoir dit ces mots, se retira dans sa chambre, pour se remettre de son extrême émotion. Léon, étant demeuré encore quelques instans avec M. Angelmann et son épouse, se hâta ensuite d'aller faire part de son bonheur à Joseph et à Caroline, qui n'avaient aucun soupçon de ce projet de mariage.

CHAPITRE XLIII.

Revers plus terrible que tous les autres.

Caroline aimait trop sincèrement Noémi pour recevoir cette nouvelle avec indifférence. Elle laissa éclater des transports de joie qui augmentaient encore le bonheur de Léon.

— Oh! maintenant, s'écria-t-elle, il ne manque plus rien à notre félicité, et désormais nous pouvons nous regarder comme les plus heureuses personnes du monde. Non seulement nous jouissons d'une brillante fortune, non seulement nous possédons des amis tendres et fidèles, mais nous ne sommes plus, comme autrefois, des enfans abandonnés de leur famille. Nous avons retrouvé une tante aimable, digne de toute notre affection, et voilà que Noémi nous donne une sœur, un père et une mère.

C'est ainsi que Caroline se réjouissait du mariage de son frère. Déjà Léon et Joseph avaient fixé un jour pour aller acheter à Berne les présens qu'ils destinaient à Noémi et à sa famille, lorqu'ils apprirent qu'un étranger, descendu dans une maison du bourg de Rinkenberg, se répandait contre eux en propos injurieux. Joseph, indigné, voulut aller châtier cet insolent : Léon s'y opposa.

— Quoique nous ne sachions avoir mérité la haine de personne, lui dit-il, il ne faut point mépriser celle de cet inconnu ; peut-être l'avons-nous offensé sans le savoir ; peut-être aussi son ressentiment est-il l'effet de quelque erreur : éclaircissons-nous sans colère.

Joseph ayant promis de se modérer, ils allèrent ensemble dans la maison où logeait l'inconnu ; et Léon, prenant la parole d'un ton à la fois tranquille et ferme :

— Quoique nous n'ayons pas l'honneur de vous connaître, monsieur, lui dit-il, il paraît que vous croyez avoir sujet de vous plaindre de nous ?

— Oui, messieurs, interrompit vivement l'étranger ; si vous êtes les héritiers de M. Anatole, j'ai la plus grande raison du monde de vous haïr ; ceux qui dépouillent une famille de ses droits ne doivent s'attendre qu'à d'éternelles malédictions : le mépris même est dû à leurs intrigues détestables.

Joseph contenait à peine son indignation, la colère brillait dans ses yeux ; Léon le pria de le laisser répondre.

— Monsieur, répliqua-t-il, si ces héritiers n'étaient coupables d'aucune intrigue ? Si on les avait gratifiés, sans leur participation, de cette fortune étrangère ?

— En l'acceptant, continua l'inconnu, ils n'en privent pas moins ceux à qui elle appartenait légitimement.

— Mais, répliqua encore Léon, si, en l'acceptant comme leur unique ressource, ils étaient certains de ne causer aucun dommage réel à des personnes déjà très-riches ?

— Cette supposition est fausse ! s'écria l'étranger. J'ai une mère et cinq frères plongés dans la plus cruelle indigence ; non seulement nous languissons dans la pauvreté, mais nous avons des dettes énormes, dont la liquidation peut seule racheter notre honneur. Entraînés, par un père sans conduite, au fond de l'Amérique septentrionale; privés bientôt de son appui, anéantis par ses désordres, nous venions implorer la bienfaisance d'un oncle opulent.... nous apprenons en même temps sa mort et notre exhérédation!.... Ou vous avez été dans l'erreur, ou je ne puis assez vous détester et maudire la mémoire d'un parent dénaturé....

— Ah! que nous ne soyons pas la cause d'une si affreuse malédiction, repartit Léon. Respectez les cendres d'un homme qui ne soupçonnait pas plus que nous votre infortune. Vos plaintes sont justes, monsieur, ajouta-t-il d'un air sombre; venez dans la maison de votre oncle; reposez-vous et prenez courage. Nous ne sommes ni des intrigans ni des ambitieux. Permettez-nous seulement de réfléchir mûrement à ce que nous devons faire dans une occasion si importante.

L'étranger se défendit long-temps de les suivre; mais, vaincu à la fin par les manières nobles des orphelins, il apaisa son ressentiment et les accompagna à Rinkenberg. Caroline, qui ne savait pas ce que cette visite avait de funeste pour son repos, s'empressa de faire à l'étranger l'accueil le plus gracieux. Celui-ci essayait en vain de dissimuler son agitation; il jetait sur tout ce qu'il voyait un regard triste et farouche, où l'ardeur de la possession était peinte. Un silence profond régnait entre eux, et Caroline, qui en ignorait toujours la cause, examinait chaque visage avec une secrète inquiétude. Celui de Léon, sombre et pensif, décelait les cruels combats qu'il éprouvait; et Joseph, extrêmement troublé, cherchait à deviner les pensées de son frère. Lorsque le jeune Anatole se fut retiré dans sa chambre, et que les trois orphelins se trouvèrent seuls, Caroline demanda ce que voulait cet étranger avec son air sinistre? Léon lui raconta, sans y joindre aucune réflexion, ce qu'Anatole leur avait découvert de la misère de sa famille; et Caroline, en l'écoutant, songeait déjà au moyen de secourir ces infortunés.

— Mon frère, dit-elle, il faudra les prendre avec nous, quoique sept personnes soient beaucoup de monde; nous congédierons quelques domestiques, nous réformerons mille petites habitudes coûteuses auxquelles nous nous sommes livrés jusqu'ici.

— Nous verrons, répondit Léon d'un air triste.

Joseph garda le silence; mais il devina qu'il leur en coûterait davantage. Il passa une nuit fort agitée, et, s'étant levé le lendemain d'assez bonne heure, de ses fenêtres, qui donnaient sur le lac, il aperçut dans un bateau Léon, qui revenait de Bœningen.

— Il a été consulter M. Angelmann, se dit à lui-même Joseph en soupirant profondément, et il alla au devant de son frère.

Léon avait le visage pâle et la voix altérée. Il serra en silence la main de Joseph, et, ayant fait avertir Caroline, ils se renfermèrent tous trois dans le cabinet de Léon, qui les pria de l'écouter attentivement.

— Mon frère et ma sœur, leur dit-il, je viens de chez M. Angelmann; j'ai voulu me diriger par ses seuls conseils, dans une position aussi délicate... Hélas! pour notre malheur, ses conseils et mes sentimens se trouvent parfaitement d'accord. Chère Caroline!... nos infortunes passées ne sont rien auprès de celles-ci; car il faut mille fois plus de courage pour abandonner volontairement un bien, que pour supporter un mal inévitable.

— Abandonner cet héritage! s'écria Caroline; n'est-il pas à nous? ne pouvons-nous soulager les misères d'autrui sans renoncer à nos propres droits?

— Non, répliqua Léon; nous ne le pouvons pas. Si les lois humaines nous les assurent, celles de la conscience nous en dépouillent. Je ne vous parle ici ni de délicatesse ni de générosité, mais du devoir le plus clair, le plus incontestable qui fût jamais. Il est écrit dans ce testament ; connaissez-le vous-mêmes, dit-il en leur lisant ces lignes de M. Anatole.

« Je ne pense point agir injustement en adop-» tant, au préjudice de ma propre famille, de » jeunes et infortunés compatriotes que la Provi-» dence m'avait adressés. Je me le reprocherais » cependant si mes parens en recevaient le moin-» dre tort; mais je n'ai qu'un frère, dont la for-» tune est plus florissante que la mienne, et qui, » ayant toujours témoigné sur mon sort l'indiffé-» rence la plus parfaite, justifie la mienne à son » égard. »

— D'après cela, continua Léon, croyez-vous que M. Anatole nous eût légué son héritage, s'il avait soupçonné la misère de ses neveux ? Nous ne pouvons pas le supposer. Il ne déshérite pas son frère parce qu'il est coupable, mais seulement parce qu'il est riche. Mes chers amis, je vous le déclare en gémissant, le sévère honneur nous ordonne de renoncer à la fortune de M. Anatole.... L'ombre de notre père nous attend de nouveau au châlet de Meldorf.

A mesure que Léon développait ses pensées, un tremblement toujours croissant s'emparait de la pauvre Caroline; et au mot de châlet, elle se renversa sur sa chaise en fondant en larmes.

—Depuis hier, reprit Joseph, je prévois cette fatale détermination, et, tout affligeante qu'elle soit, je me montrerais indigne d'être ton frère, si je ne m'y résignais pas courageusement; mais pourquoi nous présenter un avenir sans espérance? Léon, nous ne sommes plus, comme autrefois, des bannis sans famille et sans protecteurs. La sœur de notre père est retrouvée, elle est riche à son tour; son crédit et son rang nous mettront en état de faire usage de nos talens. Elle servira de mère à Caroline...

—Ne comptez point sur elle, interrompit tristement Léon.

— Ah! mon frère, ajouta vivement Caroline, ne détruis pas dans mon cœur la seule consolation qui me soutienne. Ne doute pas si injustement de la bonté de cette aimable tante. Elle n'apprendra pas plus tôt notre malheur, que tu la verras s'empresser de nous en faire perdre le souvenir.

—Je ne puis que le souhaiter, répliqua Léon; il n'est pas en ma puissance de le croire... Mais je suis prêt à tout tenter pour vous assurer sa protection. Oui, mes amis, nous irons auprès d'Honorine, nous ferons parler le souvenir d'un père, peut-être....

On les avertit en ce moment que le jeune Anatole demandait à les voir.

— Qu'avez-vous résolu ? dit-il à Léon : quelle consolation porterai-je dans le cœur désespéré de ma mère ? Songez qu'une famille aussi nombreuse que la nôtre ne peut être secourue sans imposer d'énormes sacrifices. Je sais que nous n'avons aucun droit de vous disputer cet héritage; mais, puisque les lois vous défendent contre nous, que la générosité plaide au moins notre cause dans vos cœurs. Nous ne rougirons point d'accepter de vous une existence dont la seule injustice d'un oncle nous a privés. Un quart des deux cents mille livres qu'il vous a légués nous arrachera à la honte, à la mendicité.

— Nous faisons plus, répondit Léon, nous renonçons solennellement à une fortune que M. Anatole nous avait abandonnée par ignorance de votre sort. Nous vous rendons votre héritage, et nous conservons notre honneur ainsi que notre conscience.

— Qu'entends-je ! s'écria l'étranger hors de lui-même ; n'est-ce point une illusion ?.... quoi ! vous quittez deux cents mille frans avec cette tranquillité, ce calme.... Non, je ne saurais le croire ; quelque mystère impénétrable....

— Eh quoi ! reprit Léon avec noblesse, le pouvoir de la vertu en serait-il un pour vous ?

Ignorez-vous que cette vertu se compose de sacrifices? Ne croyez pas cependant que notre jeunesse nous ferme les yeux sur la grandeur de celui-ci. Regardez cet enfant dont le visage est encore baigné de larmes; elle gémit, mais elle ne résiste point. Le devoir a parlé; cette âme, à peine développée, reconnaît sa voix, et, malgré la faiblesse de son âge, elle trouve le courage de lui obéir.

Le jeune Anatole écoutait ces paroles comme un homme qui rêve et qui craint de rêver. Ses regards s'arrêtaient tour à tour sur chacun des orphelins; la jeunesse et les pleurs de Caroline l'attendrissaient; la grandeur d'âme de Léon et le visage animé de Joseph, que la vertu de son frère élevait au dessus de lui-même, le faisaient presque rougir de ses prétentions. Il répliqua enfin d'une voix émue :

— Excusez ma surprise... l'excès de ma reconnaissance en arrête les témoignages.... une semblable vertu est si rare dans le monde!.... croyez que si je n'avais une mère.... des frères malheureux... je refuserais.... Hélas! je ferais de vains efforts pour exprimer ce qui se passe dans mon âme.

— Lorsque nous renonçons en votre faveur aux bienfaits de M. Anatole, reprit Léon, vous ne vous offenserez point que nous demandions à être parfaitement éclaircis de tout ce qui vous concerne. Ce ne serait plus vertu, ce serait imprudence de se dépouiller au hasard pour un inconnu.

— Rien n'est plus juste, répondit le jeune Anatole. Daignez m'accompagner à Berne, où se trouve ma mère; elle vous mettra en état de juger par vous-même de notre véritable situation.

Avant d'entreprendre ce petit voyage, que les deux frères devaient faire ensemble, Léon engagea Caroline à se retirer au presbytère, sous prétexte que la solitude de Rinkenberg n'était propre qu'à augmenter sa tristesse; mais il souhaitait plutôt que cette circonstance l'éloignât de cette maison avant qu'une cruelle nécessité ne l'y obligeât rigoureusement. Caroline devina qu'elle n'y retournerait plus, et son départ fut accompagné des regrets les plus déchirans. Elle parcourait en pleurant tous les endroits qu'elle chérissait le plus, ceux que ses frères avaient consacrés à son agrément, son parterre, sa volière, les berceaux de la charmille, la fontaine des lilas; et son désespoir croissait à mesure qu'elle les trouvait plus charmans. La plupart de de ces nouveaux embellissemens n'avaient point encore eu le temps de se développer; mais le bouton de la fleur qu'on cultive est plus précieux que la fleur même. Dans sa douleur, Caroline voulait arracher les jeunes lilas et briser les cytises encore flexibles; mais Léon, lui saisissant la main :

— Que vas-tu faire, Caroline? lui dit-il; quel indigne égoïsme se mêle à tes regrets? Peux-tu souffrir qu'un vice aussi honteux souille la noble action que nous avons dessein de faire? Pour avoir arraché ces plantes, en seras-tu moins privée? Respecte-les plutôt comme un monument de notre tendresse. Ceux qui nous succéderont dans cette demeure béniront la main qui les a plantées.

Caroline, honteuse, se jeta dans les bras de Séphora, qui était venue la chercher, et se laissa emporter, plutôt qu'elle ne se laissa conduire, dans le bateau qui les attendait.

Léon et Joseph virent à Berne la belle-sœur de M. Anatole et ses cinq autres enfans. Non seulement il ne leur restait rien de l'immense fortune de leur père, mais des dettes considérables allaient encore les mettre dans la nécessité de vendre Rinkenberg, et, ces dettes une fois payées, il leur resterait à peine le peu qu'ils avaient demandé pour vivre.

Il n'était plus question du mariage de Noémi; Léon y avait renoncé de lui-même, en abandonnant l'héritage de M. Anatole; il n'avait plus les mêmes avantages à lui offrir, avantages que M. Anlgelmann regrettait beaucoup moins que l'époux même. Si Léon eût été seul malheureux, le pasteur n'aurait point balancé à lui donner la main de sa fille; mais le sort de cet orphelin l'unissait trop étroitement à deux êtres chéris, pour qu'il fût possible de l'en séparer, et la fortune de M. Angelmann ne pouvait suffire aux besoins de tous. Il engagea fortement Léon à se rendre à Genève auprès d'Honorine. Léon lui avoua alors, pour la première fois, les soupçons qu'il avait conçus sur la probité de cette dame, et le pasteur n'en persista que plus vivement dans ses conseils. Il supposa que l'heureux état de leur fortune avait pu autoriser son manque de foi, mais que la vue de leur indigence lui inspirerait de salutaires remords. Une sage économie leur interdisant de faire ensemble ce voyage, dont l'issue était encore douteuse, Léon désirait que Joseph l'entreprît; mais tous leurs amis, et Joseph lui-même, jugèrent qu'il était infiniment plus propre à cette négociation, qui demandait de la réflexion et du sang-froid.

On connaît assez bien l'âme généreuse du bon Meldorf pour deviner qu'il était accouru auprès de ses chers enfans, à la première nouvelle de leur infortune. Il se trouvait à Rinkenberg le jour que les orphelins en remirent en possession la famille d'Anatole. Meldorf, témoin de la noble fermeté de ces jeunes héros, ne pouvait que pleurer et les recommander au ciel. Lorsqu'ils voulurent partir, toute cette famille, depuis la mère jusqu'au plus petit enfant, tomba à genoux autour d'eux. Les domestiques, qui s'étaient tenus jusqu'alors dans un triste et respectueux silence, se précipitèrent dans l'appartement et tombèrent aussi à genoux, en tendant vers leurs jeunes maîtres des bras supplians, comme s'ils eussent essayé de les retenir. Ce ne fut bientôt plus qu'un mélange confus de sanglots, de regrets, de bénédictions. Léon voulut parler, son attendrissement l'en empêcha; il se jeta sur le sein de Joseph, dont les larmes coulaient aussi abondamment. Ils s'arrachèrent enfin à ces émotions, à la fois douces et cruelles, mais le bateau qui les emportait avec Meldorf était déjà à la moitié du trajet, que les habitans de Rinkenberg pleuraient encore sur le rivage, et que le doux concert de leurs bénédictions retentissait encore dans le cœur des généreux orphelins.

CHAPITRE XLIV.

Retourneront-ils au châlet?

Honorine se trouvait seule dans son appartement, lorsqu'on lui annonça Léon de Norbert.

Cette visite inattendue n'avait garde de lui être agréable, dans la disposition d'esprit que nous lui connaissons. Cependant elle se contraignit du mieux qu'il lui fut possible, et s'avança au devant de Léon de l'air le plus poli du monde. Elle lui reprocha même d'être venu seul, et se plaignit de l'indifférence de Joseph et de Caroline ; puis, sans lui donner le temps de lui répondre, elle s'informa de son mariage.

— Ma tante, lui répliqua Léon, rien n'est moins solide que les projets des hommes, rien n'est moins stable que leur bonheur : quelques jours ont suffi pour renverser le nôtre.

Il lui fit alors le récit de tout ce qui s'était passé. Il lui peignit la misère des parens d'Anatole, et lui rapporta les propres mots écrits dans le testament de ce dernier. Après lui avoir prouvé qu'ils n'avaient pu continuer d'être riches sans trahir leur honneur, il ajouta :

— Précipités de nouveau dans l'état de détresse où nous a plongés la mort de notre père, nous venons, comme il nous l'ordonna, chercher auprès de vous la fin de tant de maux. Grâce aux bienfaits de la Providence, notre éducation nous met à même d'occuper quelque emploi honorable et lucratif; mais nous sommes jeunes et sans crédit dans la société, nous avons besoin d'aide et d'appui ; l'accroissement de votre fortune, qui date à peu près de l'anéantissement de la nôtre, semble vous avoir été accordé pour favoriser...

— Qui vous a dit, monsieur, interrompit Honorine en pâlissant, que ma fortune s'est agrandie ?

— Je le croyais, répliqua modestement Léon.

— Je ne sais quelle conséquence vous voudriez tirer de cette supposition, reprit Honorine; mais je vous trouve bien audacieux d'oser me l'exprimer. Vous abuseriez facilement de l'extrême bonté avec laquelle je vous ai accueilli sans vous connaître. Où sont les preuves de votre naissance? Qui m'assure que vous ne prenez pas faussement le nom de mon frère ? Avez-vous d'autres titres que ma crédulité?

— Permettez-moi de vous dire, madame, continua Léon, que les preuves vous ont paru suffisantes à Rinkenberg pour nous accorder publiquement le nom de M. de Norbert. Notre mauvaise fortune nous rendrait-elle indignes de le porter aujourd'hui ? Ah ! ne nous ravissez pas le prix de nos sacrifices. Quel autre que ses enfans lui aurait élevé une tombe dans ces âpres montagnes ? Et, sans parler des pleurs que son seul souvenir arrache encore de nos yeux, qui respecterait assez le nom de Norbert pour préférer l'indigence aux attraits d'une brillante fortune, dans la seule crainte de ternir ce nom respectable? On peut voler des titres; mais les sentimens de l'honneur et de la nature ne sauraient passer dans l'âme d'un vil imposteur.

Le trouble d'Honorine allait toujours croissant.

— Si vous me regardiez réellement comme la sœur de votre père, reprit-elle, comment ne m'avez-vous pas consultée avant de vous démettre de vos droits? Deviez-vous m'accorder moins de confiance qu'à un étranger?

— Notre devoir, dans cette circonstance, me paraissait si clair et si précis, continua Léon, que j'ai cru lire votre réponse au fond de mon cœur. Vous m'aviez déclaré d'avance que toutes mes actions obtiendraient votre assentiment; devais-je supposer...

— Un vain fantôme d'honneur vous égare, monsieur, et le seul qu'il vous était permis d'avoir était de supporter patiemment votre misère, sans en importuner personne... Vous avez rejeté le don de Dieu, vous avez offensé sa providence... Vos droits étaient certains; mais un pasteur extravagant vous a persuadé de faire une action héroïque... De quoi vous plaignez-vous? Qu'exigez-vous de moi? Retournez vers ceux qui vous ont si bien conseillé; je n'ai ni argent ni crédit à vous offrir.

— O mon père! s'écria Léon, en quelles mains

as-tu donc déposé la fortune de tes enfans ? Pourquoi, au lieu de nous adresser à une sœur dont tu devais connaître l'impuissance, ne nous découvrais-tu pas ce dépositaire... Mais sans doute il est infidèle, sans doute il s'ensevelit à dessein dans une coupable obscurité... Cependant Dieu le voit, et sa vengeance ne peut manquer de l'atteindre.

Le tremblement d'Honorine contrastait d'une manière remarquable avec l'affliction calme de l'orphelin. Hyacinthe, qui venait d'entendre l'apostrophe de Léon, se précipita dans l'appartement de sa mère.

—Que vois-je, mon cousin ici? s'écria-t-il en l'embrassant... mais à qui s'adressent les paroles que je viens d'entendre? Que veut dire le trouble de ma mère? De grâce, expliquez-moi ce qui se passe ?

Honorine en était incapable. Léon répéta tranquillement à son cousin le récit qu'il venait de faire à Honorine. Hyacinthe, naturellement généreux, et digne d'apprécier la noble conduite des orphelins, ne balança point à le louer avec transport.

— Quoi, madame, dit-il à sa mère, vous pourriez blâmer cette action magnanime? Vous n'êtes point glorieuse d'avoir des neveux si dignes de vous ?...

— Hyacinthe, reprit Honorine d'un ton sévère, n'admirez pas si promptement ce que votre mère désapprouve ; vous m'offensez cruellement....

— Moi vous offenser ! répliqua Hyacinthe d'un ton soumis ; ma mère, à Dieu ne plaise que j'en conçoive seulement la pensée...

— Eh bien ! retirez-vous, je vous l'ordonne.

— Madame, au nom de Dieu, ne les repoussez pas, ne les punissez pas d'une action... qui leur a paru généreuse.

— Retirez-vous ; je sais quelle conduite je dois tenir.

Hyacinthe obéit en gémissant ; sa docilité et son regret le rendirent bien cher à Léon.

— Pour vous, monsieur, continua Honorine en s'adressant à Léon, je vous invite aussi à retourner où bon vous semblera. L'indécence de vos discours achèvent de me dessiller les yeux ; j'y reconnais plutôt l'emphase de l'hypocrisie que le langage naïf de la vérité. Je suis certaine à présent d'avoir été la dupe de mon cœur ; vous n'êtes point les fils de M. de Norbert, et quelque mystère inique et caché...

— Non, non, madame, ajouta vivement Léon, il n'y a plus maintenant de mystère ; et l'iniquité se montre dans toute sa noirceur. Il est inutile de feindre plus long-temps ; j'avais lu dans votre âme, et, sans l'espoir d'adoucir le sort de mon frère et de ma sœur, jamais je n'aurais tenté une entreprise dont je n'espérais aucun succès. Vous seriez moins impitoyable, moins outrageante, je puis le dire, si nos droits étaient moins légitimes. Vous n'osez nous faire l'aumône de nos propres deniers...

— Monsieur...

— J'ai fini, madame, je me retire. Profitez de notre héritage, pendant que nous arroserons de nos sueurs la terre où reposent les cendres d'un frère si indignement trahi. Passez vos jours dans le luxe, dans l'opulence, pendant que sa fille infortunée verra sa jeunesse se flétrir... soyez heureuse, si vous pouvez l'être.

Honorine était dans un état à ne pouvoir l'interrompre. La colère, la honte, les remords bouleversaient son âme et lui imprimaient sur le visage un caractère vraiment effrayant. Léon, en se retirant, rencontra Hyacinthe, qui s'informa avec inquiétude du résultat de sa visite.

— Mon ami, lui dit Léon, nous serons malheureux, je l'avais prévu ; mais notre conscience est satisfaite, et je préfère notre situation, tout affligeante qu'elle est, à une prospérité qui coûte la paix de l'âme dans ce monde et le salut dans l'autre.

Ces dernières paroles, que Hyacinthe ne pouvait entièrement comprendre, le firent cependant frémir malgré lui. Il voulait aller embrasser les genoux de sa mère; Honorine s'était renfermée chez elle, et il demeura plusieurs jours privé de sa présence.

Léon retournait à Bœningen, désespéré des tristes nouvelles qu'il y apportait. La douleur de Caroline, trompée dans son attente, allait en devenir plus vive, et cette pensée redoublait celle de Léon. Au milieu de sa préoccupation, il se trompe de chemin, il s'égare dans les sentiers des montagnes, car il était sans guide; il erre long-temps sans reconnaître le pays. Bientôt, en suivant un ravin étroit et inégal, il arrive à une enceinte triangulaire, fermée par deux torrens, sur lesquels des pâtres avaient jeté un pont léger. Léon frémit, se trouble... Il reconnaît le passage fatal que M. de Norbert défendit au prix de ses jours... Il reconnaît la place où le corps de ce malheureux père gisait couvert des ombres du trépas, le rocher sur lequel il écrivit de son sang quelques mots que les glaces de la mort l'empêchèrent d'achever... Léon se prosterne, il arrose la terre de ses pleurs...

— O mon père! s'écria-t-il, que ton ombre généreuse veille du haut des cieux sur ta famille!.... Fais descendre dans le cœur de la plus faible ces consolations divines qui naissent de la vertu.... Mon père! rends-nous toujours dignes de toi.... Que le nom de Norbert, privé de l'éclat de la fortune et des dignités, soit inscrit avec honneur dans le livre de vie.

Comme il parlait ainsi, il aperçut debout sur les rochers voisins un homme mal vêtu qui l'écoutait attentivement. Léon s'avançait vers lui pour lui demander le chemin de Bœningen, lorsque l'inconnu, le prévenant :

— Seriez-vous, lui demanda-t-il, le fils d'Emmanuel de Norbert, qui fut tué à la tête de ce pont il y a bientôt dix ans?

— Mes larmes vous l'apprennent assez, répondit Léon; comment êtes-vous instruit de cette malheureuse aventure?

— Regardez-moi bien, répliqua l'étranger; mes traits sont-ils effacés de votre souvenir.

— Grand Dieu! s'écria Léon en fixant cet homme; il me semble... je n'ose vous nommer... je crains de commettre une erreur...

— Avez-vous oublié Rodolphe, ce brigand qui facilita votre évasion du château...

— C'est vous-même! reprit vivement Léon... serais-je retombé...

— Rassurez-vous, continua Rodolphe; ces lieux sont parfaitement tranquilles; j'y achève mes jours dans une dure pénitence. J'avais pris cette résolution, lorsque j'accompagnai votre père dans sa fuite. J'étais loin de prévoir qu'il dût lui en coûter la vie; un accident qui m'empêcha de le suivre jusqu'ici, m'empêcha aussi de le défendre. Pour moi, échappé à la justice des hommes, je me jetai dans la miséricorde de Dieu. Caché dans les ruines qui ont servi de théâtre à mes forfaits, je traîne depuis dix ans une vie misérable, mais sans reproches, et j'attends tous les jours qu'il plaise au Seigneur de me rappeler à lui. Cependant, j'ai découvert dans un endroit de ces ruines un portefeuille sur la fermeture duquel se trouve inscrit le nom de votre père, et je présume....

— Ah! s'écria Léon, rendez-moi ce trésor. J'ignore ce qu'il peut contenir; je suppose même que le temps, le hasard ou la malice des hommes nous ont privés sans retour des lumières qu'il devrait nous procurer; mais il suffit qu'il ait appartenu à notre père pour que nous le recevions comme un don précieux.

— Suivez-moi, dit Rodolphe. Ils montèrent ensemble au sommet du rocher qui portait les ruines du château. Durant ce trajet, et dans le château même, Léon livra son cœur aux souvenirs les plus pénibles. La terreur et l'attendrissement l'agitaient tour à tour. Il ne pouvait contempler d'un œil sec la tour où M. de Norbert avait gémi si long-temps. Son imagination lui retraçait leur arrivée dans ce repaire affreux, les jours plus cruels encore qu'ils y avaient passé presque sans espérance, et les dangers de leur fuite. Il voyait encore la corde parallèle au rocher vertical, et ressentait l'effroi qu'il éprouva en se trouvant ainsi suspendu à une faible corde. Rodolphe remua quelques décombres qui étaient tombés depuis peu sur une armoire pratiquée dans une boiserie, et il en tira un portefeuille de maroquin vert, fermé par une serrure en or et à secret, sur laquelle on lisait le nom d'Emmanuel de Norbert, et autour, en forme de légende, ce vers de Juvénal :

« Regardez comme un crime de préférer l'existence à l'honneur. »

— Ah ! s'écria Léon en lisant ces paroles : quelle joie de pouvoir regarder sans rougir cette recommandation d'un père ! elle remplit mon cœur d'une nouvelle force ; elle me donne l'espérance de relever le courage de Caroline.

Il fit de vains efforts pour deviner le secret de la serrure du portefeuille ; enfin, ne pouvant y réussir, il le serra dans son sein, et reprit la route de Bœningen à travers des rochers déserts par lesquels Rodolphe le conduisit assez loin.

CHAPITRE XLV.

Les orphelins reçoivent enfin le prix de leur vertu.

Il était quatre heures soir. Les habitans du presbytère, rassemblés sur la pelouse, à l'ombre des tilleuls, s'occupaient à différentes choses en attendant le retour de Léon. Les trois dames travaillaient à des ouvrages de leur sexe; Joseph rattachait les branches éparses d'un jeune rosier; Zaccharie, retiré un peu à l'écart, rêvait et mettait des vers sur ses tablettes, tandis que M. Angelmann lisait à haute voix les aventures de Télémaque. Mais Caroline ne l'écoutait point; les bras pendans, les yeux fixés sur la porte de la maison, elle oubliait tout pour ne songer qu'à ses malheurs. Aussi fut-elle la première qui aperçut Léon. Elle jeta un cri et vola à sa rencontre.

— Mon frère, dit-elle en l'embrassant, Hyacinthe n'est-il pas avec toi? sa mère ne viendra-t-elle pas me chercher?

Léon l'embrassa sans lui répondre, prit son bras sous le sien et l'emmena avec lui sur la pelouse. Son silence troubla le cœur de Caroline; elle tremblait et pouvait à peine se soutenir. Le visage de Léon annonçait assez ce qu'il avait à dire; son seul aspect ôta toute espérance à ses amis.

— Je prévois, lui dit Joseph, que notre malheur a changé pour nous le cœur d'Honorine.

— Mes amis, répliqua Léon, il faut retourner au châlet; c'est le seul asile qui nous reste.

A ces mots, Caroline changea de couleur et tomba à moitié évanouie sur les genoux de Séphora. Ranimée par de prompts secours, elle soulagea son cœur oppressé par des soupirs et d'abondantes larmes.

— Pleure, ma chère Caroline, reprit Léon; ne contrains point ta douleur, mais ne rejette pas au moins les consolations qu'on peut encore te procurer. Regarde moins ce que tu perds que le trésor que tu te prépares pour l'avenir. Plus le sacrifice est grand, plus la récompense sera magnifique.

— Songez, ma chère enfant, continua le pasteur, que la vie est une chose courte et passagère, que la prospérité ou l'infortune n'abrége ni ne prolonge. Peut-être cet avenir qui vous épouvante se bornera-t-il à quelques mauvais jours, au bout desquels vous irez jouir pour toujours d'une félicité inaltérable. Arrivée à ce terme, il vous importera peu d'avoir vécu riches ou pauvres, et la paix de votre conscience sera le seul trésor que vous estimerez.

— Dis-moi, chère sœur, poursuivit Léon, si notre père paraissait à tes yeux, si au moins un écrit solennel t'ordonnait de sa part de reprendre courage, de supporter ton sort, de préférer ton devoir à la vie, à quoi te résoudrais-tu ?

— Je lui obéirais, répondit Caroline.

— Eh bien! lis toi-même cette devise qu'il avait adoptée, et qui doit régler à jamais notre conduite.

Caroline étonnée suspendit ses larmes pour examiner le portefeuille. Joseph, M. Angelmann et sa famille pressaient Léon d'expliquer ce mystère. Il leur apprit la rencontre de Rodolphe et la manière dont il avait été reçu à Genève. Pendant ce temps-là, Joseph, Caroline et Noémi s'étaient emparés tour à tour du portefeuille, et faisaient de vains efforts pour l'ouvrir. Le récit intéressant de Léon les détourna un moment de cette tentative, et ils écoutaient avec beaucoup d'émotion les réponses injurieuses d'Honorine, lorsque le bruit d'un ressort se fit entendre. C'était le secret du portefeuille qui venait de s'ouvrir par hasard entre les mains de Zaccharie. Il contenait plusieurs papiers. Le premier qui tomba sous la main de Joseph était une déclaration, signée d'Honorine, et par laquelle elle se reconnaissait dépositaire, et non propriétaire du bien de ses neveux. Là se trouvaient aussi les actes de leur naissance, le contrat de mariage de leur père et quelques lettres d'Honorine.

— A présent, dit Joseph, nous sommes en droit de confondre cette femme perfide, de la dénoncer au tribunal des lois, de la vouer au mépris qu'elle mérite.

Pour toute réponse, Léon lui montra la légende du portefeuille.

— Eh quoi! reprit Joseph un peu confus, punir le crime et la perfidie, serait-ce donc manquer à l'honneur ?

— Non, si le coupable nous était étranger, répondit Léon; mais la sœur de notre père! la mère du généreux Hyacinthe! les tribunaux retentiraient de la honte d'Honorine de Norbert!... Ah! mourons plutôt que de donner cette douleur à l'ombre gémissante d'un père! Respectons l'objet de sa tendresse, tout indigne qu'il s'en montre aujourd'hui; brûlons cette preuve de son déshonneur.

— Vous pouvez en faire un usage plus utile et non moins généreux, reprit M. Angelmann. Puisque vous êtes résolus à ne point invoquer la puissance des lois, remettez cette pièce importante entre les mains d'Honorine. Vous ne savez pas encore tout le bien que peut produire une telle action, et vous n'en redoutez aucun mal.

Les orphelins s'empressèrent de suivre ce conseil. Léon inséra la déclaration dans une lettre dictée par les sentimens les plus nobles, les plus magnanimes. Il était temps qu'elle arrivât. Honorine, incapable de supporter une seconde fois la présence de ses neveux, se préparait à retourner en France, où elle ne craignait pas de les rencontrer. Hyacinthe lui porta la lettre de Léon, sans savoir même de quel pays elle venait. La sévérité de sa mère, qui lui refusait la permission d'aller faire ses adieux à ses cousins, le jetait dans un découragement et une tristesse d'autant plus grande, qu'il n'était point accoutumé à ce ton. Honorine ouvre la lettre, reconnaît l'acte et jette un cri d'effroi qui fut suivi d'un long évanouissement. A peine revenue à elle-même, elle reprend cette lecture, dont Hyacinthe avait respecté le secret : elle s'attendait à des menaces; car, dans son trouble, Honorine s'imagina d'abord que cette pièce n'était qu'une copie de la véritable; mais, instruite de la générosité de ses neveux, un nouveau désordre s'empare de son esprit. Ses yeux se fondent en larmes; le repentir et la douleur l'accablent; Hyacinthe, touché de son état, la serre contre son cœur.

— Hélas ! lui dit-il, ne suis-je plus votre

enfant chéri? ai-je mérité de perdre votre confiance?

— Malheureuse victime de mes égaremens! s'écria Honorine, faut-il que je t'arrache à de si flatteuses illusions! Mon fils, cette fortune dont nous jouissons n'est pas la nôtre.... ce n'est qu'un dépôt que mon frère m'avait confié pour ses enfans.... Le moment est venu de la restituer....

— Ah! ma mère, interrompit vivement Hyacinthe, pourquoi avoir retardé si longtemps?...

— Je n'avais aucune preuve légale de l'existence de mes neveux, répondit Honorine; pouvais-je mettre trop de prudence dans une action si préjudiciable à mon fils? Aujourd'hui que je ne saurais en douter, dites-moi, mon fils, ce que vous souhaitez que je fasse?

C'est ainsi que cette mère coupable tâchait de sauver sa gloire aux yeux de son enfant. Hyacinthe était trop généreux pour hésiter dans une pareille circonstance; il se résigna, dès ce moment, à la médiocrité dont il n'aurait point dû sortir.

— Malgré les privations que cette restitution m'impose, dit-il à Honorine, je serai infiniment plus heureux que ne l'ont été, depuis dix ans, Léon, Joseph et Caroline. Préservé de l'indigence, je n'aurai à faire d'autres sacrifices que ceux de quelques avantages superflus, qui ne valent pas le repos de la conscience. C'est pour vous seule, ma mère, que je les regretterai.

Ces nobles sentimens redoublaient encore les chagrins secrets d'Honorine. Les révolutions violentes qu'elle venait d'éprouver allumèrent enfin dans son sang une fièvre dangereuse, qui se déclara au moment qu'Hyacinthe allait partir pour Bœningen. Elle sentit, dès les premières atteintes de cette maladie, que son issue serait la mort, et se hâta d'écrire à Léon avant que la violence du mal lui en ôtât la liberté. Dans cette lettre, elle avouait ses torts, et priait ses neveux de les lui pardonner. Elle les suppliait aussi de les cacher à Hyacinthe, ne pouvant supporter la pensée que sa mémoire pût jamais lui devenir en opprobre; et elle finissait cette triste lettre en recommandant à Léon la jeunesse de son fils. Honorine la cacheta elle-même en présence d'Hyacinthe, et lui recommanda de la remettre entre les mains de Léon lorsqu'elle ne serait plus. Cette funeste prévoyance coûta bien des larmes à ce fils sensible et respectueux. Depuis ce moment, la maladie d'Honorine augmenta rapidement jusqu'au neuvième jour, qui fut le dernier de sa vie. Elle mourut pleine de confiance dans la miséricorde de Dieu, et plus tranquillement qu'on ne devait l'espérer; mais elle ne souhaita pas de revoir des neveux dont le seul souvenir remplissait son âme de trouble. Hyacinthe, accablé de douleur, pleura quelques jours à Genève cette mère sincèrement regrettée. Il lui tardait de revoir ses cousins, de leur restituer leur héritage, de se réunir à des parens orphelins comme lui, de chercher dans leur amitié les seules consolations qu'il voulût recevoir.

Les orphelins, à la veille de retourner au châlet, virent arriver à Bœningen un jeune homme vêtu de deuil, qu'ils reconnurent avec saisissement. Hyacinthe ne put d'abord que se jeter dans leurs bras, en pleurant et en prononçant ces mots d'une voix entrecoupée :

—Me voici pauvre et orphelin comme vous... J'ai perdu pour toujours ma bonne et tendre mère.

Cette perte si subite, si inattendue, arracha des regrets aux neveux d'Honorine, avant même d'être instruits de son repentir. La lecture de sa lettre, que Léon ne cacha qu'à son cousin, augmenta encore leur attendrissement, et ils n'eurent aucune peine à mêler leurs larmes à celles de l'aimable Hyacinthe; mais, au milieu de leurs regrets, ils ne purent s'empêcher de rendre grâce à Dieu, qui prenait soin de récompenser leur généreuse conduite.

Hyacinthe se hâta de leur remettre les titres de leur fortune, dont la valeur s'élevait au double de celle de M. Anatole. Léon, s'étant consulté avec Joseph et Caroline, supplia son cousin de se regarder comme un de leurs frères, et d'accepter la quatrième portion de cette brillante fortune. Hyacinthe s'en défendit long-temps ; mais, touché enfin de la vivacité de leurs instances, il reçut ce magnifique présent avec toute l'effusion d'une âme reconnaissante et sensible.

Léon acheta Rinkenberg, que les héritiers de M. Anatole se trouvaient forcés de vendre, et, en ramenant sa sœur dans cette charmante retraite, il lui demanda en souriant si elle n'aurait pas, à cette heure, beaucoup de regrets d'avoir arraché les lilas et les cytises. Hyacinthe, qui avait le goût des armes, retourna en France, où il servit avec distinction pendant plusieurs années. Il venait passer à Rinkenberg tout le temps dont son devoir lui permettait de disposer. Les conseils de Léon le corrigèrent un peu de cette forfanterie qu'il prenait pour l'amour de la gloire. Il apprit à la faire consister, non dans de vaines paroles, mais dans des actions honorables. Joseph alla continuer d'étudier à Berne l'art de défendre l'innocence accusée. Il devint un avocat d'autant plus estimable, que l'honneur le plus pur dirigea constamment ses talens. Il s'attacha à ne défendre que les causes qui lui paraissaient parfaitement justes, rejetant avec mépris les offres les plus séduisantes, lorsqu'elles ne s'accordaient pas avec la vertu. Obligé d'habiter la ville, à cause du genre de ses occupations, il s'y dérobait souvent pour aller consulter son frère, et goûter, dans ses entretiens, les charmes si doux d'une véritable amitié.

Léon ne quitta point l'aimable paix de la campagne. Devenu l'époux de Noémi, il s'occupa avec elle d'achever l'éducation de Caroline, et leurs soins réunis parvinrent à corriger l'indolence naturelle de cette jeune personne. La plus parfaite union régna toujours dans cette famille. Le bonheur de Léon était d'en réunir les membres autour de lui, dans des fêtes agréables et inattendues, auxquelles assistèrent long-temps M. Angelmann, Séphora et le vieux Meldorf. Après la mort de Balthasar, Léon transforma la cabane du vallon de Geschen en une maison riante et commode, où il se retirait de temps en temps, auprès du tombeau de son père, pour se livrer à de sérieuses méditations. Au dessus de la porte de cette retraite, il avait fait inscrire ces vers d'Horace :

« Souviens-toi de montrer une âme égale

» dans le malheur, et de ne pas te livrer à une » joie excessive quand la fortune te sou- » rira [1]. »

[1] Ode 3, liv. 2.

FIN DU DEUXIÈME ET DERNIER VOLUME.

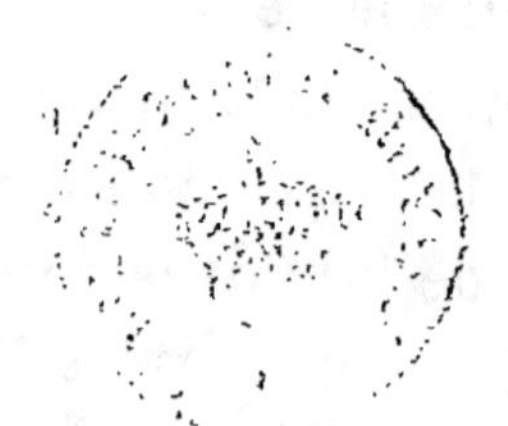

TABLE DES MATIÈRES

DU DEUXIÈME VOLUME.

FIN DE LA TABLE.

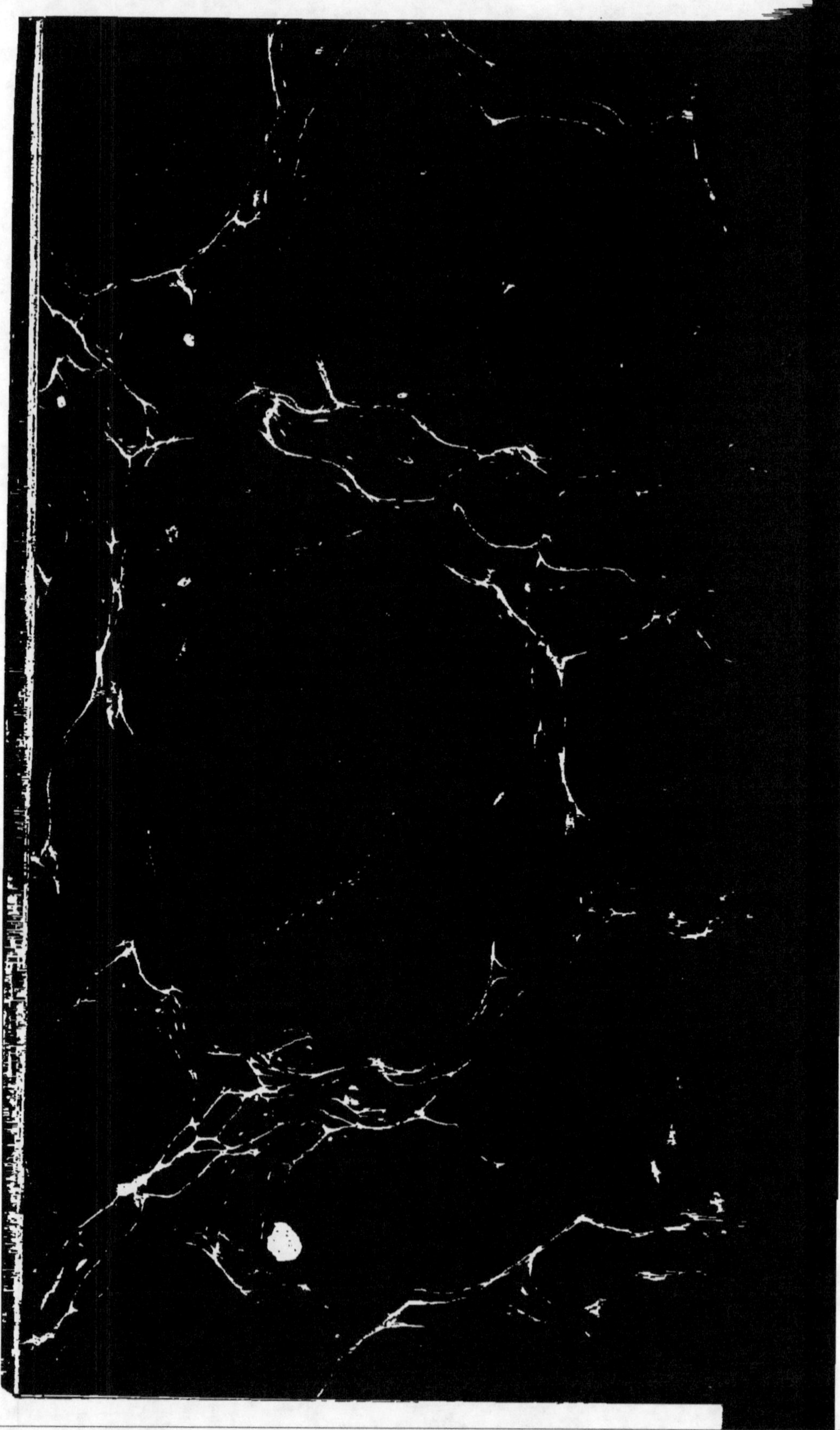

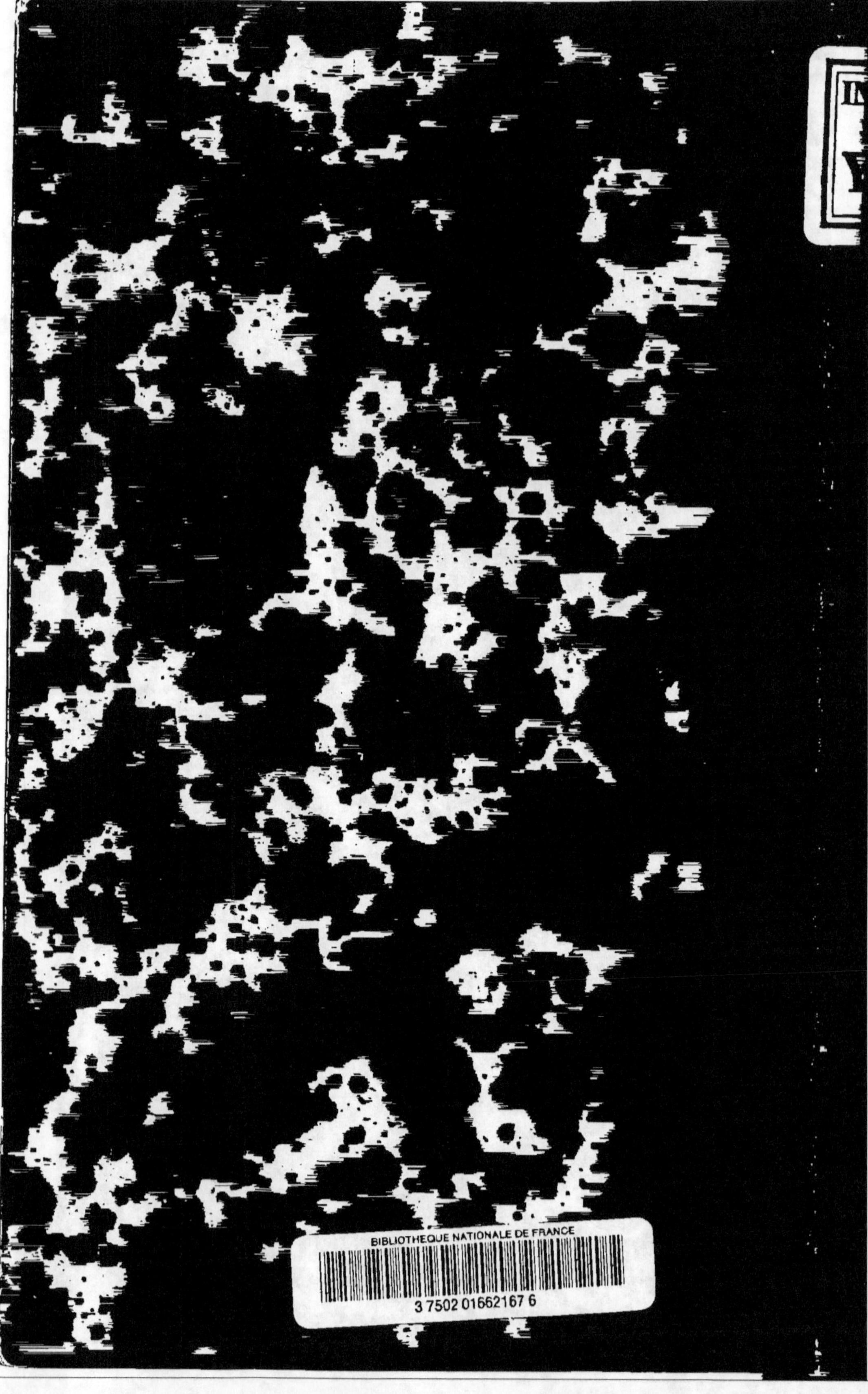

www.ingramcontent.com/pod-product-compliance
Lightning Source LLC
LaVergne TN
LVHW020607110826
845149LV00002B/394

* 9 7 8 2 0 1 9 5 6 3 9 5 0 *